レジェンドノベルス
LEGEND NOVELS

# 謎のおっさんオンライン 1

世界で一番やべぇヤツ

JN134627

contents

レジェンドノベルス
LEGEND NOVELS

# 謎のおっさんオンライン 1

## 世界で一番やべぇヤツ

「アバターは完成したがキャラクターネームが決まらねえ。どうした物かね」

「まだ悩んでたのか。もういっその事【謎のおっさん】とかで良いんじゃないか？」

「悪くねぇな。そのアイディア貰うぜ」

——βテスト前日、アバター作成中の会話より抜粋

## 謎のおっさんあらわる！　世界で一番ヤバい奴《やつ》！

時は西暦二〇三〇年代。人類は仮想電脳空間に新たな世界を作り出す事に成功した。

すなわち、ＶＲ空間へのフルダイブ技術。それは医療や軍事をはじめ、様々な分野に瞬く間に浸透し、発展していった。

そして、それはゲームの分野においても同様であった。

仮想電脳空間に作成した世界に入り込み、五感全てを使って楽しむ事の出来るゲーム。すなわちフルダイブ型ＶＲゲームは、瞬く間に世界中で大流行した。

そして西暦二〇三八年、ゲーマー達《たち》が待ち望んだＶＲＭＭＯＲＰＧ……仮想現実空間を利用した、大規模多人数同時参加型オンラインＲＰＧが遂《つい》に産声《うぶごえ》を上げた。

フルダイブ型ＶＲゲームの第一人者であり、天才ゲームクリエイターと名高い四葉煌夜《よつばこうや》が生み出した、世界初のＶＲＭＭＯＲＰＧは、歓喜と共に日本中のゲームマニア達に迎えられた。

そのゲームの名は、【アルカディア】。

このお話は、そんなゲームの世界を駆け抜けた、一人の男の物語である。

西暦二〇三八年、八月某日。時刻は日本時間で十四時〇分。プレイヤー達が待ち望んだ、「アルカディア」のゲームサーバーが開放される時間だ。

千人のβテスターと、初回ロット分のクライアント・パッケージを入手出来た一万人の幸運なゲーマー達はVRゲーム端末を装着し、一斉にログインを開始した。

強靱《きょうじん》なログインサーバーはその日本各地からの一斉攻撃を受けてもびくともせず、万を超えるゲーマー達を優しく迎え入れた。この時代の通信技術は我々の知るそれよりも飛躍的に進化しており、遅延《ラグ》や不毛なログインゲームなどはもはや、過去の思い出の中にしか存在しない。

三日前より行なわれていたプレオープンにて分身《アバター》作成と初期設定、チュートリアルを終えていたプレイヤー達は、正式オープンと同時に一斉にログインし、スタート地点の街へと降り立った。

その街の名は、【城塞都市ダナン】。四方を草原に囲まれた、円形の堅牢《けんろう》な城壁に囲まれた大都市である。

かつて世界を襲った大崩壊を生き延びた人々が作り上げた、魔物に対抗する為《ため》の人類に残された最後の一大拠点である。

高く、堅い城塞と都市全域に張られた結界は邪悪な魔物を寄せ付けず、そこに住む人々は平和を享受しているが、逆に言えばこの街を除いた全ての地域は魔物の支配下にあり、人々はこの地に押し込められているとも言える。

その事を憂いた当代の領主は勇気ある冒険者達を募り、各地に蔓延《はびこ》る魔物を排除し、かつて理想郷と呼ばれた平和な世界を取り戻す計画、プロジェクト・アルカディアを発動させた。

プレイヤーはその冒険者の一人となって、冒険の旅に出る事になる。

……というのが、このゲームの設定である。

そのプレイヤー達だが、彼らの多くはファンタジー世界に相応《ふさわ》しい鎧《よろい》やローブ等《など》の衣装に身を包み、剣や槍《やり》、弓に杖《つえ》といった武器を装備している。

このゲームでプレイヤー達が操る分身は、精密な身体スキャンを行なう事によって、現実のプレイヤーの顔つきや体型・性別が反映されている。

何故《なぜ》かと言うと、あくまで擬似的にとは言え自分の身体《からだ》を動かしてプレイするゲームである以上、現実の肉体とあまりに乖離《かいり》した分身を使用すると、強烈な違和感の為にまともに動けなくなったり、最悪の場合は現実世界に帰還した際に自分の肉体に違和感を覚えたりする危険がある為だ。

その為、身長や体型などをある程度調整する事は可能だが、大幅に変える事は出来ず、性別も現実のそれと同じ物にしなければならないのだった。理想の美少女になりきるリアル・ネカマプレイをやろうとしていた男達は絶望した。

そのような事情もあって、男女比はおおよそ八対二といったところだ。女性のオンラインゲームプレイヤーも増加傾向にあるとは言え、まだまだ男性が大多数なのは仕方がないと言えるだろう。

そんなプレイヤー達の多くは物珍しそうに周囲を見回したり、仮想の肉体を動かしてみたり、近くにいるプレイヤーと交流したりと思い思いに行動していた。


だが、そんな平和な光景の中、異彩を放つ一人の男が姿を現した！

その男は身長がおよそ百八十センチメートル台半ばほどの長身だ。がっしりとした肩幅に広い背中をしており、相当鍛え上げているのだろう、無駄のない理想的な筋肉の付き方をしている。

年齢は、恐らく三十代半ばから後半と思われる中年男性だ。十代・二十代の若者が多いこのゲームの中では、その点だけでも十分目立つ存在だろう。

だが、それだけであれば少し珍しい程度で済むだろう。そして当然この男は、それで済むような生易しい存在ではない！

まず、所々逆立ったり跳ねたりしているぼさぼさの黒髪に無精髭《ぶしょうひげ》。そして口には咥《くわ》え煙草《たばこ》。

それらの特徴によってだらしない印象を受けるが、顔つき自体は決して不細工ではなく、鍛え上げられた身体つきもあって、むしろワイルドで男前な容姿と言っても良いだろう。

だがそれらを台無しにするのが、何よりも特徴的な目つきである。その上に位置する太い眉毛と共に大きく、鋭く吊《つ》り上《あ》がったその目が、元々お世辞にも良《い》いとは言えない人相を更に際立たせており、野武士や山賊のような印象を受ける。

そして、彼がその身に纏《まと》う衣装は白いツナギだ。腰の後ろには工具類が入った革製のポーチを付けている。一体どこの工場から出てきたのだろうか、この男は。控え目に言ってもファンタジー世界とは全く釣り合わず、むしろ真逆の方向へとフルスロットルで大爆走しているような恐るべき不審人物。明らかに浮きまくっている！

その場にいたプレイヤー達は、ビビりながらも思わずそのヤバそうな男へと視線を向けた。するとゲームシステムがその視線の動きに反応し、視線の先にいる男をターゲッティングした。それにより、プレイヤー達の視界に、男のキャラクター・ネームが彼の頭上辺りで表示される。

## 【謎のおっさん】

それが、その男の頭上に表示された名前であった。

名は体を表すという諺《ことわざ》があるが、まさにその言葉通りの異様かつ的確な名前である。シンプルながらも破壊力抜群のその六文字がおっさんの頭上にでかでかと浮かび上がるその光景は、傍《はた》から見れば何とも滑稽かつ異様である。

当然のようにその男、謎のおっさんは非常に目立っていた。言うまでもなく悪い意味でだ。たった一人でファンタジーな世界観を崩壊させんとするその勇姿、あるいは暴挙に周囲のプレイヤー達は恐《おそ》れ慄《おのの》き、ドン引きした。

見るな、関わるな。あれは危険だ。大半のプレイヤーはそう決意し、謎のおっさんを見なかった事にして目を逸《そ》らした。実に賢明かつ妥当な判断である。だがしかし、その場にはうっかり彼に関わってしまった、哀れな一団があった。

「おいコラァ！　待ちやがれ！」

謎のおっさんに向かって声を荒らげる男達。その数、五名。彼らの姿もまた、謎のおっさんに負けず劣らずの奇天烈《きてれつ》なシロモノであった。その服装は革ジャンを素肌の上から羽織り、棘《とげ》付きの肩パッドを装着した世紀末ファッション。そして何よりも特徴的なのは、その髪型だ。

まず先頭にいるのは極彩色のド派手なモヒカン頭。次に前方に長く伸びた真っ赤なリーゼント。

更には大きく膨らんだ黄色いアフロヘアーの男に、長い髪を頭の上で結わえて巨大な髷《まげ》にしている傾奇者《かぶきもの》のような男、最後にホウキを逆さまにしたような、縦に長い逆毛の男。

「おい、待てっつってんだろうが！」

「そこのオッサン！　テメエだよ！　おう止まりやがれ！」

そんな奇妙な集団に罵声を浴びせられながらも、おっさんはまるで聞こえていないかのように歩き去ろうとする。当然、男達はおっさんを追いかける。肩に手をかけられ、ようやくおっさんは面倒臭そうに足を止め、振り返った。

「おう、そこのオッサン！　随分とフザけた恰好《かっこう》してんじゃねーかコラァ！」

「このゲームのジャンルはァ、ファンタジーＲＰＧだぞエーコラァ!?」

お前らが言うな！　と周囲のプレイヤー達は心の中で一斉にツッコんだ。無論、それを口に出す無謀な勇者はいない。理由は勿論《もちろん》、こんなイカレた世紀末野郎とは関わり合いになりたくないからである。当たり前だよなぁ？

謎のおっさんと世紀末愚連隊の破滅的コラボレーションによってファンタジーな世界観は見るも無残に破壊され、一触即発の空気が辺りに漂う。こんな空気の中に入っていけるのは、余程の馬鹿か命知らず、あるいは彼らに負けず劣らずのイカレポンチだけであろう。

そして遂に彼らは数人でおっさんを取り囲み、「土下座しろ」だの「カネ出せ」だのと因縁を付け始めるのだった。

彼らはＰＫ、すなわちプレイヤーキルを中心とした、悪党プレイに憧れるプレイヤー達だ。現実世界においても友人同士であった彼ら五人は示し合わせてゲームにログインすると、早速徒党を組んだ。そして早速景気付けに、冴《さ》えないおっさんを集団で囲んで恫喝《どうかつ》し、金をむしり取ろうという魂胆であった。何という外道か！

ちなみに中身のプレイヤーは皆、真面目で成績も良いがクラスではいまいち目立たない、ごく普通の高校生の少年である！　嗚呼《ああ》、何という事か。受験勉強のストレスが彼らをこのような凶行へと向かわせたというのか！

さて、モヒカン達に囲まれて汚い言葉を浴びせられている謎のおっさんだが、彼は面倒臭そうに彼らの言葉を聞き流すだけであった。そんなおっさんの態度に業を煮やしたモヒカンが、おっさんに迫る。

「おうオッサンよ、さっきからダンマリか。何とか言ってみろよ？　それとも俺達にビビって……」

「おい、クソガキ」

モヒカンの言葉は途中で遮られた。おっさんが目の前のモヒカンを睨《にら》みつけながら遂に口を開いたからだ。低く重い、威圧感のある声が発せられる。

「さっきからゴチャゴチャとうるせぇんだよ。それと汚《きたね》ぇツラ近付けんな！」

「ごばぁっ!?」

罵倒と同時に、おっさんはその拳をモヒカンの眉間に叩《たた》き込《こ》んだ。鋭いパンチに顔面を打ち抜かれ、モヒカンが吹き飛ぶ。

おっさんはその様を見ながら満足そうに煙草をゆっくりと吸い、煙を吐き出した。

「てめえ！　クソ中年！」

「やんのかオッサンコラァ！」

「五対一だぞ！　勝てると思ってんのか？」

一拍の後、我に返った男達は怒りを爆発させておっさんに詰め寄る。殴られたモヒカンもまた、眉間を押さえながら屈辱と怒りに顔を真っ赤にさせて起き上がる。

おっさんは、そんな彼らを馬鹿にするように笑い、こう言った。

「てめえらなんぞ、五人だろうが五億人だろうが俺の敵じゃねえんだよ。死にてえ奴からかかってきな」

「やっちまえ!!!」

その挑発に、男達の怒りが爆発した。モヒカンの号令と共に、彼らはそれぞれ装備した武器を抜き放ち、一斉に襲いかかる。

それに対するおっさんだが、彼は事ここに至っても余裕の表情で煙草を吹かしていた。そしてあろう事か、こんな言葉まで口にする。

「それとハンデをやろう。俺はこの煙草を吸い終わるまでの間、攻撃をしない。その間に一発でも攻撃を当てられれば、お前らの勝ちって事にしてやるよ」

多勢に無勢のこの状況で、凄《すさ》まじい舐《な》めプ宣言が飛び出した。何たる傲慢か！

モヒカン達は激怒し、必ずやこの傲岸不遜なおっさんを殺さねばならぬと決意した。斧《おの》が、槍が、刀が、大剣が、おっさんを殺《あや》めんと一斉に振るわれる。

「おいおい、やる気ねぇのか？」

だがその攻撃は、全て空を切る。おっさんは涼しい顔で、四人分の攻撃を最小限の動きで回避していた。

躍起になって次々と攻撃する男達だったが、その全てが虚《むな》しく空振りに終わる。

「ハハハ、当たらねぇなぁ」

「どけ！　俺がやってやる！」

その言葉を発したのは、モヒカンチームの中で唯一の遠距離武器使い、アフロヘアーの男だ。彼がその手に持つのは長銃型の武器だった。

魔導銃《マジックガン》。この世界には魔導機械と呼ばれる、魔力を動力として動く機械が存在し、この魔導銃はその技術によって作られた武器である。火薬ではなく魔力を使って銃弾を射出する、遠距離用の武器の一種だ。

「ロックオン完了！　食らいやがれ！」

彼が使ったのは魔導銃の基本アビリティ、【ロックオン】。標的に銃を向けて一定時間待機する事で対象をロックオンし、命中精度を向上させつつ射撃の威力を向上させる効果がある。

射撃の際に少々時間がかかるのが欠点だが、自動的に対象に照準を合わせる事が出来る為、銃など扱った事のない日本の一般人であっても、問題無く射撃を命中させる事が出来る、便利な技能である。

それにより、銃弾は狙い通りにおっさんの心臓のある位置に向かって飛ぶ。

当たった！　勝った！　そう確信するアフロであったが、おっさんに命中する寸前に、銃弾が停止する。他ならぬ、おっさんの手によってだ。

そう、おっさんは銃弾を、二本の指の間に挟んで止めていたのだった。

「な、なんだと……!?」

「馬鹿な、銃弾を素手で止めた……!?」

その有り得ない光景に、思わず手を止めて見入るモヒカン達。それと同時に、遂におっさんが煙草を吸い終わる時がやってきた。

「今のは惜しかったな。だが、タイムオーバーだ」

おっさんが吸い殻をその場に投げ捨てると、それは地面に落ちると同時に消滅した。ここはゲーム内なので、耐久度がなくなったアイテムはこのように自動的に消滅するが、現実世界での煙草のポイ捨ては厳禁である。読者の皆様もどうかお気を付けいただきたい。

「野郎ッ！　こうなったら俺の必殺アーツを受けてみやがれッ!!」

モヒカンが両手斧を下段に構え、腰を深く落として力を溜《た》めると、その手に持った斧が輝きだす。

アーツ。戦技とも呼ばれるそれは、各種武器スキルを鍛える事で習得可能な、使用前や使用後の隙は大きいが高い威力を誇る、いわゆる必殺技のようなものである。モヒカンが発動させようとしているのは、両手斧の基礎的なアーツ【スマッシュ】だ。

「食らいやがれえええええええッ！」

モヒカンは力強く踏み込むと同時に、斜め下からおっさんの胴体に向かって勢い良く振り上げた。だがしかし、その攻撃はまたも空振りに終わる。おっさんは既に、その場にはいなかった。

「消えた⁉　どこ行きやがった⁉」

キョロキョロと周囲を見回すモヒカン。その視界に影がさす。

「上かッ⁉」

「ご名答。褒美に俺のアーツをくれてやる」

勘の良い読者の皆様ならば、もうお分かりだろう。おっさんはモヒカンが放った【スマッシュ】が命中する直前に、空高く跳躍する事でその攻撃を回避しながら頭上の死角を取ったのだ。ちなみにこの大跳躍は【軽業】スキルに属するアビリティ【ハイジャンプ】によるものである。

「【ヘヴィストンプ】ッ‼」

落下スピードを乗せた、必殺の踏みつけ攻撃がモヒカンを襲う。自慢のモヒカンヘアーを無残に踏み潰しながら、おっさんの両足がモヒカンの頭にめり込んだ。

格闘アーツ【ヘヴィストンプ】。おっさんが使ったその技は発動後に垂直落下し、落下地点にいる敵に強力な衝撃属性のダメージを与える。また、与えるダメージは落下速度と使用者の装備品の重さに比例して上昇する。

おっさんはそのままモヒカンの頭を踏み台にして跳躍すると、空中でひねりを加えた三回転を披露し、華麗に着地を決めた。

モヒカンは仰向けに倒れて動かなくなった。モヒカンをよく観察すれば、彼の頭上にキャラクターネーム――モヒカン皇帝とか言うセンスを疑う名前だ――と共に表示されている、ＨＰ《ヒットポイント》を示すバーが真っ黒になっているのが見えるだろう。それはつまり、彼のＨＰがゼロになり、死亡した事を意味する。

そして死亡した為、デスペナルティとしてモヒカンはいくらかの経験値と所持金、所持品を失う事になる。それらは殺害したおっさんに与えられる。おっさんは少量の経験値とゴールド、そして先程までモヒカンが振り回していた戦斧《バトルアックス》を手に入れた。

「さて……次はどいつだ？」

ギロリ。おっさんが残った男達を順番に睨みつける。

「てめえかリーゼント。それともそっちのチョンマゲか？　それともさっき生意気にも俺に銃弾をくれやがったアフロにお返しをするべきか？　いや、まずはそこの鬱陶しい逆毛から処刑してやろうか」

事ここに至ってようやく、男達は手を出してはならない相手を敵に回した事を悟った。

「に、逃げろぉっ！」

「うわあああああっ！」

「助けてくれえっ！」

「ひいいいいいいっ！」

恐怖し、一目散に逃走する彼らの背中を見つめながら、おっさんはニヤリと獰猛《どうもう》な笑みを浮かべた。その瞳はまるで悪戯《いたずら》好きな子供のようにギラギラと燃え盛っている。確実に何か良からぬ事を思いついたのであろうと、容易に想像が出来る顔だ。

「待てコラァ！　どこにも逃げられんぞぉ！　地獄の果てまで追い詰めてやる！」

「うわあああああ！　追いかけてきたああああああ⁉」

「来るな、来るなああああああ！」

「死にたくねぇ！　誰か助けてくれぇ！」

「ママーッ！」

大声で宣言しながら猛スピードで追走を始めるおっさんと、悲鳴を上げながら逃げる男達。そしてそんな彼らを眺めながら、困惑する一般プレイヤー達。

それが世界初のＶＲＭＭＯＲＰＧ、【アルカディア】の初日の光景であった。

……そんな中、落ち着いた様子で一部始終を見守っている者達がいた。

よく見れば彼らの装備は他のプレイヤー達よりも上質な物であり、佇《たたず》まいにも強者の貫禄《かんろく》が見て取れる。

彼らこそは元βテスター。かつて行なわれたβテストで手に入れたアイテム、ステータス、スキル、そしてこのゲームの知識を引き継いだ、僅か千人の古強者《ふるつわもの》達である。

「馬鹿な奴らだぜ。よりによって、あのおっさんに喧嘩《けんか》を売るなんてな」

彼らの内の一人がそう口にすると、他の者達も頷《うなず》き、口々に言う。

「全くだな。ふざけた名前と恰好だが、実力は桁違いだ」

うだ。

「流石《さすが》は【七英傑】の筆頭といったところか……」

「今後もあの人の動きには要注意だな……」

曲者揃《くせものぞろ》いの元βテスターが、これほどまでに恐れ、敬うおっさんは、やはり只者《ただもの》ではなかったよ

果たして謎のおっさんとは、一体何者なのか。そして彼はこのＶＲＭＭＯＲＰＧ「アルカディア」の世界で、これから何を成すのであろうか。

それは神ならぬ我々には、未《いま》だ知る由もない。だが一つだけ、はっきりと言える事がある。それは謎のおっさんが、これから先も今回のような騒動を、次々と巻き起こすであろうという事だ。

# 謎のおっさん大暴れ！　俺に刃向かう奴《やつ》は許さねえ！

「ハァ、ハァ……流石《さすが》に逃げ切ったか……？」

「ここまで来れば、もう大丈夫だろう……」

城塞都市ダナンの一角、入り組んだ路地裏にて息を潜め、小声で話し合うは四人の男達《たち》。彼らは前回、おっさんに喧嘩《けんか》を売って返り討ちに遭った少年達だ。リーダー格のモヒカン頭の少年はおっさんの手にかかり亡き者になったが、彼ら四人は必死に逃走した結果、おっさんを撒《ま》く事に成功し、こうして路地裏に隠れていた。

ようやく一息ついたところで、これからどう動くかを考える余裕が出来た少年達であったが、彼らにとっての地獄はむしろ、ここから始まるのであった。

「見つけたぞガキ共！」

路地裏に響くは低く渋い中年男性の声。あの男、謎のおっさんの声だ！　少年達は己の記憶に恐怖と共に刻まれたその声を、聴き間違える筈《はず》もなかった。

見つかった！　その事実を認識すると共に、彼らは一斉に走り出した。身を隠す為《ため》に入ったこの路地裏は、一度見つかってしまえば一転し逃げ場のない袋小路《ふくろこうじ》、死地に転ずる。本能的にそれを察知した少年達は、迷う事なく走り出した。

その判断は正しい。もしもその場で悠長におっさんの姿を探すような真似《まね》をしていれば、彼らはその場で死んでいただろう。

少年達が走り出した直後、おっさんが路地裏に降り立った。おっさんは建物の上から彼らの様子をうかがっており、逃げ切ったと油断していた彼らをいつでも始末する事が出来た。だがおっさんは、襲撃する前にわざと彼らに声をかけた。わざわざそんな事をした、その理由とは。

「良《い》い判断だ、まだまだ楽しめそうだな。よーし、次はどの手でいこうか」

おっさんがニヤリと悪戯《いたずら》っぽい笑みを浮かべる。そう、その理由とは、あの少年達をトコトン追い詰めて遊ぶ為であった。とんだサディストである。

どうやらプランは決まったようだ。おっさんの姿が音もなくその場からかき消える。


一方その頃、路地裏を脱出した四人のプレイヤー達は大通りを走っていた。隠れるのが無理ならば、いっそ人混みに紛れてしまおうという魂胆だ。

「どけどけぇ！　どきやがれぇ！」

「邪魔だてめえら、消毒すっぞ！」

街中で武器を抜き、デタラメに振り回しながら大通りを爆走する珍妙な髪型とファッションの男達に、プレイヤー達は怯《おび》えたりドン引きしながら思わず道をあけてしまう。彼らプレイヤーの多くは平和な日本に暮らす、荒事とは無縁な若者達だ。咄嗟《とっさ》にこの暴漢達から逃げ出そうとしてしまう彼らを責めるのは酷というものだろう。

だがこの騒ぎの中、暴れる世紀末野郎共の事も、逃げ惑う一般プレイヤー達の事も意に介さず、まるで目に入っていないかのように振る舞う人物が、一人だけ存在した。

「うおおおおお！　邪魔だジジイ！　道をあけろォ！」

その人物は老人であった。周囲の騒ぎに気付いていない様子で、杖《つえ》をつきながらゆっくりとした歩みで、悠々と通りを横切ろうとしている。

「クソが！　あのジジイ聞こえてねえぞ！」

「畜生、構うこたぁねぇ、やっちまえ！」

邪魔な老人を力尽くで排除しようと、先頭を走っていたリーゼントが武器を装備する。彼の持つ武器は長い両手槍《りょうてやり》だ。彼は突撃しながら敵を吹き飛ばす槍用アーツ【ランスチャージ】を発動し、道を遮る老人に向かって突撃する。数秒後には無力な老人が哀れにも暴漢の手にかかり、無残に散るであろう事は想像に難くない。誰もがそう思った事だろう。だが次の瞬間、その場にいた全員が己の目を疑った。

「何だと⁉」

次の瞬間、老人はその手に持った杖で、リーゼントの槍突撃を止めていた。何という奇妙な光景！　腰が曲がり、満足に歩く事すら困難と見られる老人が、片手に持った杖で軽々と、両手槍を持った男の突撃を止めているではないか！

「ば、馬鹿な……」

唖然《あぜん》とするリーゼントとその仲間達。だが驚くのはまだ早い。

「キエエエエエエエエエェィッ！」

猿叫と共に、目にもとまらぬ速さで老人が杖を振るう。否、正確には彼が手にしているのは杖ではない。その正体は刀が内蔵された、仕込み杖だ。

抜刀、一閃《いっせん》。振るわれた刃はリーゼントの持つ両手槍を、その持ち主ごと両断していた。

「あ、あわわわわ……」

「ひぃっ……な、何だこのジジイ……」

武器ごと両断されたリーゼントの死体を前に、残った三人は恐怖した。そんな彼らに、刀を納めた老人が話しかける。

「若者達よ、そんなに急いでどこへ行こうというのかね」

温厚そうな老人の声に、僅かに正気を取り戻した彼らは震える声で答える。

「お、俺達、妙なおっさんに追われてて……」

「逃げるのに必死だったんです！　許してください！」

「見逃してください！　お願いします！」

目の前の老人もまた、あのおっさんのような理不尽な強さだったが、こちらはまだ話が通じそうだと判断した彼らは、必死に赦《ゆる》しを乞う。この爺《じい》さんなら謝れば許してくれるだろう。場合によってはおっさんから俺達を助けてくれるかもしれない。そんな淡い期待を込めて。

彼らの必死の弁明を受けて、老人は深く二度、頷《うなず》いた。

「そうかそうか。そりゃあ大変じゃったのう。ところで、そのおっさんというのは……」

そこまで言ったところで、老人は自身の皺《しわ》だらけの顔に手をかけた。そして、腕に力を込めてその顔を強く引っ張ると、何と顔がビリビリと音を立てて剝がれていくではないか。

「この俺の事かあああああああああ！」

何と、剝がれた老人の顔の下から現れたのは、謎のおっさんの凶悪なツラだった。続けて老人が着ていた服がバリバリと破れ、その下から屈強な肉体と、それを包む白いツナギが現れる。驚愕《きょうがく》の事実！　この老人の正体は、変装したおっさんであった！　わざわざ先回りして一見無害そうな老人に変装するという、無駄に手間をかけたトラップが見事に炸裂《さくれつ》した。

「ぎゃあああああああ！　出たあああああああああ！」

「ぴぎゃあああああああああ！」

「あびゃああああああああああ！」

助かった。そう思った直後に襲いかかる恐怖と絶望！　まさに上げて落とす！　あまりのショックに言語中枢が機能不全に陥った男達は、我を忘れて遁走《とんそう》しようとするが……しかし既に、彼らは完全に包囲されていた。

「どこへ行こうというのかね」

「言った筈だ、どこへも逃げられんとな」

「観念しろ、今なら楽に殺してやる」

そう口にしながら彼らを囲むのは、無数に分裂したおっさんであった。一体如何《いか》なる手段によるものかは分からぬが、十人を超えるおっさんの姿が見える。

「増えたああああ!?」

「ぶ、分身？　忍者!?」

それに囲まれる者達の恐怖はどれ程のものか。彼らが絶望的な状況に諦め顔になった、その時。

彼らを囲むおっさんの群れを、更に包囲する者達が現れた。

「そこまでだ！」

「大人しく投降しろ！」

その者達は統一された鎧《よろい》や兜《かぶと》を装備した一団だ。装備している剣や盾も全て同じ品であり、手にしたそれを油断なくおっさんに向けている。その正体はＮＰＣ《ノンプレイヤーキャラクター》の衛兵《ガード》である。衛兵は街の中に数多く配置されているNPCの内の一種で、街を巡回し、犯罪者を取り締まる役目を持つ。

基本的に彼らは【悪名値】のパラメータが【名声値】と比較して極端に高い犯罪者プレイヤーを発見した時か、街の中での殺人や窃盗、器物破損などの現行犯を発見した時に敵対フラグが立ち、犯罪者を逮捕するべく襲いかかってくる。今回、おっさんは後者に引っかかった形になる。

「殺人の現行犯で逮捕する！　総員、犯罪者を確保せよ！」

衛兵隊長の指示の下、衛兵達がおっさんを逮捕しようと殺到する。

彼らに捕まったプレイヤーは罪状に応じて一定期間、監獄エリアに収監される事になる。その内部でモンスター討伐、アイテム生産などの懲役が科せられ、罪を償う事で悪名値が低下し、解放される事になる。

このまま捕まってしまっては、二話目にして主人公がブタ箱送りになってしまう恐ろしい展開を迎えてしまうが……このおっさんが、大人しく捕まる訳もなく。

「遅《おせ》ぇッ！」

衛兵達がおっさんに斬りかかる。まずは三人、正面と左右から剣による同時攻撃だ。それに対しておっさんは両手で手刀を繰り出し、左右から迫る衛兵の剣を叩《たた》き折《お》りながら正面の衛兵を強烈な前蹴りで吹き飛ばす。おっさんの全力蹴りをガラ空きのボディに叩き込まれた衛兵は、身体《からだ》をくの字に折り曲げながら、後続を巻き込んで派手に転倒した。

おっさんは間髪容《い》れずに両足を大きく広げ、両手の掌《てのひら》を左右にそれぞれ勢い良く突き出す。掌底を受けた二人の衛兵は地面と水平に数十メートル吹き飛び、民家の壁に突き刺さった。

「隙ありぃ！」

だがそこで、おっさんの背後から一人の衛兵が襲いかかった。上段からおっさんの頭に向かって、両手で持った剣が振り下ろされる。

「そんなものはねぇ」

「!?」

だが剣を振り下ろしたその瞬間、衛兵の視界からおっさんの姿が消えた。次の瞬間、おっさんは衛兵の背後に出現し、その右手には一振りの短剣が握られていた。

おっさんが短剣を衛兵の背中に深々と突き刺し、その一撃で衛兵が重傷を負い、倒れる。おっさんが発動したのは暗殺スキルを鍛える事で習得可能な汎用アーツ、【バックスタブ】だ。敵の背中に命中した時に限り、与えるダメージとクリティカル率に大幅なプラス補正が加えられる。

「や、槍だ！　槍を装備しろぉ！」

隊長の指示に、衛兵達は同時にアビリティ【クイックチェンジ】を使用し、武器を槍に換装した。勘の良い一部の読者の方は既に気付いているかもしれないが、このアビリティは手にした武器を一瞬でアイテムストレージ内の別の武器に切り換える効果を持つ。本来は時間がかかる武器交換を戦闘中に一瞬で行なえる、非常に便利なアビリティだ。

「よし！　槍のリーチを活《い》かして、奴の間合いの外から攻撃するのだ！」

やや安直ではあるが、効果的な作戦である。彼らは両手で槍を構え、慎重におっさんを包囲しようとする。対するおっさんは、この布陣にどう対抗するつもりか。

「なるほど、確かに悪くない手ではある。が……」

おっさんは言いつつ、一瞬で近くにある背の高い街灯の隣へと移動した。そして両手で街灯を摑《つか》むと、無造作にそれを引っこ抜いた。

「相手がもっと長《なげ》ぇ武器を持ってたら無意味だよなぁ！」

おっさんが引き抜いた街灯を軽々と振り回し、衛兵を殴り倒す。

「がははははは！　ホームランだ！」

おっさんは笑いながら長い街灯をバットのように使い、堂に入った神主打法で衛兵を五人纏《まと》めて空高くカッ飛ばし、思わず見惚《みと》れるほどのバット投げまで披露する。

「あ、あれは伝説の猛牛戦士!?」

見ていたプレイヤーが思わず叫ぶほどの見事なバッティングであった。

「ええい、こうなったら弓を使うのだ！　一斉に矢を放て！」

衛兵隊長が泡を食って叫ぶ。その指示に従い、残った衛兵達が弓を装備し、素早く矢を番《つが》える。

「撃てぇッ！」

号令の下、おっさんに向かって一斉に矢が放たれる。おっさんはそれに対し、腰を深く落とし、両手の掌を前に突き出した構えで応じる。

次の瞬間、放たれた矢はおっさんの指の間に挟まれ、止められていた。

「馬鹿な！　あれほどの矢を全て素手で止めたというのか⁉」

あまりの非現実的な状況に動揺する衛兵達。その隙を見逃すおっさんではなかった。

「おい、返すぜ！」

おっさんが両腕を鞭《むち》のように振るい、受け止めた矢を投げ返す。それらは全て、衛兵達の膝に一本ずつ突き刺さった。それも全員に、寸分違わず同じ位置にだ。

「うぎゃあああああ！　膝に矢がぁっ！」

「膝に！　膝に矢を受けてしまったあああああ！」

「膝があああああ！　もうおしまいだあああ！」

「古傷があああああああ！」

膝に矢を受けた衛兵達が地面に転がり、悶《もだ》え苦しむ。何故《なぜ》かは分からないが、衛兵達は膝に対する射撃攻撃が弱点として設定されていた。おっさんは常時発動型《パッシブ》アビリティ【弱点看破】によってそれを見抜いていた為、一切躊躇《ちゅうちょ》する事なく、その弱点を狙い撃ったのだった。

「ば、馬鹿な……我々衛兵隊が、ぜ、全滅めつめつめつ……」

残された衛兵隊長は戦意を喪失し、白目を剝《む》きながらその場に力なく座り込む。そんな彼の前に、おっさんが立つ。おっさんは衛兵隊長を見下ろし、高圧的な態度で言った。

「おい。これは正当防衛だ。そうだな?」

「えっ……?」

「俺はさっきの変な髪型のクソガキ共に襲われたから『やむを得ず』返り討ちにした。そいつを見たお前さん達が『誤解』をして襲いかかってきたから『仕方なく』応戦した。だからこれは正当防衛だ。全ては『不幸なすれ違い』が生んだ悲劇だ。そうだよな?」

全力で威圧しながら俺は悪くないアピールをするおっさんであった。だが皆、騙《だま》されるな！ この男は一見尤《もっと》もらしい事を言っているように感じるかもしれないが、もし本当にそう思っているなら衛兵達を傷付けずに無力化する事くらい、おっさんは容易《たやす》く出来た筈だ。間違ってもノリノリで笑いながら衛兵を場外ホームランするような真似をする筈がない！ このおっさんは単に、いきなり襲いかかってきた衛兵がムカついたからブン殴った、ただそれだけである！

勿論《もちろん》、衛兵隊長もそんな事は分かっている。分かっているが、

(この提案、いや、脅しを断ったら、おれは死ぬ)

この男は刃向かう相手には一切容赦しない！ そして相手の身分や立場など一切考慮しない！一度敵と見ればたとえ相手が世界の王だろうと、神であろうとお構いなしに殴り倒す！ 目の前のコイツはそういう人種である！ 衛兵隊長は理性ではなく、本能でそれを察した。

「という訳で俺は悪くない。ＯＫ？」

「お、ＯＫ……」

もはや選択の余地はなかった。権力が暴力に屈した瞬間であった。おっさんは満足そうに笑うと、アイテムストレージから大量の金貨が詰まった袋を取り出した。

「不幸な誤解が解けて何よりだ。それとこいつはアンタらに怪我《けが》させちまった分の詫《わ》びと見舞金だ。取っておいてくれ」

おっさんが大量の、衛兵隊長の年収を大幅に超える額の金貨を押し付ける。一度屈してしまった以上、それを固辞するという選択肢は隊長にはなかった。賄賂、もとい慰謝料及び見舞金を唯々諾々と受け取ってしまった。示談成立ッ！

多額のゴールドを押し付け、おっさんが去る。衛兵隊長はそれを為《な》す術《すべ》なく見送った。周囲を見回せば、傷付き倒れた満身創痍《そうい》の部下達の姿がある。だが幸いにして、死者は一人もいないようだった。おっさんはどうやら、ギリギリ死なない程度に手加減はしていたようだ。

衛兵隊長は考える。これからどうしようか。まずは部下達の治療をして、それが終わったらこの金を皆で分配しよう。そして、それが終わったら……

（衛兵やめて、実家に帰ろう。帰って両親と一緒に畑を耕そう。うん、それが良い……）

隊長の心は折れた。もはや衛兵としての再起は叶《かな》わないであろう。だがその結果、彼はシステムが定めた己の運命から逃れ、一人の人間として穏やかに暮らす自由を手に入れた。

こうして意図せずに一人のＮＰＣに多大な影響を与えたおっさんは……

「おっかしいな、何か忘れてるような気がしたが……気のせいか？　まあ、忘れたって事はどうせ大した事じゃねぇだろうし、まあ良いか」

ひと暴れしてスッキリしたのか、ドサクサに紛れて逃走した少年達の事などすっかり忘れて、満足そうな様子で歩き去っていくのであった。

# 謎のおっさん熱血指導！　ドデカい敵をブッ飛ばせ！

街の衛兵達《たち》を相手に大立ち回りを演じた挙句、金を渡して全てをなかった事にしたおっさんはその後、街の外に向かって歩き出した。そして今、おっさんは【始まりの草原】フィールドを歩いていた。最初の街、城塞都市ダナンの城門をくぐれば、すぐにこの草原フィールドに出る。つまりこのエリアは名前通りに、最初の冒険の舞台となる場所である。

草原には小型の猪《いのしし》型モンスター【スモール・ボア】の姿が多数見える。このゲーム内で最も弱いモンスターの一匹であり、初心者が戦闘に慣れる為《ため》に戦う相手として最適だ。もう少し街から離れれば、強化版の【ラージ・ボア】や狼《おおかみ》型モンスターの【グレイ・ウルフ】、【ホワイト・ウルフ】といった敵が出現する。

草原の各所では、スモール・ボア相手に戦う初心者プレイヤーが多く見受けられる。どうやら苦戦しているようで、猪の突進をまともに食らって吹き飛ばされる者達もいた。そんな初々しいプレイヤー達の姿を見ていたおっさんは、微笑《ほほえ》ましいような、もどかしいような複雑な気分になった。

「う、うわあああああああ！」

と、その時であった。猪の全力突進を食らって派手に吹き飛んだ中学生くらいの少年プレイヤーが、情けない悲鳴を上げながらおっさんに向かって飛んでくるではないか。このままでは彼はおっ

さんに衝突してしまう。そんな少年をちらりと見たおっさんは、

「ぶべらっ！」

無慈悲にも飛んできた少年をひらりと回避し、少年はそのまま顔面から着地する。その姿を見ておっさんは愉快そうに笑った。何て野郎だ。そして少年と戦っていたスモール・ボアが、彼に更なる攻撃を加えようと突進してくる。

「やれやれ、仕方ねえな」

おっさんは素早く少年とスモール・ボアの間に割り込むと、右手一本で猪の頭を押さえてその突進を食い止める。

「おい坊主、大丈夫か？」

「は、はい……何とか」

おっさんに声をかけられ、顔を上げた少年が見たのは小型とは言え猪の突進を片手で止めながら、びくともしないおっさんの姿。そのおっさんが、顔だけで振り向いて言う。

「HP残り少ねぇようだし、少し休んでな」

そう言うと、おっさんは腰の鞘《さや》から短剣を抜き、素早くスモール・ボアに斬りかかった。攻撃を受けた事で標的がおっさんに切り換わり、スモール・ボアが牙を突き上げて反撃しようとする。

「遅ぇッ！」

その攻撃を半歩下がって射程外に出る事で悠々と回避しながら、おっさんが回し蹴りを放った。そのカウンターで牙をへし折り、スモール・ボアを大きくのけぞらせる。そしてすれ違うように素

早く、さりげなく敵の背後に回り【バックスタブ】を発動し、背中に短剣を深々と突き刺してトドメを刺した。

「プギィィィ……」

断末魔の声と共にモンスターが倒れ、数秒後にその死体が消滅する。敵を倒した事でおっさんは僅かな経験値とゴールドを獲得し、そして戦利品がドロップされた。魔獣の毛皮、猪の肉、猪の牙の三点だ。おっさんは地面に落ちたそれらを拾い、少年に投げ渡した。

「えっ、あの、これは……」

「元々はお前さんが戦ってた敵が落とした分だ。取っときな」

「えぇ……でも、殆《ほとん》ど貴方《あなた》が倒したようなものですし、悪いですよ……」

「律儀なのは良《い》い事だが、別に構わねえよ。大体、それくらい簡単に集められるしな」

おっさんは申し訳なさそうにする少年に背を向けると、自らの言葉を証明する為に、近くにいるモンスターを狩る事にした。幸い、付近には多くのスモール・ボアが棲息《せいそく》している。おっさんはそれらに襲いかかった。

おっさんとモンスターの戦いは、完全なワンサイドゲームだった。一方的な虐殺と言い換えても良い。

モンスターの動きを完全に見切り、最小限の動きで回避しながら翻弄し、絶妙のタイミングでカウンターを入れて牙の部位破壊を行ない、次の瞬間には死角から弱点を的確に攻撃してあっさりと仕留めて見せる。一切の無駄を排除した洗練された動きに、モンスターは攻撃を当てるどころか、殆ど何もさせて貰《もら》えないまま絶命した。

「ちょっ、おいおい、何だよあの動き……」

「何というスタイリッシュな戦闘だ！　敵の動きを完全に見切ってやがる！」

「ヤバい、おっさんの癖に華麗すぎる……」

周囲のプレイヤーは戦いの手を止め、常人離れしたおっさんの戦いぶりに注目していたが、当のおっさんはそんな彼らの視線を全く意に介さず、モンスターを乱獲し続けるのだった。

「温《ぬる》いな……準備運動にもなりゃしねえ。ま、街周辺のフィールドならこんなモンかね」

大量に稼いだ経験値とドロップ品を前に、おっさんは煙草《たばこ》に火を点《つ》けながらそう呟《つぶや》いた。そろそろ次の狩場に移動するかと考えた時、おっさんの背中に声をかける者がいた。

「あの、すみません！」

その声の主は、先程おっさんに助けられたプレイヤーだった。短剣と革鎧《かわよろい》を装備した、小柄な赤毛の少年だ。おっさんは振り返り、彼に向かって言う。

「おう、さっきの少年か。どうした？　俺に何か用かい」

「は、はい！　あの、貴方の戦い方を見て凄《すご》いと思ったので……その、良かったら指導をお願い出来ないでしょうか！」

真正面からおっさんと向かい合った少年は、長身のおっさんに鋭い眼光で見下ろされてビビるが、勇気を出しておっさんにそう言った。ちなみに、おっさんの目つきが悪いのは生まれつきであり、本人は別に睨《にら》んだり威圧する気は一切ない。

「指導ねぇ……」

ふむ、とおっさんは顎に手を当てて少考するが、別に大した用事もなかったし、まあ良いかと結論付け、少年のその頼みを快諾した。

「ま、新人《ニュービー》に色々教えてやんのも先人の義務ってヤツか。良いぜ、付き合ってやるよ」

おっさんがその言葉を発すると同時に、周囲のプレイヤーがわっと歓声を上げて、おっさんの周りに集まってくる。どうやら彼らも赤毛の少年と同じ事を考えていたらしく、様子をうかがっていたようだ。俺にも！　私も！　と声を上げる彼らに、調子の良い連中だと少々呆《あき》れはしたが、どうせ教えるなら纏《まと》めてやったほうが手っ取り早いし、一度受け入れた以上は最後まで付き合ってやるのが人情ってモンか、と考えて自らを納得させるのであった。

「あー、コホン。それじゃあ実演しながら解説するぞ」

おっさんは集まったプレイヤー達を一ヵ所に纏めると、モンスターと相対して実際に戦いながらコツを説明する事に決めた。

「まず、このイノシシ型モンスター、スモール・ボアだがな、よく観察すりゃあ気付くと思うんだが、攻撃パターンは三種類しかねぇ」

おっさんはそう説明しながらスモール・ボアに近付くと、その顔面に向かって無造作に一発、蹴りを放った。その結果、当然モンスターにダメージが発生し、蹴られたモンスターはおっさんに対して敵対行動を取り始める。

「一つ目がこの、正面に向かって牙を突き上げる攻撃だ。こいつは敵が近距離・正面にいる時によく使ってくるから、横か後ろに下がって避《よ》けりゃ良い」

その教えのまま、おっさんは太い牙を勢い良く突き上げてきたスモール・ボアの攻撃を、素早いサイドステップで回避しつつ側面に回り込んだ。

「次はこの、前足を大きく上げてから勢い良く振り下ろす攻撃だ。これはこいつが足を下ろした場所を中心に円形の範囲を攻撃する範囲攻撃だが、予備動作が長《なげ》ぇし範囲も大して広くねえ。落ち着いて後ろに下がるかガードしな」

おっさんは解説しながらバックステップを何度か繰り返して、スモール・ボアから大きく距離を取った。スモール・ボアの範囲攻撃を避ける為というには下がりすぎだが、それは次の攻撃を誘発させる為でもあった。

「最後の三つ目は、この突進だ。敵が離れた場所にいるとこうやって一直線に突っ込んでくるから、直前でガードするか、横に跳んで避けるかすりゃあ良い。突進後は隙もでかいしな」

おっさんはスモール・ボアの突進が当たる寸前に、最小限の動きでひらりと回避した。まるで闘牛士のような華麗な回避に、ギャラリーから歓声が上がる。

おっさんの解説通り、スモール・ボアは突進を終えた後は暫《しばら》く静止し、隙が出来ていた。おっさんはその間にスモール・ボアの背後に回って短剣の一撃で葬ると、プレイヤー達に向き直った。

「さて、このようにモンスターの行動はある程度パターン化されていて、それを覚えちまえば対処するのは簡単だ。これを踏まえた上で、防御に使えるテクニックを幾つか教えてやろう」

おっさんはそう言うと、プレイヤーの一人に近付いて声をかける。

「つー訳でアンタ、ちょっとその盾を貸してくれねえか」

「あ、はい。どうぞ……」

おっさんはプレイヤーの一人から小型の盾【ウッドバックラー】を借りると、それを装備した。

「それじゃあ実践だ。まずモンスターの攻撃を、普通に盾で防御してみよう」

おっさんが再び近くにいたスモール・ボアに攻撃し、それに対してスモール・ボアが反撃の牙を剝《む》く。その攻撃に対し、おっさんはそれまでとは違って回避をしようとせず、盾を構えて防御姿勢を取った。

「【シールドガード】！」

おっさんは盾スキルの基礎防御アビリティ【シールドガード】を発動させた。その後、スモール・ボアの攻撃がおっさんに命中し、ガキィン！　という音と共に牙と盾がぶつかり合い、おっさんに少量のダメージが与えられた。

「お前らが今まで防御スキルを使ってた時って、こんな感じだったろう？」

おっさんの質問に、盾持ち達がうんうんと頷《うなず》く。その中で疑問を抱いた一人が声を上げる。

「って事は、そのやり方は間違いだったって事ですか？」

「別に間違いって訳じゃねえが、もっと良いやり方があるって事さ。まあ見てな！」

おっさんが再びスモール・ボアに相対する。スモール・ボアが一瞬の溜《た》めの後、再び牙を突き上げる動作を行なった。その瞬間。

「ここだ！　【シールドガード】！」

パァン！　という乾いた音と共に、攻撃が命中したおっさんの盾が発光するエフェクトが発生し、スモール・ボアが体勢を崩した。対して攻撃を受けた筈《はず》のおっさんはＨＰが全く減っておらず、その頭上には【Just Guard!!】の文字が一瞬現れて消えた。

「「「「おおおおおおおおっ!?」」」」

プレイヤー達から賞賛と疑問の入り混じった声が上がる。おっさんはすぐさまそれに応える。

「これが【ジャストガード】だ。攻撃が命中する直前、ギリギリのタイミングを狙って防御スキルを使う事で発生するバトルボーナスで、敵の体勢を崩せる上にダメージ軽減率も大きく上がる」

「すいません！　バトルボーナスって何ですか!?」

「おっと、そこからか。バトルボーナスってのは、今見せたジャストガードの他に、敵の背後から攻撃すると発生するバックアタック、弱点部位への攻撃で発生するウィークポイントアタック、アーツで敵にトドメを刺すアーツフィニッシュ、空中で敵にトドメを刺すエアリアルフィニッシュ、敵の残りＨＰを大きく超えるダメージを与えるオーバーキル。こんな風に、戦闘中に特定の条件を満たす事で発生するボーナスの事を言うのさ。こいつが発生すると戦闘が有利になるのは勿論《もちろん》、ボーナス経験値が貰えるから積極的に狙っていきな！」

解説しながら、おっさんはウッドバックラーを持ち主に投げ返し、自前の短剣を装備した。

「さて、次に盾を使わねぇ連中！　特に大剣とか斧《おの》とか両手槍《りょうてやり》使う連中はよく見とけ、必須技能だぞ！」

おっさんの言葉に、両手武器使いのプレイヤー達が目を見開いて、その動きに注目する。おっさんは彼らの視線を受けながら軽快なステップを踏み、スモール・ボアの攻撃に備える。

「ブモォッ！」

「ふっ！【パリィ】！」

スモール・ボアが攻撃する瞬間、おっさんはそれを迎え撃つように右手の短剣を鋭く振るい、武器防御アビリティ【パリィ】で牙を弾《はじ》き返《かえ》した。先程のジャストガード成功時と似たようなエフェクトが発生すると共に、おっさんの頭上に【Just Parry!!】の文字が表示される。そしてジャストガードと同じように、スモール・ボアが大きく体勢を崩す。そして、

「【シャープストライク】！」

間髪容《い》れずに、おっさんが鋭く踏み込みながら全力で短剣を突き刺す単発アーツ【シャープストライク】を発動させ、一撃でスモール・ボアを絶命させた。

「ジャストパリィで体勢を崩したところにアーツでカウンター！　もうお前らも分かってると思うが、アーツは強力な代わりに隙がでかい技も多い。鈍重な両手武器なら特にだ！　だがこうすりゃあ、体勢を崩したところにノーリスクで必殺の一撃入れられるって寸法よ！　分かったか！」

「凄《すげ》ェ！　流石《さすが》おっさん！」

「このテクニック超助かる！」

両手武器使い達はおっさんが披露したテクニックを見て、習得していなかった者達は急ぎスキルウィンドウを開き、武器防御スキルを習得した。

「ま、防御に関してはこんなところだな。序盤はしっかり相手の動きを見極めて、それに対応する

事を覚えるこった。そうすりゃ安全に戦えるし、そうこうしてる内に戦い方も上達すんだろ。じゃあ次はいよいよ、攻撃のほうを指導してやろうか」

そしておっさんは、プレイヤー達を使う武器ごとのグループに分け、それぞれの武器を実際に使ってみせながら実践的な指導を行なった。

その結果、何という事でしょう！　ついさっきまで最弱モンスターであるスモール・ボア相手に苦戦していた初心者達が、まるで別人のような動きになっているではないか！

最初におっさんに話しかけた赤毛の少年は、短剣を軽く握りながら近くにいるモンスターに狙いを定めた。

「動きが硬《かて》ぇ……。お前は無駄に力が入りすぎだ。短剣使いがブンブン振り回してどうする」

「短剣の基本は蝶《ちょう》のように舞い、蜂のように刺す事だ。力押しがしてえなら斧でも使うんだな」

おっさんはそう語った。その言葉を頭の中で繰り返し、少年は素早く敵の背後に忍び寄る。

（正面から正々堂々と戦う必要はない。狡賢《ずるがしこ》く立ち回れ。弱点攻撃は基本……！）

少年はスモール・ボアの背中の弱点に狙いを定め、短剣を力が入りすぎないように気を付けつつ握り直し、習得したばかりの【暗殺】スキル、その初期習得アビリティである【不意討ち】を発動する。その効果は名前の通り、こちらを見ていない相手への攻撃の威力とクリティカル率を上昇させるものだ。

（必要以上の力はいらない。素早く、正確に！）

スモール・ボアの無防備な背中に短剣が突き立てられる。【バックアタック】と【ウィークポイント・クリティカル】のバトルボーナスを獲得すると共に、確かな手応えが右手に伝わる。

（欲張るな。攻撃だけに集中するな。短剣の基本は一撃離脱！）

スモール・ボアが前足を上げて範囲攻撃で反撃しようとする前に、少年は余裕を持ってバックステップで離脱し、腰のベルトに挟んである物に手を伸ばす。

「軽くて片手がフリーになるのも短剣の長所の一つだ。素直に盾を持つのも悪かねぇが、動きが阻害されるから、あまり重い盾は持てねぇからな。こういうのと組み合わせるのも良いぜ」

そのアドバイスと共におっさんから渡された、小さな投げナイフ。それを空いた左手でベルトから抜いた少年は、これまた取得したばかりの【投擲《とうてき》】スキルのアーツを発動する。

「【クイックスロー】！」

素早い動きで手に持った投擲武器を投げる、隙の少ない遠距離攻撃。威力はさほど高くはないが、安全な距離から素早く攻撃が出来る為、使い勝手が良い技だ。

攻撃を空振ったスモール・ボアに、放たれた投げナイフがカウンターヒットし、強制的にのけぞらせる。

「威力は低いが軽くて使いやすい短剣は、他の武器に比べて攻撃出来る機会が多い。僅かなチャンスを見逃すな、常に目を光らせろ！　小せぇ隙を突いて、でっかく広げるのがお前の役目だ！」

そのおっさんの教えを、今こそ少年は理屈ではなく本能で理解した。

「見えたッ！　今がチャンスだ！」

僅かな隙を見逃さず、少年が無防備なスモール・ボアに飛び掛かる。

「【ソニックダガー】ッ！」

短剣に風を纏わせ、切断と共に疾風属性の追加ダメージを与えるアーツが発動し、風の刃がスモール・ボアをズタズタに引き裂いた。

「やった……！　僕にも出来た……！」

少し前まであれほど苦戦していた敵に、無傷の勝利が出来た事で思わずガッツポーズを取る。草原を見渡せば、似たような光景を幾つも見つける事が出来るだろう。

例えば少し離れた場所にいるレイピア使いの少女。おっさんの指導を受けた彼女は手にした細剣でモンスターの弱点を次々に狙い打つ。

「細剣は攻撃力が低い、耐久度も低い、刺突しか出来ねぇと欠点が多い武器だが、とびっきりの長所が一つだけある。攻撃範囲が狭い……このほっそい剣の先っぽの点しかない分、狙った場所をピンポイントで攻撃出来るって事だ」

「つまり、弱点部位へのクリティカルだけを徹底的に狙えって事だ！　適当に攻撃するな、弱点を見抜いて、そこを正確にブチ抜けるように常に意識しろ！」

その教えの通りに、少女は剣先を弱点に向けて最速で、最短距離で突き刺す事だけに集中する。

弱点を集中攻撃されたスモール・ボアはたまらず悲鳴を上げながら、破れかぶれの反撃を試みようとするが、その攻撃よりも……

（私のほうが……速いッ！）

一瞬の判断で、少女は回避ではなく迎撃を選択した。突き出される牙、その根元を狙って右手に握った細剣を突き出す。弱点攻撃、クリティカルヒット、カウンターと三拍子揃《そろ》ったその一撃は、スモール・ボアの牙を根元から粉砕した。追加で部位破壊のバトルボーナスも獲得し、彼女はその戦果に満足そうな笑みを浮かべるのだった。

また、更に別の場所では右手に槍を、左手に円形の盾を装備し、金属製の重鎧《じゅうがい》を着た騎士風の青年が戦っていた。彼もまた、おっさんの指導を思い出しながら目の前のモンスターと対峙《たいじ》する。

「正面から受けるだけが防御じゃねえぞ。敵の攻撃を受ける時は、基本的に斜めに受ける事を意識してみろ」

「斜めに……ですか？」

「おう。そうだな、例えばこうやって地面を殴る時の事を考えてみろ」

おっさんが拳を握り、地面に当てながら説明する。

「地面に向かって垂直に拳を下ろすのと、斜めに殴るのと、どっちが威力が出ると思う？」

「そりゃ当然、まっすぐ突いた時のほうが……ああ、そういう事か！」

「理解出来たようだな。攻撃に対して受ける面が垂直に近いほど衝撃は強くなる。逆に、水平に近ければ近いほど威力を逃す事が出来るって訳だ。そんな風に攻撃を受ける角度を意識してみな。上手《うま》い壁役《タンク》は皆、そうやって工夫してるぜ」

スモール・ボアの牙を、青年が盾を斜めに構えて受ける。

（なるほど、これだけでも受けた時の感触がかなり違う）

初めて戦った時は正面からまともに受けたせいで、盾があっても大して役に立たないと思って後悔したが、しっかりと技術を身に付ければ楽に受け流せる事が実感出来る。

「よし、それじゃあこのまま盾スキルを鍛えつつ防御の練習だ。付き合って貰おうか」

この青年と戦っているスモール・ボアはこの後、まともに通用しない攻撃を延々と繰り返し、彼の盾スキルと防御技術を鍛える為の練習台にさせられるのだった。

ここまで紹介した彼らのように、おっさんの指導を受けた初心者プレイヤー達は、それまで苦戦していたのが嘘《うそ》だったかのように、草原のモンスター達をスムーズに狩っていった。そのまま数十分が経過し、彼らの成長を見届けたおっさんは、そろそろ指導を終えようと考えていたが……

【Emergency Mission!】

プレイヤー達の前にシステムメッセージ・ウィンドウが出現し、その文字が大きく表示される。

続いて、以下のようなメッセージがその場にいる全プレイヤーに伝えられた。

**『短時間の内にエリア内のモンスターが一定以上討伐される条件が満たされた事により、緊急ミッション【怒りの大猪】が発生しました。十分後に、始まりの草原に手配モンスターが出現します。同時に、該当エリアにいるプレイヤー全員にクエストが配布されます』**

そのメッセージを読んだプレイヤー達が騒ぎ出す。

「一体何が始まるんだ!?」

「なんか手配モンスター？　ってのが現れるらしいが、どんな奴《やつ》だ？」

「おっさん、俺達はどうすれば良い!?」

「そうだ、おっさんなら何か知っている筈……!」

混乱したプレイヤー達は、すがるようにおっさんを見た。そのおっさんは、緊急ミッションの告知を受けても、いつもと変わらぬ様子で煙草を吸っている。彼らの視線を受けて、おっさんは煙を深く吸い込み、吐き出した後に口を開く。

「まず落ち着けガキ共。こいつは俺も初めて見るが、どうやら大物がお出ましのようだ。推測になるが、俺らが派手にザコ共を殺しまくったせいで親玉が怒ったんだろうな」

今回発生した緊急ミッション、これはおっさんも初めて体験するものだ。つまりはβテスト時代にはなかった、正式サービス開始と同時に実装された物だという事だ。どうやらエリア内で特定の条件を満たした時に発生する、隠しクエスト的なものらしい。

「俺にも敵がどれくらい強いのかは分からねえ。だが、戦い方は叩《たた》き込《こ》んでやった筈だ。さっきまで教えた事をちゃんと出来れば大丈夫だろうよ。落ち着いて、自信を持っていけ」

おっさんの態度と言葉によって、初心者達は段々と落ち着きを取り戻していった。おっさんはエリア内に散らばっていた彼らを一ヵ所に集めて、指示を行なう。

「今の内にＨＰとＭＰ《マジックポイント》を全回復させておけ！　それと今までの狩りで手に入れた経験値を割り振って、強化するのを忘れんな！　それが終わったら近くにいる奴とパーティー組んで、敵襲に備えろ！　行動開始だ！」

おっさんの号令の下、プレイヤー達が急いで準備を開始する。彼らはステータスウィンドウを開いて各ステータスを上昇させたり、新しくスキルやアビリティ、アーツ、魔法を習得させたりしている。

このゲームでは敵を倒す、クエストを攻略する、生産スキルでアイテムを作る等《など》の様々な行動によって、経験値を入手出来る。大抵のRPGでは経験値を溜める事でレベルが上昇するシステム、つまりレベル制が主流だが、このゲーム、アルカディアにはレベルというものは存在しない。

では経験値は何の為に存在するのかと、疑問に思うのも尤《もっと》もだ。その疑問に答えよう。このゲームにおいて経験値は、基礎ステータスの上昇や新たなスキルの習得などの成長の為に消費する物である。多くの場合、ステータスポイントやスキルポイントといった数字で管理されるそれは、全て「経験値を消費して成長する」方法に一元化されている。

それこそが、このゲームの最大の特徴と言って良いだろう。何故《なぜ》ならば経験値は無限に取得する事が出来るので、それによる成長もまた際限がない。理論上は全てのステータスをどこまでも上げる事が出来るし、ゲーム中に存在する全てのスキルを覚える事も可能という事だ。ちなみにステータス値に上限というものは設定されておらず、個人が習得出来るスキルの数にも上限はない。やろうと思えばどこまでも強くなれる、無限大の成長性と凄《すさ》まじい自由度こそがこのゲームの最大の売りであった。

その代償として戦闘力が次々とインフレし、初心者と上級者の差がとんでもない事になったり、ゲームバランスが酷《ひど》く大味で雑だったり――それまで無双していたプレイヤーが、次のエリアに行ったらあっさりと即死したりする等――と様々な問題はあるが、これはこれで受け入れられている

ようだ。当然運営・開発チームに対する苦情も少なからずあったが、それに対する彼らの反応は、

「自由度の為ならバランスなんぞ投げ捨ててやる。ついてこれる奴だけついてこい」

「敵が急に強くなりすぎ？　頑張れば頑張っただけ強くなれるんだから、いつかは先に進めるさ」

といった内容であった。これは酷い。また、それに対するβテスター達の評価は、

「インフレ上等オンライン」

「ゲームバランスぶん投げを臆面もなく公言するクソ運営」

「他のMMORPGがド◯クエだとしたらこのゲームはディスガ◯ア。それくらいかけ離れてる」

「「だがそれが良い」」

この様である。どいつもこいつもガンギマリ過ぎだ。

さて、ゲームシステムを軽く紹介するつもりが話が逸《そ》れた。軌道修正するとしよう。

経験値を割り振って成長を終えたプレイヤー達は、近くにいる者同士で即席のパーティーを作り、連携を確認しながら敵襲に備えていた。彼らの視界に映るシステムウィンドウに表示されていた、ミッション開始までの時間を示す数字が徐々に減っていき、遂《つい》にそのカウントが0になった。

『**緊急ミッションが開始されます**』

その一文と共に、ドドドドドドドド……と、大音量の足音と共に、出現したモンスターの大群がプレイヤーに向かって迫りくる。

「来た！　でかいぞ、気を付けろ！」

敵の姿を視認したプレイヤーが叫ぶ。現れた敵は先程まで彼らが戦っていたモンスタースモー

ル・ボアと同じ、猪型のモンスターだ。だがその身体《からだ》は大型の【ラージ・ボア】と比べても更に一回り大きく、牙も鋭く巨大に進化している。そして体毛は、燃え盛る炎のような赤色。

そのモンスターの名は【マッド・ボア】。大きさは勿論の事、戦闘力もこれまで戦ってきたボアとは比較にならない強敵である。また普通のボアはこちらが攻撃するまでは何もしてこない大人しいモンスターだったが、この赤い猪はプレイヤーを見つけ次第襲いかかってくる、アクティブモンスターと呼ばれる凶暴な個体だ。

そして、大量に出現し、こちらに向かって突進してくるマッド・ボアの群れの最後尾に、遠目からでもはっきりと分かるほど、一際巨大な一匹の猪が出現した。

その名は手配モンスター【フューリー・ボア・ロード】。怒れる猪達の王だ。その姿を認めたおっさんが、一人走り出す。

「先に行くぜ！　てめえらは後からついてきな！」

「ちょっ、おっさん！　いくら何でも無茶だ！」

迫りくる群れに向かって単身突撃するおっさんを、他のプレイヤーが慌てて止めようとするが、彼らを置き去りにしておっさんが走る。その正面から迫るは数十匹もの巨大な猪。このまま正面からぶつかり合えば、あっという間に群れの勢いに呑《の》み込《こ》まれてしまうだろう。

だがおっさんは敵群に激突する寸前に、力強く大地を蹴って空中に舞い上がる。そしてアイテムストレージから、とあるアイテムを取り出して装備した。

「あれは……魔導銃か！」

誰かがそう叫んだ。そう、おっさんが装備したのは魔力によって銃弾を射出する魔導兵器、魔導銃だった。おっさんが使う魔導銃は片手で扱える拳銃型であり、それを左右の手にそれぞれ装備する二挺《ちょう》拳銃スタイルだ。

「……あれ、気のせいか？　なんかデカくねぇ？」

「うわ本当だ！　何だあの拳銃⁉」

おっさんが装備した、その拳銃型の魔導銃は一つだけ、普通の拳銃と異なる点があった。大きさである。銃身が二十インチ（約五十一センチ）という極端な長さの、もはや拳銃と呼べるかすらも怪しいそれを、二挺同時に扱うという暴挙！

「【バレットストーム】！」

おっさんが空中で回転しながら、左右の魔導銃を振り回して連続で無数の銃弾をばら撒《ま》く。傍目《はため》からはろくに狙いもつけずに、連続でデタラメに撃ちまくっているように見える。だが放たれた弾丸は全てマッド・ボアの眉間を正確に撃ち抜いていた。

十匹を超える敵を一度に倒したおっさんが着地する。そこへ生き残ったマッド・ボアが殺到するが、おっさんは突進を跳んで躱《かわ》しながら、その内の一匹の背中に飛び乗った。そして、ボアの背中を次々と飛び移りながら、群れの奥深くへと進んでいく。

「おっさんがボスに向かっていったぞ！　残った敵は僕達が片付けるんだ！」

魔獣の群れを物ともしないおっさんの姿に勇気付けられ、残ったプレイヤー達もまた、一斉に突撃を開始する。プレイヤーとモンスター、それぞれの軍団同士がぶつかり合うのを尻目に、おっさんは進む。遂に手配モンスター、フューリー・ボア・ロードの下に辿《たど》り着《つ》いた。黒い体毛の、全高五メートルほどもある、とんでもなく巨大な猪の王がおっさんを睨みつける。

ボア・ロードがその長大な牙をおっさんに突き立てようとするが、その寸前におっさんの姿が視界から消え去る。おっさんは一瞬で、ボア・ロードの巨体の下に潜り込んだのだ。猪の王は身体を回転させておっさんを捜すが、その姿は当然、どこにも見つからない。

身体が大きければ大きいほど力は強く、攻撃範囲は広くなるがその分、死角も多くなる。おっさんは腹の下の弱点に向かって、二挺の魔導銃の弾を連続で撃ち込んだ。

「フゴッ⁉」

突然の攻撃に驚いたボア・ロードだったが、攻撃された位置からおっさんが自身の身体の下にいると判断したのだろう、その巨体でおっさんを押し潰そうと、その場で跳び上がった。

だが、そのような雑な攻撃がおっさんに通じる訳もなく、おっさんは余裕を持って身体の下から離脱し、フライング・ボディプレスを回避した。ボア・ロードが腹から地面に落ち、大地が揺れる。

その次の瞬間、ボア・ロードの腹の下で複数回、轟音《ごうおん》と共に爆発が発生した。ボア・ロードは凄まじい衝撃を受けて転がり回る。

この爆発は当然、おっさんの仕業だ。おっさんは離脱する前に、その場に罠《わな》を仕掛けておいたのだ。おっさんが使ったのは罠スキルのアビリティ【マイントラップ】だ。携帯用トラップツールを消費し、その場に踏むと爆発する地雷を設置する効果がある。何度も使用して熟練度を上げて、経験値を使って強化する事で複数の地雷を纏めて設置する事も出来る高威力トラップである。

「かかったなアホが！」

罵声と共におっさんが襲いかかる。おっさんは銃を仕舞うと、次は長い柄の付いた大きな金槌《かなづち》を取り出した。

「ハンマーチャーンス！」

おっさんがハンマーを大きく振りかぶって、ボア・ロードの牙に叩《たた》きつける。二度、三度と連続で叩いて手応えを確かめたおっさんは、ハンマーを肩にかついだまま大地を蹴り、ボア・ロードの巨体よりも高く跳躍した。そして落下しながら、勢い良く金槌を叩きつける。

「いただきぃ！」

鈍器アーツ【ハンマーフォール】。跳び上がり、落下しながらハンマーを叩きつける、隙は大きいが高威力のアーツが牙に直撃し、片方の牙がへし折れる。部位破壊を受けてボア・ロードが悲鳴を上げて倒れた。当然その隙を見逃すおっさんではない。

「オラッ！　もう片方もよこしやがれ！」

おっさんが金槌を振り上げ、アビリティ【フルパワーアタック】を使用して力を溜めた後に、アーツ【ブレイクスマッシュ】を放つ。部位破壊に特化したアーツによるおっさんの渾身《こんしん》の一撃を受けて、もう片方の牙も呆気《あっけ》なく根元からへし折れる。おっさんはレアアイテム【大魔獣の牙】を二個手に入れた。

「ゴアアアアアアアアアアアッ‼」

倒れて無抵抗な相手にやりたい放題のおっさんだが、遂にボア・ロードが怒りの咆哮《ほうこう》を上げながら立ち上がった。その目が赤く充血し、身体がドス黒いオーラを纏う。

ボスモンスターは大ダメージを受ける事で怒り状態になり、このように見た目に変化が表れる。当然変わるのは見た目だけではなく、攻撃力や防御力が上昇し、動きが速くなる、行動パターンが変わって強力な技を使ってくる等の危険な変化が発生するのだ。それまで有利に戦いを進めていたプレイヤーが、怒り状態になったボスモンスターに瞬殺される事もβテストの時によく見られた光景だ。

猪の王が四本の脚で地面を蹴り、跳んだ。その巨体に似合わぬ大跳躍で百メートルを超える距離を跳び、距離を取ったボア・ロードはおっさんに向き直り、その場で数回、前足で地面を蹴った。どうやら、その位置からおっさんに向かって突進をするつもりのようだ。

突進攻撃は、限度はあるが基本的に助走距離に比例してスピードと威力が上がる。おっさんとボア・ロードの距離は約百二十メートル、十分すぎる距離だ。左右に回避しようにも、ボア・ロードは途中で軌道修正をしながら迫ってくる事は想像に難くない。あの巨体が猛スピードで突撃してくるのを回避するのは、なかなか難易度が高そうである。

「ブモォォォォォォォォォォッ!!」

ボア・ロードが遂に、突撃を開始した。加速しながら猪の王がおっさんに迫る。おっさんはそれに対して、回避を行なう様子は見せなかった。

代わりにおっさんは装備していたハンマーをアイテムストレージに仕舞い、装備変更を行なった。おっさんが次に取り出したのは、魔導銃であった。

だが魔導銃と言っても、おっさんが新たに装備したのは、少し前まで使っていた拳銃型のものではない。それはスコープが付いた長銃……スナイパーライフルだった。

「悪いな、わざわざ力押しに付き合う気はねぇんだ」

おっさんはそう呟きながら素早く狙撃銃を構え、スコープを覗《のぞ》き込《こ》む。そして照準を、突撃してくるボア・ロードの眉間に合わせると、アーツを発動させてトリガーを引いた。

「【デッドエンド・シュート】ッ！」

おっさんの身体と彼が構えた狙撃銃が眩《まばゆ》い光を放つ。通常のアーツを発動した時には見られないエフェクトだ。それもその筈、おっさんが今発動したアーツ、【デッドエンド・シュート】は、奥義と呼ばれるアーツの一つである。

奥義は通常のアーツや魔法とは異なり、習得する為に難しい条件が設定されていたり、消費MPが莫大《ばくだい》であったり、発動までの準備時間やクールタイム（一度使用してから、再度使用出来るようになるまでの時間）が極端に長かったりと、扱いにくい部分は多いものの、その分効果は絶大だ。

おっさんが奥義を使って放った銃弾は赤光を纏いながらボア・ロードの眉間に狙い違《たが》わず突き刺さり、銃弾に込められた魔力がボア・ロードの頭の中で大爆発を起こした。それにより、草原を疾走していたボア・ロードの巨体がぐらりと傾き、そして地響きと共に倒れ伏した。それと同時に、王の敗北を目の当たりにしたマッド・ボア達が一目散に逃げ出していく。

【Mission Complete!】

『緊急ミッション【怒りの大猪】がクリアされました。参加したプレイヤーの皆様には、戦果に応じて報酬が支払われます。現在、結果の確認と報酬の準備を行なっております。参加者の皆様は少しの間、その場でお待ちください』

ボスモンスターが倒れ、ミッションがクリアされた事を示すシステムメッセージが流れると同時に、おっさんの背後から喝采が上がった。

おっさんが振り向くと、マッド・ボアの群れと戦っていた初心者達が拳や武器を振り上げて雄叫《おたけ》びを上げていたり、共に戦った仲間とハイタッチをしたりしている。どうやら、彼らも無事に生き残る事が出来たようだ。

その中の一人、短剣使いの赤毛の少年が、真っ先におっさんに駆け寄ってくる。

「おっさん!」

「おう坊主、生き残ったか。ちゃんと稼げたか?」

「はい! 僕らのパーティーは全部で十五匹倒しました! 僕はその、一匹だけしかトドメを刺せませんでしたけど……」

恥ずかしそうにそう言う少年だったが、彼と一緒に戦っていたパーティーメンバーの一人、大剣を背負った巨漢がその肩をバシバシと叩く。

「お前はその分遊撃にサポートに大活躍だったじゃねーか! なあリーダー!」

彼に続き、残りのパーティーメンバーもぞろぞろと集まってきた。そして少年をフォローしつつ、大剣使いを弄《いじ》り始める。

「そうだぞリーダー。少なくとも、この脳筋に比べたらずっと良い動きだった」

「そうそう。この突撃バカが生き残ってるのもリーダーのおかげだし」

「つーか、お前は何で壁役の俺より前に突っ込んだんだ？」

「ちょっ、悪かったって。勘弁してくれよ……」

パーティーメンバーからの集中砲火を受けて困った様子の大剣使いだったが、そんな彼を赤毛の少年が庇《かば》う。

「まあまあ、皆さんそのくらいで……。何だかんだで一番ダメージは稼いでくれましたし」

「おおっ！　やっぱり俺の味方はリーダーだけだぜ！」

「こらっ！　調子に乗るんじゃないの！」

「いってぇーっ！」

槍使いの女性プレイヤーに尻を蹴り飛ばされて、思わず跳び上がる大剣使い。そんな彼を指差して笑う残りのメンバー達。

「へぇ、良い雰囲気じゃねえか。思ったよりも立派にリーダーやってたんだな」

初めてパーティーを組んだとは思えないほど打ち解けた様子のプレイヤー達、その中心にいる赤毛の少年を見て、おっさんは満足そうに笑った。

その次の瞬間、再びシステムによるアナウンスが行なわれた。

『集計が完了しました。これより報酬の分配を行ないます。足元に報酬がドロップしますので、お受け取りください』

そのメッセージが表示され、緊急ミッションに参加した全プレイヤーの足元に金貨が詰まった袋や、アイテムが入った宝箱が出現する。プレイヤー達は喜び勇んで、それらに手を伸ばした。

「おおっ、ゴールドがこんなに！」

「凄ぇ！　なんかレアそうなアクセサリが入ってたぜ！」

「むっ、弓か……折角だしスキル覚えてみるか……？」

「片手剣出ましたー！　誰か両手槍と交換しませんかー!?」

「はーい、こちら両手槍出ました！　ぜひ交換お願いします！」

報酬の宝箱を開けて一喜一憂するプレイヤー達だが、やがて彼らはある一点を見つめて、その動きを止めた。

「おい、あれ……」

「すっげ……」

「一体全部でどれくらいの金額なんだ……？」

彼らの視線の先にあるもの、それは煙草を咥《くわ》えてリラックスした表情で煙を吸うおっさんと、その足元に大量に散らばった、大量の金貨袋や豪華な宝箱だった。たった一人で敵陣に切り込み、ボスモンスターを単独撃破した報酬。それは他のプレイヤーのそれとは、文字通り桁が違った。

「さて、お前達」

おっさんが、宝石で飾られた豪華な宝箱の上にどっかりと腰を下ろして、プレイヤー達に話しかけた。

「まずはお疲れさん。こうして全員無事に生き残って、ミッションをクリア出来て何よりだ。よく頑張ったな」

おっさんがニヤリと笑った。思わぬ労《ねぎら》いの言葉に、プレイヤー達が目を丸くする。

「とは言え正直な話、お前らはまだまだヒヨッコだ。今回はたまたま俺がいて上手くいったが、今みてえな戦い方じゃあ、次はあっさり死んじまうかもしれねえ。精進しろよ」

一転して、おっさんは厳しい言葉を口にした。それに対するプレイヤー達の反応は、その言葉を真摯に受け止める者、痛いところを突かれたように目を逸らす者、むっとする者と様々だ。

「と、言うワケで……だ。これはそんなてめえらへの激励と、生きて勝ち残った事への褒美だ」

そう言っておっさんは、足元に大量に転がる金貨袋に手を伸ばした。

「ばら撒きの時間だオラァ！　早い者勝ちだ、気合入れて拾いやがれ！」

おっさんはそう言って金貨袋に勢い良く手を突っ込み、摑《つか》んだ金貨を手当たり次第に放り投げ、周囲にばら撒いた。

「うおーっ⁉　マジかよオイ！」

「拾え拾え！」

突然の行動に驚きながらも、プレイヤー達はばら撒かれた金貨に向かって手を伸ばす。

「ちょっ、良いんですか⁉　折角の報酬を……」

「あぁ？　良いんだよ別に！　こんなもん、俺にとっちゃあ端金《はしたがね》だ！　坊主、おめぇも遠慮せずに拾え！　それとも、何ならお前も撒いてみるか？」

　赤毛の少年が慌てておっさんを止めようとするが、おっさんはゲラゲラ笑いながらお構いなしに金貨をばら撒きつつ、少年にそんな提案をする。彼はそれを受けて、少し考えた後に……

「……お手伝いしますっ！」

　地面に散らばる金貨袋を手に取り、おっさんの隣に並んで金貨を投げ始めた。おっさんはそれを見て、珍しく驚いたような顔を見せた。

「へぇ、意外だな。まさか乗ってくるとは思わなかったぜ。拾う側に回らなくて良いのかい？」

「まあ、確かにゴールドは欲しいですけどね。こんな体験、滅多に出来そうにないですし。折角だから、より楽しそうなほうを選ばせていただきました！」

「ククク、そうかい。そいつぁ結構だ！」

　二人は顔を見合わせてニヤリと笑い、金貨を掴んで投げまくる。そんな彼らを見て、少年のパーティーメンバーも近くに寄ってくる。

「おいおい、こんな面白そうな事に俺らを誘わないとかリーダー失格だぜ？」

「そうそう、あたし達も交ぜなさいよ」

「俺らも手伝うぜ！」

　そう言いながら、彼らも笑顔で黄金の雨を降らせ始める。

「坊主、良い仲間が出来たみてぇだな」

「……はい！」

おっさんの言葉に、少年は満面の笑みで答えた。

「よっしゃ、次はこの五万ゴールド袋を丸ごと行くぜ！　さあ拾えーッ！」

「「「「うおおおおおおおお‼」」」」

こうして誰も彼もが、おっさんのペースに巻き込まれていくのだった。草原にはプレイヤー達の歓声や笑い声が、いつまでも響き渡っていた。

# 少女達《たち》との邂逅《かいこう》！　謎のおっさんの武器製作！

サービス開始から一夜明けた月曜日になっても、ＶＲＭＭＯＲＰＧ「アルカディア」には大勢のプレイヤーが接続し、ゲームを楽しんでいた。現在は八月の上旬であり、夏休みの真っ最中である為《ため》、年若い学生らしきプレイヤーの姿が多い。

フルダイブ型ＶＲゲームでは、擬似的に再現された物とは言え自分の身体《からだ》を動かして遊ぶ以上、現実世界の肉体とあまりにかけ離れた分身《アバター》を使用する事は出来ない仕様になっている。髪や目の色の変更は可能だが、背丈や体格、顔つき、そして年齢といった項目を大きく変える事は不可能だ。性別も変更出来ないので、残念ながらネカマプレイなどは不可能だ。また、ＶＲヘッドギアを使用するには個人情報を登録し、生体認証を行なう必要がある為、他人のアカウントや分身を使用する事も不可能である。

そういった理由で、ゲーム中で若い見た目のプレイヤーは現実世界でも十代の学生であろうと予想出来る訳だ。同じ理由で、おっさんは現実世界でもおっさんである。

「おい、あれ……」

「うおっ、すっげぇ可愛《かわい》い……」

「タイプは違うけど、二人ともレベル高《たけ》ぇなぁ……」

その事実を踏まえれば、現在、城塞都市ダナンの中央広場にいる二人のプレイヤーが周囲の男達の注目を集めている理由にも、納得がいくというものだ。

その二人のプレイヤーは、どちらも十代半ばから後半と思われる女性、それもかなりの美少女であった。オンラインゲームを遊ぶ女性は昔に比べたら増加傾向にあるものの、二〇三八年になってもやはり、プレイヤーの多くは男性だ。女性の、それも美少女のプレイヤーはかなり珍しく、注目の的になるのも仕方ないと言えよう。

「うっひゃー！　今日も人がいっぱいだねぇ、アーニャ！」

そう声を上げたのは、ショートカットにしたオレンジ色の髪の少女だ。服装は動きやすそうな軽装で活発そうな印象を受ける。彼女の名はナナ。よく注意して見てみれば、彼女の頭上にそのプレイヤーネームが表示されるのが見えるだろう。

「う、うん。そうだねナナちゃん」

ナナに対してそう答える少女の名はアーニャ。亜麻色の髪をストレートロングにした、ナナとは正反対に大人しそうな女の子だ。

「待ち合わせは一時に時計塔前だよね？」

「うん。それで合ってるよ」

「じゃ、もうすぐだ」

正反対の印象を受ける二人の少女は、中央広場にそびえ立つ時計塔の前で人を待っていた。

ちなみに彼女達は、性格と同様に体型も正反対だ。女性らしい豊満な身体つきのアーニャに対して、ナナは小柄で胸は見事なほどにぺったんこである。そんな凸凹コンビの二人は幼い頃からの親友である。家も隣同士で、姉妹同然に育った間柄だ。

時刻が午後の一時になろうかという時、そんな彼女達に向かって歩み寄る人物があった。その人物もまた、ナナやアーニャと同じ若い女性プレイヤーである。

「うおっ、また美少女が出てきたぞ！　今日はどうなってんだ!?」

「すっげ、見ろよあの胸。背は低いのに超でっけえ……」

「うむ……俺の見立てではE、いやFはあるな」

「しかし、何で犬耳……？　いや可愛いけどさ」

その少女をチラチラと見ながら、小声で囁《ささや》き合《あ》う男達。彼らが言うように、その少女はナナよりも更に一回り背が小さく、その身長は百五十センチを下回る。だがその小さな身体と幼い顔立ちに不釣合いなほど胸が大きい、金髪碧眼《へきがん》の美少女だ。

そのアンバランスだが魅力的な容姿と共に目を引くのは、その少女の服装である。彼女は鎖《くさり》帷子《かたびら》と忍《しのび》装束を身に纏《まと》い、腰には小振りの日本刀を差していた。そして頭には犬耳が付いたカチューシャを付けており、彼女が歩くたびに犬耳がピョコピョコと揺れ動く。

その少女の姿を見つけたナナが、彼女に向かって大きく手を振りながら声を上げる。

「あっ、来た！　おーい、マリア……むぐっ！」

「Nooooooooooo！」

ナナがその少女の名を呼ぼうとしたその時だった。犬耳忍者少女の姿が突然消えたと思ったら、彼女は一瞬でナナの前に現れて、その口を塞いだ。

「マイネーム、イズ、アナスタシア！　リアルネームで呼ぶのはNGヨ！　アンダスタン？」

片言の日本語による忠告にナナが頷《うなず》くと、犬耳の忍者……アナスタシアはナナの口から手を離した。先程ナナが呼ぼうとした名前、マリアというのはアナスタシアの現実世界の名前である。フルネームはマリア・フォークナー。アメリカ人の父とロシア人の母を両親に持つ留学生だ。ナナやアーニャとは、留学している高校で同じクラスになり、仲を深めた。

たった今アナスタシアが注意したように、オンラインゲームの中で現実世界の名前を呼んだり、リアルの情報を口にするのはご法度である。読者の皆様もどうか気を付けてほしい。

「もう、ナナちゃん。気を付けないとダメだよ」

「ごめんごめん、ついうっかり。ごめんね、えっと、アナスタシア」

アーニャが窘《たしな》め、ナナが手を合わせて謝る。アナスタシアは頷いて謝罪を受け取った。それから三人の少女は、連れ立って歩き始める。先頭を歩くのはアナスタシアで、ナナとアーニャがそれに続く形だ。

「それで二人共、まずはどこから案内するデス？」

「どうしようかな。アーニャは、どっか行きたいところある？」

「うーん……。あ、武器屋に行きたいかな。そろそろ新しい武器が欲しいかも」

「あ、それ良《い》いね！　という訳でアナスタシア、案内よろしく！」

アーニャの提案により、最初の行き先は武器屋に決定したようだ。それを聞いて、アナスタシア

は少し困ったような顔で何かを言いたそうな様子を見せるが、

「フーム……まあ、実際に見たほうが分かりやすいデスね。ＯＫ」

結局はそう言って、二人を案内する事にした。

そうして彼女達が中央広場から立ち去ってから、それを見ていた男の一人が呟《つぶや》く。

「思い出した。そうか、あの子が七英傑の一人か……」

そう呟いた男に、彼の友人が尋ねる。

「何だいそりゃ？　有名人なのか？」

「ああ……βテストの時に凄《すご》い活躍をした七人のプレイヤーを七英傑と呼ぶらしいんだが、その内の一人が、犬耳を付けた忍装束の女の子だったそうだ。きっと、あの子がそうなんだろう」

「へぇ……ちなみに、他の六人はどんな奴《やつ》なんだ？」

「えーと確か、巫女《みこ》服を着た黒髪の大和撫子《やまとなでしこ》、金髪の王子様っぽい騎士、赤いローブを着て大鎌を持った死神みてーな女、銀髪で黒い眼帯つけた中二病丸出しの魔法少女、ドラゴンの子供を連れた二刀流を使うイケメン、それから……」

「それから？」

「ツナギを着た、目つきの悪いおっさん……だそうだ」

「……なんつーか、濃いメンツだな」

「……そうだな」

＊

中央広場から南東方向に暫《しばら》く歩くと、NPCが経営する商店が立ち並ぶ通りへと辿《たど》り着《つ》く。その商店街の一角にある武器屋に到着したナナとアーニャは、早速店先に並べられた武器を見て回る事にしたが……

「何これ。なんか微妙じゃない？」

「うん……初期装備よりは強いけど、値段の割にはそんなに変わらない……かな？」

二人が言うように、武器屋の品揃《しなぞろ》えは、彼女達が満足出来る物には程遠いようだった。初期装備に毛が生えた程度の性能にもかかわらず、値段のほうは初心者プレイヤーにとっては少々きつい値段であった。ナナが困惑した様子でアナスタシアに尋ねる。

「ねえアナスタシア、売ってるのってこれで全部なの？」

「残念ながら答えはYES。それで全部デース」

「マジで？　どうなってんの？」

折角お金を貯《た》めて装備を新調しようとしたのに、肝心の店に売っているのがこんな低品質な装備ばかりでは、一体どうすれば良いのか。思わず頭を抱えそうになるナナに、アナスタシアがネタばらしをする。

「実はこの武器屋はトラップなのデス。まあこのウェポンショップに限った話じゃなくて、基本的にNPCが作る物は全部、fatally useless trash……まじつかえねーごみ、なのデス。買ってもゴールドを無駄に使うだけデスよ」

アナスタシアの解説にナナとアーニャが驚き、ついでにそれを聞いていたNPCの店主が深いショックを受けた。

「じゃあ、装備は店で買わずに他の方法で手に入れれば良いのかな？」

アーニャがそう言うと、アナスタシアはご名答と言わんばかりに笑って頷いた。

「YES！　良い装備を手に入れる方法は二つありマス。一つは、モンスターを倒した時のドロップや宝箱からレアアイテムを手に入れる事。そしてもう一つは、プレイヤーが生産スキルを使って作る事デース！」

「生産スキル……そういえば、スキルリストに鍛冶とか料理とかあったね」

アナスタシアの説明に納得するアーニャだったが、その隣でナナが疑問の声を上げる。

「プレイヤーが作った物って、そんなに違う物なの？」

「見れば分かりマスよ」

ナナの質問に、アナスタシアは実物を見せる事で答える。腰に差していた刀を鞘《さや》から抜き、二人に見えるように差し出しながら、アイテムの詳細ウィンドウを開いて見せる。

「うわっ、何この攻撃力！　あたしの剣の何倍だろ……」

「付与効果《エンチャント》もいっぱい付いてます……」

アナスタシアの愛刀とそのデータを確認して、二人が目を見開いた。初心者が扱う初期装備とは比較するのも烏滸《おこ》がましいほどの性能差である。

ちなみにアーニャが口にした付与効果というのは、文字通り装備品に追加された特殊効果の事であり、特定のスキルを強化したり、武器であれば攻撃時に追加で属性ダメージを与えたり、防具ならば特定の属性ダメージを軽減したりと、様々な効果が存在する。この付与効果は付与される装備品の品質が高いほど数が多く、良質な効果が付きやすくなる。余談だが、先程のNPC武器屋に並んでいた装備には、せいぜい一つか二つ付いていれば良いほうだ。

「というワケで、良い装備が欲しければ生産職人に作って貰《もら》うのが一番デス。早速工房に案内しマスよ」

そうしてアナスタシアの案内で、一同は街の南西にある工房へと向かうのだった。

＊

城塞都市ダナンの南西にある職人通り。その一角にはプレイヤーが自由に使用する事が出来る共用工房が存在する。生産スキルを習得したプレイヤーは皆、ここに集まってアイテムの生産を行なう事になる。

工房内には、数多くの職人プレイヤーの姿があった。鍛冶台に向かって金槌《かなづち》を振るう鍛冶師、ドライバーを片手に機械の部品を組み立てる魔導技師、針と糸を巧みに操り衣服を作る裁縫師、かまどの前で鍋を振る料理人と、その種類は様々である。

そんな職人達の中に、謎のおっさんの姿もあった。相変わらずの白いツナギ姿が、この場所に妙にマッチしている。そう、おっさんはボスモンスターを単独で倒すほどの戦士でありながら、アイテム生産を行なう職人でもあったのだ。

そのおっさんは今、加熱した金属を金槌で一心不乱に叩《たた》いていた。どうやらおっさんは、鍛冶スキルで武器を作っているようだ。

おっさんが作っているのは短剣だ。だが普通のナイフに比べると、だいぶ異質な形状をしている。まず刀身が短剣にしてはかなり長めであり、鉈《なた》のように厚い。そしてその刀身の形状は半ばから大きく湾曲しており、反りの内側に刃が付いていた。おっさんが作っているこの武器は、ククリあるいはグルカナイフと呼ばれる刀剣だ。

「ようおっさん！　また何か変わった物作ってんな！」

「おっ、良いじゃんそれ、ちょっと見せてくれよ」

順調に作業を進めていたおっさんだったが、そんな彼に背後から声をかける二人組がいた。褐色の肌をした筋肉質な鍛冶師の男と、白衣を着て眼鏡をかけた魔導技師の男だ。

「うるせえぞカス共、作業中に話しかけんな殺すぞ」

「うわ、ひっでえ。まあ良いや、完成したら見せてくれよな！」

「おっさん、それ終わったら一緒に魔導銃の改造しようぜ！」

おっさんの塩対応にもめげずに明るく話しかける彼らは、おっさんとはβテスト初期からの付き合いがあった。鍛冶師の男の名はテツヲ。魔導技師の男がジーク。彼らは共にβテスト当時から多くの良品・名品を製造してきた職人プレイヤーである。

「終わったら遊んでやるから、大人しくしてろ」

そうテツヲとジークに言い捨てて、おっさんは仕上げ工程に入る。数分ほど作業に没頭し、遂《つい》に武器が完成しようという、その時だった。

バーン！　その大きな音と共に工房の扉が開け放たれ、弾丸のような速さでおっさんに駆け寄る一つの影。それは犬耳を付けた忍者少女、アナスタシアであった。

「シショー！」

おっさんを師匠と呼びながら、彼女はおっさんに飛びつき、その広い背中に抱き付いた。小さな身体に不釣合いな大きな乳房がおっさんの背中に押し付けられる。男であれば大多数が羨む状況ではあるが、当のおっさんは怒りと呆《あき》れが混ざったような顔で、大きく溜《た》め息《いき》を吐《つ》いた。そしてアナスタシアを背中に乗せたまま立ち上がったおっさんは、

「作業中に飛びつくのは、危ねぇからやめろって言っただろうが！」

自らの肩に乗っていたアナスタシアの右手を摑《つか》むと、強烈な一本背負いでアナスタシアを工房の床に投げ飛ばした。

アナスタシアに遅れて工房に入ってきたナナとアーニャは、友人が厳《いか》ついおっさんの一本背負いで頭から床に落ちるのを目撃してしまい、そのショッキングな光景に混乱し、硬直した。

＊

「やっと落ち着いたか……。それで、武器を作って貰いたいんだって？」

顔に疲労を滲《にじ》ませたおっさんが言う。突然友人に暴力を振るった人相の悪い中年男性に怯《おび》え、

元々気が弱いアーニャに至っては腰が抜けそうになったりもしたが、時間をかけてようやく誤解を解き、落ち着く事が出来たようだ。

「う、うん。お願い出来る？」

「お、お願いします」

頷く二人だが、まだ少し恐怖が残っている様子だ。ただでさえおっさんの顔は怖いので、無理もないだろう。

「まあ、こいつの紹介だしな。引き受けよう。……ところで、予算はどれくらいだ？」

隣に立つアナスタシアを指差しながら、おっさんが予算を尋ねる。この二人はどんな関係なのかと気になりながら、二人はアイテムストレージから金貨袋を取り出し、おっさんに見せる。

「……ふむ。これくらいだと、大して良い材料は使えねぇが……ま、予算の範囲内で何とかやってみらぁな」

二人が提示した予算は、控え目に言ってもあまり多くはなかった。初心者が昨日の一日で稼いだ額としては妥当な金額と言えるだろう。

物足りなくはあるが、初心者向けの装備を作るには十分だと判断したおっさんは、武器の製作依頼を受諾した。

「さて……武器を作る前に、実際にお前さん達が武器を使ってるところを見せて貰おうか。実際に戦ってるところを見て、合った武器を作りたいからな。……おい、誰かアレを持ってきてくれ！」

おっさんが声をかけると、近くにいた職人プレイヤーが、奥の部屋から木で出来た成人男性くらいの大きさの人形を抱えてきた。

「何これ？」

「こいつは【木人君1号】だ。倒れても自動で起き上がり、壊れても一定時間で自動修復する高性能サンドバッグよ。こいつに向かって好きなように攻撃してみな」

この高性能サンドバッグ【木人君1号】は、実際に作った武器をその場でテストしたいと考えた職人達が、βテスト時代に運営チームに要望を送って設置して貰った物だ。おっさんが背中のスイッチボタンを押すと、木人君1号がその場で立ち上がる。

「それじゃ、あたしから先にやるね」

そう言って、ナナが木人君1号の前に立ち、武器を装備する。彼女が装備したのは、二振りで一対の小振りの剣、双剣だった。左右の手にそれぞれ剣を握ったナナが、木人君に斬りかかる。

「せいっ！　やっ！　はっ！」

右、左、右、左と一定のリズムで交互に剣を振るい、時々蹴りも交ぜて連続攻撃を行なうナナ。

「スピード重視でメインは双剣、格闘も使うのか。なるほど、そういうタイプか」

おっさんは頷いて、アーニャと交代するように言った。ナナが双剣を納刀して下がり、アーニャが木人君の前に出た。

「い、いきますっ」

アーニャが取り出したのは、片手で扱える金属製の棍棒《こんぼう》、メイスだった。

「えいっ、えいっ」

「あー……嬢ちゃん、ちょっとストップだ」

アーニャがメイスを振り回し、木人君を繰り返し殴る。おっさんはそれを見て、すぐに彼女を静止した。

「は、はい⁉　何か変でしたか⁉」

攻撃を始めてすぐに止められた事で、アーニャがびっくりした様子でおっさんを見る。おっさんは苦笑いを浮かべ、アーニャに近付いてアドバイスをする。

「腕の力だけで振り回してるせいで、力が上手《うま》く入ってねぇ。下半身を使うんだ」

「え、えーっと、どうすれば……？」

「貸してみな。良いかい？　足を踏ん張って、腰の回転と一緒に腕を振るんだ。こうやって……」

おっさんがアーニャからメイスを受け取り、床板を踏み抜くほどの力強い踏み込みと共に身体を回し、豪快なフルスイングで木人君を殴りつける。

「オラァッ！」

殴られた木人君は真《ま》っ直《す》ぐに吹き飛び、壁に叩きつけられた。

「とまあ、こんな感じだ。やってみな」

「は、はい……」

おっさんのパワーに少々ビビりながらメイスを受け取り、アーニャはおっさんのアドバイスを基に打撃の練習を行なう。

「こ、こうですか？」

「おう、良いぞ！　その動きだ！　折角良い尻してんだから、ちゃんと使わねぇとな！」

「ふぇぇっ!?」

「こらーっ！　セクハラすんなーっ！」

「待て誤解だ、下半身がしっかりしてて、鈍器を振り回すのに向いてるって事だ！」

「……その言い方だと、なんか太ってるって言われてるような気がします……。そういえば最近ちょっと体重が……」

「いやいや、全然太ってねぇから安心しな。むしろ良いスタイルしてるぜ、自信持ちなよ」

「……やっぱりセクハラじゃないか！」

「だから違うって言ってんだろうが!?」

失言からナナを巻き込んで大騒ぎしながらアーニャに鈍器の使い方を指導したおっさんは、ようやく武器の製作に取り掛かった。

「一時間ほど時間をくれ。その間、他にやる事がなければ工房の見学でもしてな。アナ公、この子達を案内してやれ」

おっさんの勧めに従い、二人はアナスタシアの案内で工房を見て回る事にした。工房内は広く、中では何十人もの職人プレイヤー達がそれぞれ物作りを行なっている。

「あっちが鍛冶で、向こうは料理。それから、あれは……機械を組み立ててるのかな？」

「それは魔法工学《マジッククラフト》デス。魔導銃とかの、魔力で動く機械を作る技術デスよ」

「あ、向こうには女の人が集まってるね。何してるんだろう？」

アナスタシアの案内と解説を聞きながら工房内を歩いていた彼女達は、珍しい女性プレイヤーが集まっているのを見つけた。

「オー、彼女達は裁縫師、服を作る職人デスね」

「へぇ、服かぁ。ちょっと見てみたいかも！」

そう、その女性達は【裁縫】スキルを使って服を作る裁縫師だ。鍛冶や魔法工学の職人達はその大半が男性だが、裁縫師には女性プレイヤーが多い傾向にあった。

ナナとアーニャも年頃の少女だけあって、おしゃれな服には興味があるようで、裁縫師の集団に近付いていった。

アナスタシアが二人を連れて、その集団のリーダーらしき女性に話しかける。

「ヘイ、アンゼリカ！　見学良いデスか？」

「あら？　アナスタシアさんですか。ええ、構いませんわよ」

アンゼリカと呼ばれたその女性はアナスタシアとは知り合いのようで、その頼みを快諾する。

彼女は見たところ、年齢は二十歳を少し過ぎたくらいの若い女性だ。髪型は特徴的で、プラチナブロンドの長い髪を縦ロールにしている。服装は素人目にも非常に高級な素材を使った豪奢《ごうしゃ》なドレスと、煌《きら》びやかなアクセサリを身に着けていた。

「うわっ、凄い美人……しかも何あれ、反則じゃない？」

「うん、凄く大人っぽい人だね……」

ナナがある一点、大きく開いたドレスの胸元にある谷間を見て絶望的な表情を浮かべる。アーニャも年齢の割には大きいほうだが、目の前の女性のそれは更に圧倒的な戦闘力を誇っていた。おまけに背は高く、すらりと伸びたストッキングに包まれた脚も長いと、アンゼリカは非の打ち所のない素晴らしいスタイルの持ち主だった。

その彼女が、ナナとアーニャに気付いて視線を向けた。そして二人の姿を見た瞬間、アンゼリカの瞳がギラリと妖しく輝いた。

「あら……？　あらあらあら……！」

ガタッ！　と音を立てて椅子から立ち上がり、アンゼリカが二人に近付く。そして……

「美少女キマシタワー！」

彼女は両腕を広げ、がばっ！　と勢い良く二人に抱き付いた。

「来ましたわぁ！　わたくしの理想の美少女が二人も！　ムッハー！　インスピレーションがぎゅんぎゅん湧き出てきましたわ！　もう辛抱たまりませんわ！」

初対面の大人びた美女に、いきなり凄いハイテンションで抱きしめられた二人は何が起こったか分からず困惑する。

「あらら、まーた始まったよ……」

「これさえなければ完璧美人なんだけどねー」

それを見た周囲の裁縫職人やアナスタシアは、すっかり慣れきった様子で呆れつつ放置する。

この女性、アンゼリカは元βテスターであり、当時から裁縫スキルを使って見た目・性能共に優れた服を製作・販売してきたカリスマ裁縫師である。美人でスタイル抜群、裁縫の腕もピカイチの彼女だったが、一つだけ大きな欠点、あるいは業を抱えていた。

それは、可愛いものが尋常でなく大好きだという事だ。

老若男女問わず、可愛い人物や物に目がなく、すぐに我を忘れて暴走する彼女を、人はこう呼んだ。【暴走裁縫師《マッドテイラー》】あるいは【変態淑女《クレイジーレディ》】と。

＊

「ふぅ……。コホン。見苦しいところをお見せしましたわ」

暫く暴走した後にようやく賢者モード、もとい落ち着いたアンゼリカが二人に綺麗《きれい》なお辞儀をして謝罪する。

「わたくしったら、可愛い子を見つけるとつい、ちょっとだけ我を忘れてしまいますの」

「は、はぁ……」

「えっ……？　あれでちょっとだけ……？」

冷や汗を流しながら引いた様子の二人に、アンゼリカはアイテムストレージから取り出した衣装箱を差し出した。

「お詫《わ》びに、この中から好きな物を持っていってくださいな」

その衣装箱を開けると、可愛らしい女性用の衣装が大量に飛び出してきた。そのどれもが、アンゼリカが自ら作った一級品だ。初心者には過ぎた代物だが、彼女はそれを無料で提供すると言う。

「うわっ、防御力高っ！　本当に貰っちゃって良いの？」

「ええ。折角作ったんですもの、可愛い子に着て貰ったほうが服も喜びますわ」

その言葉に甘えて、二人はアンゼリカが作った服を一着ずつ貰う事にした。

「じゃーん！　似合うかな？」

ナナが選んだ服は、へそや肩を出した、露出度の高い軽装だ。装甲は胸部を保護する金属製のブレストプレートのみで、軽さと動きやすさに特化した軽戦士用の服だった。

「ど、どうかな……？」

恥ずかしそうにそう呟くアーニャの服は、胸に十字架が描かれた青い修道服だった。何故《なぜ》か下半身には大きくスリットが入っており、露出した太ももが眩《まぶ》しい。こちらは見た目通りというべきか、回復魔法を強化する付与効果が追加された優秀な衣装だ。

「イヤッホオオオオオウ！　最高だぜぇえええええ！」

二人が着替えた姿を見て、テンションが最高潮に達したアンゼリカが、立ち上がって叫びながらガッツポーズを取った。大人しく座ってろ。

＊

そして、おっさんが作業を開始してから約一時間後。無事に武器が完成したところで、タイミング良く二人が戻ってきた。

「おっ、着替えたのかい。二人ともよく似合ってるじゃねぇか」

アンゼリカから貰った衣装に着替えたナナとアーニャを見つけたおっさんが、二人を褒めつつ出来上がった品を手渡す。

「まずはナナ、お前さんにはこれだ」

おっさんがナナに手渡したのは、左右一対の金属製の手甲《てっこう》だった。

「えっ……？　何これ、格闘武器？　双剣じゃないの？」

受け取ったナナは困惑顔だ。双剣だと思って出てきた物がガントレットでは、そうなるのも無理はないだろう。

「まあ慌てなさんな。まずは着けてみな」

おっさんに促され、ナナが手甲を装着する。手首の先まで保護する、しっかりした作りだ。手の甲の部分に、よく分からない金属製の部品が付いているのも気になった。

「中に取っ手が付いてるだろ？」

「うん」

「そいつを強く握って、引っ張ってみな」

おっさんの言う通りに、ナナは手甲の内部にある取っ手を握り、引いた。するとジャキン！　という音と共に、手甲の先端から刃が飛び出した。

「うわぁっ!?」

「ハハハ、どうだ。そいつは格闘武器であり、双剣でもあるのさ。もう一回引けば刃が引っ込むから、上手く使い分けてみな」

「お、おぉ……」

ナナは何度か刃を出したり引っ込めたりを繰り返し、感触を確かめる。

「おぉー……ヤバい、これ格好良くない？」

「気に入って貰えたようで何よりだ」

「ちょっと試し斬りしてくる！」

ナナは新しい玩具《おもちゃ》を買って貰った子供のように、木人君に向かって走っていった。

「さてアーニャ、お前さんにはこいつだ」

次におっさんは、アーニャに武器を差し出した。その武器の正体は……

「これは……バットですね……？」

そう、おっさんが差し出したアーニャ用の武器は、金属バットであった。一見したところ、ごく普通の野球に使う金属バットのように見える。

「おうよ。爆殺バットだ」

「……ばくさつばっと」

何それ意味分かんねぇって顔でアーニャがおっさんが言った武器の名称を繰り返す。

「百聞は一見に如《し》かず、だ。まあ見てな」

おっさんはバットを手に、木人君の下へと向かう。先に試し斬りしていたナナを下がらせて、おっさんは木人君をバットで殴り飛ばす。すると木人君は吹き飛びながら炎に包まれ、壁にぶつかると同時に爆発した。

「ちょっ！　何が起こった⁉」

「殴ったら燃えて爆発したぞ！？」

「おっさんがまた妙なモン作りやがったぞ！」

爆発と轟音《ごうおん》で建物が震え、工房内にいた職人達が、すわ何事かと集まってくる。そんな彼らを無視して、おっさんはアーニャに爆殺バットを手渡した。

「という訳で、こいつで殴ると爆発する。さあ受け取りな！」

「は、はい……ところでその、何でこれ爆発するんですか……？」

「……細けぇこたぁ良いんだよ！」

「えええええ……」

実際のところは内部に魔導機械を内蔵しており、そのコアに使用した火炎属性の魔石から魔力を抽出し、それを利用して発火や爆発といった現象を引き起こしているのだが、おっさんは面倒なのでそこらへんの説明を全て放棄した。

こうして色々と釈然としない部分はあるものの、少女達はおっさん謹製の新たな武器を手に入れたのであった。

# 危機一髪！　少女の窮地を救えおっさん！

城塞都市ダナンより南に位置する深い森。ここは【迷いの森】と呼ばれるエリアだ。街周辺のエリアである【始まりの草原】よりも強力なモンスターが棲息《せいそく》する事から、ある程度このゲームに慣れたプレイヤーが腕試しに訪れる他、木材を求める木工職人や、薬草やキノコ等を求める調合師、料理人など、多くのプレイヤーにとって需要がある場所である。

また、最深部には深い霧が発生する地域があり、非常に迷いやすい地形になっている。ここに限った話ではないが、街へと帰還する為《ため》のアイテム【帰還の羽】を準備しておく事は必須と言えるだろう。そしてその霧に包まれた深い森を抜けた先には、妖精達《たち》が住む村があると言われている。

その森の入口から少し進んだ場所でモンスターと戦っているのは、二人の見目麗しき少女達だった。一人は修道女のような服装の清楚《せいそ》な美少女。名をアーニャといった。髪型は亜麻色のストレートロング。大人しく、少々気弱そうな顔が庇護欲《ひごよく》を掻《か》き立《た》てる。そして控え目な性格や大人しそうな見た目に反して身体《からだ》つきは成熟した大人のそれだ。その手にはどういう訳か、金属バットが握られている。

もう一人は彼女の親友、ナナ。服装は露出度の高い、動きやすそうな軽装で、装甲は胸部を保護する胸当てのみという軽戦士らしい恰好《かっこう》をしている。相棒のアーニャとは正反対に、ボーイッシュで活発そうな少女だ。その胸はまるで一面に広がる大平原の如《ごと》く平坦《へいたん》であった。この刃は手甲の内部に隠す事が出来、格闘武器としても利用可能な可変武器である。

彼女の武器は、両手に装着した、刃と一体化した金属製の手甲である。

つい先日、おっさんと出会って新しい武器を作って貰《もら》った彼女達は、今日も二人でパーティーを組んで狩りをしていた。昨日までは始まりの草原にて猪《いのしし》型のモンスター【ラージ・ボア】や、狼《おおかみ》型のモンスター【グレイ・ウルフ】などを狩っていたのだが、新しい強力な武器を手に入れ、ステータスやスキルも強化された事で草原のモンスターを苦もなく倒せるようになった為、思い切って上位の狩場に挑戦してみようと考え、迷いの森へと足を踏み入れたのだった。

狩りは順調だった。二人ともまだまだ初心者らしく、動きはぎこちない。その為敵の攻撃を何度も受けたが、新しく入手した武器の力もあり、このエリアのモンスター程度ならば十分にゴリ押しで勝利を得る事が可能だった。アーニャの補助・回復魔法の助けもあって、二人は順調にモンスターを狩る事が出来ていた。

「いやー、意外と何とかなるもんだね！　この武器も良《い》い感じだし」

「うん、そうだね。でも敵の攻撃は結構痛いかも。ナナちゃん防御力は低いんだから、あんまり突っ込み過ぎないようにね」

「いやー、ついテンション上がって防御が疎《おろそ》かになっちゃったよ。いつも回復助かってます」

「もう、調子良いんだから」

ある程度魔物を狩った後、二人は座って休憩しながら話をしていた。このエリアに棲息しているのは、こちらから攻撃を仕掛けなければ無害な大人しいモンスター、ノンアクティブ・モンスターばかりであった事もあって、彼女達が油断していたとしても、それを責めるのは少々酷であろう。

二人がそれに気付いたのは、脅威がすぐ近くに迫ってからだった。

ズシン。ズシン。足音というには少しばかり重く、大きすぎるその音に二人が振り返ると、そこにいたのは一匹の熊であった。ただしその熊は全高およそ四メートルほどの巨体で、二足歩行する巨大な熊だったが。

見た事もないモンスターだ。しかも、殺気を漲《みなぎ》らせて二人を見下ろし、睨《にら》みつけている。その目はギラギラと妖しく輝き、口からは美味《うま》そうな獲物を見つけたと言わんばかりに涎《よだれ》を垂らしており、周囲に生えている木の幹よりも更に一回り太い腕を、今にも振り下ろそうとしている。

ある日、森の中、熊さんに出会った。熊さんは殺《や》る気マンマンで、こちらを見下ろしています。

突然そんな状況下に置かれ、二人の頭が一瞬フリーズした。

「えっ、ちょっ、ふぇぇぇぇ!?」

「ちょっ……何こいつ、でかっ!?」

一瞬の硬直の後、二人は慌てて立ち上がって武器を構えた。

「アーニャ下がって！　やぁーっ！」

アーニャを後ろに下がらせながら、ナナは勇敢にも双剣を構えて巨大熊へと斬りかかった。手甲と一体化した、左右の剣による二連続斬りが命中する。だがその攻撃は、熊の頭上に表示されたHPゲージを、１％も削れてはいなかった。しかも斬った時の感触が今まで戦ってきたモンスターとは全く違う。まるで硬い岩を叩《たた》いたような感触だった。未知の体験に驚き、硬直したナナに大きな隙が出来る。

「……えっ？」

「ナナちゃん、危ないっ！」

無造作に振るわれる熊パンチ。スピードはそれなりにあったが大振りのテレフォンパンチであり、普段のナナであれば回避するのは、そう難しくない筈《はず》だった。だが敵を目の前に隙を見せてしまったナナは防御も回避も出来ず、派手に吹き飛ばされて木の幹に衝突した。その一撃で、ナナのHPが一気に八割も減少する。ナナの視界の隅では、彼女自身の僅かに残ったHPゲージが瀕死《ひんし》である事を示すように、赤く点滅していた。

「【ヒーリング】！」

アーニャが即座に回復魔法を使用する。大ダメージを受けたナナを回復魔法が癒《いや》す。現在習得している最大レベルの回復魔法によって、ナナの残りHPが六割程度まで回復した。

だが、その迂闊《うかつ》な行動によって、熊の狙いがアーニャへと変更された。アーニャをギロリと睨みながら、熊が右腕を振りかぶる。

このゲームには……いや、殆《ほとん》どのMMORPGには敵対心《ヘイト》というパラメータが存在する。それはモンスターやNPCが敵対者に抱く敵意や殺意を表す隠しパラメータであり、対象のモンスターを攻撃する等《など》の敵対行動を取る事で上昇する。プレイヤーと敵対状態にあるモンスターやNPCは、基本的にその敵対心の値が最も高い相手をターゲットに選ぶ仕様になっている。

そして、「敵であるナナのＨＰを回復する」という行動を取ったアーニャに対して、熊は激しい敵対心を抱いた。回復役というのは、敵にしてみれば非常に厄介なものだ。それゆえ、味方の回復を行なうという行為は敵対心を稼ぎやすい行動である為、敵に狙われやすい。「敵の神官は真っ先に殺せ」という名台詞《めいぜりふ》もあるくらいだ。

その為、普通は攻撃が後衛へ向かわないよう、盾役が意図的に敵対心を稼ぎ、後衛は敵対心の上昇を抑えるように立ち回るのが一般的なパーティー戦術である。だが二人は、これまで比較的楽な相手とのみ戦い、回復も基本的に戦闘後に済ませていた為、そんなモンスターの習性を知らなかったのだ。当然のように、敵対心の仕様についての知識も持ち合わせていない。

その為突然自分へと攻撃の矛先を変えた熊に対して驚きながら、アーニャは恐怖を堪えてバットを握る。

「ま、負けませんっ！」

アーニャは手にした爆殺バットをフルスイングし、熊の太い脚を殴りつける。打撃と同時に殴った箇所が爆発し、熊に少なくないダメージを与えるが……

「グオオオオオオオオオオオオオオオッ！」

全く怯《ひる》む事なく熊が拳を叩きつけると、アーニャも先程のナナと同じように吹き飛ばされる。咄《とっ》嗟《さ》にバットを構えて武器防御アビリティ【パリィ】を使ってダメージを軽減したものの、アーニャのＨＰも一気にレッドゾーンに突入した。

「ちょっと、何こいつ⁉　いくら何でも強すぎじゃないの！」

「ふぇぇ……やっぱり無理だよぉ、こんなの……」

「誰か……！　誰か助けて！」

二人は既に勝つ事を諦め、何とか逃げようとする。だが、それをさせじと凶暴な熊は無力な少女達へと迫り、トドメを刺そうと拳を振り下ろす。嗚呼《ああ》、二人の少女はこのまま無残にも、熊の餌食になってしまうのか？

否、そうはならなかった。何故《なぜ》ならば、そこにあの男が現れたからだ！

「よう嬢ちゃん達、奇遇だな。助けが必要かい？」

絶体絶命の危機に思わず目を瞑《つぶ》っていた二人が目を開けると、目の前にはその男の広い背中があった。

ぼさぼさの黒髪に白いツナギ、咥《くわ》え煙草《たばこ》に無精髭《ぶしょうひげ》、獲物を狙う鋭い目つき。もう皆様お分かりだろう。謎のおっさんの登場である！

たまたまこのエリアに用があり、近くを通りかかっていたおっさんは、その地獄耳で二人の悲鳴を聞き届けると、迷う事なく駆けた。少女の危機を救わんと、音を置き去りにして韋駄天《いだてん》の如く駆け抜けた。そうして間一髪で間に入り、熊の拳を受け止めたのだった。

「ところで……こいつぁフィールドボスじゃねぇか。こいつぁラッキーだ」

その巨拳を受け止めながら、目の前の熊を見ておっさんが呟《つぶや》いた。

フィールドボス。おっさんは目の前の熊をそう呼んだ。それは各フィールドに一定周期で現れるボスモンスター達の総称だ。ボスというだけあって、奴《やつ》らの戦闘力は、そのフィールドにいる通常モンスターの何倍も、何十倍も強い。それはもう、理不尽なほど強い。

そんな相手に対して、プレイヤー達が取れる手段は二つ。一つ目は遭遇を避けて、見つけたらすぐに逃げる事だ。そして二つ目は準備をしっかりと整えて、大人数でパーティーを組んで討伐する事だ。

だが物事には例外が存在する。一部の上級者にのみ実行可能な、第三の手段が存在するのだ。

「ところで嬢ちゃん達……この熊だが、俺が貰っちまって良いよな？」

突如現れてそんな事を言うおっさんに困惑しながらも、二人の少女はこくこくと頷《うなず》いた。

彼女らの反応に、おっさんはニヤリと満足そうに笑って、口に咥えていた煙草を投げ捨てる。現実世界において煙草のポイ捨ては厳禁だが、おっさんが捨てた煙草はあくまでゲーム内のアイテムでしかなく、データの塊である為延焼などをする事はなく、その場で耐久度を失って消滅した。

「よぉし。そういう訳でクマ公、てめえの相手はこの俺だ！」

そして、おっさんは熊に向かって猛然と駆け出す。おっさんは走りながら両手で魔導銃を抜き放ち、二挺《ちょう》の大型拳銃で弾丸を連射しながら熊に向かって走ると、一瞬で懐に潜り込んだ。

熊はおっさんを振り払うように、フックじみた横殴りで迎撃しようとする。

「あ、危ない！」

ナナが叫ぶ。

「大丈夫だっつーの。まあ見てな」

おっさんはあっさりと、熊の拳をダッキングで回避する。上体を屈《かが》めて敵の攻撃を回避する、ボクシングの防御技術だ。

この程度の大振りで隙だらけの拳など、βテスターなら誰でも見てから避《よ》けられる。ましてや相手はおっさんである。この程度の攻撃、何百発放とうと当たる確率は皆無に等しい。

おっさんは上体を屈めたまま両手の拳銃を巧みに操り、正確に熊の弱点を狙って撃ち抜く。弱点を突かれた熊は苦しそうな呻《うめ》き声《ごえ》を上げた。ちなみにこの熊は正式名称を【ジャイアント・キングベアー】というのだが、実際どうでも良い事なので以後、こいつを熊と呼ぶ事にする。非常に高い攻撃力・生命力を持つ強敵ではあるが、おっさんの敵ではない。どうせすぐ死ぬ事になる熊の名前など、熊で十分である。おっと、ついうっかりネタバレしてしまった。

おっさんは至近距離で両手の魔導銃から更に数発、熊に鉛弾を撃ち込んだ。それに対して熊は再び反撃するものの、その攻撃はあっさりと空を切った。

「ハッ、遅ぇ遅ぇ。止まって見えらあ」

回避と銃撃を繰り返し、時々蹴りも交ぜながら、おっさんは次々と熊に攻撃を加えていく。よくおっさんの動きを観察してみれば、彼の動きは一つの動作の終点が次の動作の始点となっており、その為全く無駄のない連続的な動きになっている。相手の攻撃を完全に見切って最小限の動きで回避しながら、途切れる事なく攻撃を重ねるその動きに、ナナが瞠目《どうもく》する。

「凄《すご》い……」

ナナはその場に突っ立ったまま、呆気《あっけ》に取《と》られた目でおっさんを見つめていた。

あれがトッププレイヤーの戦闘。目で追うのがやっとだが、彼が凄い事をしているという事だけは分かった。それと、ただ闇雲に剣を振り回すだけの自分の戦い方とは、次元が違うという事も。

きっと、あれこそが自分の理想とする戦い方だ。それを本能で理解し、無意識に双剣を握る両手に力が入った。

「あっ……！　支援します！」

一方アーニャは自分達に代わってフィールドボスと戦うおっさんを少しでも援護しようと、支援魔法を飛ばす。

【ブレッシング】による全ステータス強化、【パワーゲイン】による攻撃力上昇。恐らく必要ないとは思うが【プロテクション】による防御力上昇といった様々な支援効果《バフ》がかかり、おっさんが強化された。

「おっと、支援ありがとよ」

熊をあしらいながら、おっさんが笑顔を浮かべて礼を言う。

だがその時、支援魔法を使った事により、再び敵対心を稼いでしまったアーニャに再び熊が襲いかかろうとした。彼女のＨＰは未《いま》だ危険水域にあり、もう一度攻撃を受ければ今度こそ死亡は免れないであろう。少女の危機だ！

だがそれは、熊がおっさんから目を離したという事であり、当然そのような隙をおっさんが見逃す筈がなかった。

「どこ見てんだコラァ！」

怒声と共に一撃。おっさんが跳び上がりながら熊の股間を全力で蹴り上げた。急所への痛烈な一撃に、思わず熊が膝を突く。更におっさんは、蹴った場所を足場にして熊の身体を駆け上がる。股から腹へ、腹から胸へ、胸から肩へ、肩から頭へ。次々と連続で蹴りを入れながら、おっさんは熊の頭上に飛び上がりつつ、両手に装備した魔導銃を空高く放り投げた。そして腰に差していた短剣……先日作成したグルカナイフを抜き放ち、両手で強く握った。

「【フェイタル・ストライク】ッ!!」

【両手持ち】というスキルがある。片手武器を両手で持った際に攻撃の威力を上昇させる常時発動型アビリティや、両手持ち時に使用可能なアーツが習得可能になるスキルである。おっさんが放ったのはその中のアーツの一つ、【フェイタル・ストライク】だった。片手用の刀剣類を両手持ちにした状態で、強烈な刺突攻撃を繰り出す技だ。両手持ち状態でなければ使えないのと、やや隙が大きいのが難点だが、その分攻撃力に優れたアーツである。

おっさんが放ったそのアーツにより、短剣の刃が根元まで熊の脳天に突き刺さって大ダメージを与える。ダメ押しとばかりに刺さった短剣の柄《つか》を踏んで、おっさんは高く跳躍した。

そしておっさんは先程、真上に放り投げた魔導銃を空中でキャッチする。再び二挺拳銃スタイルになったおっさんは熊の頭上、空中で上下逆さになりながら、両手の銃を真下に向けた。完全に死角となっている頭上から、おっさんのアーツが放たれる。

「見てろよ嬢ちゃん達！　おっさんが格好良く決めてやっからよ！」

魔導銃のアーツ【チャージショット】を発動し、おっさんは両手の魔導銃で二発同時に、魔力を溜《た》めてからの強烈な射撃を行なった。それを受けて熊が地面へと倒れる。

おっさんはクリティカルヒット、ヘッドショット、弱点攻撃、空中攻撃、気絶《スタン》付与といったバトルボーナスを纏《まと》めて獲得した。敵が強敵であれば、それだけバトルボーナスによる経験値も大量に手に入る。おっさんは元々それらを積極的に狙っていくスタイルだが、ボスが相手という事で、今は特に積極的に狙いに行っていた。現にこの戦闘中のボーナスだけで、おっさんは結構な量の経験値を稼いでいた。

「ステータスオープン！」

おっさんは落下しながら口頭でシステムに命令を下す。システムAIはそれに従ってステータスウィンドウを開き、おっさんの目の前に表示した。おっさんはそれに手を伸ばし、獲得した経験値を消費してDEX（器用さ）とMAG（魔力）を可能な限り上昇させる。この二つはどちらも、魔導銃の攻撃力に影響する値だ。

ステータスを上昇させ終えたおっさんは、続けてアビリティを発動した。発動したのは魔導銃スキルのアビリティ、【クイックリロード】だ。その効果によって、おっさんは一瞬で左右の魔導銃に弾丸を再装填した。

「さぁて、トドメといくか！」

気絶状態の熊へ二挺の魔導銃を向け、おっさんは【奥義】を発動させた。以前、フューリー・ボア・ロードに対して使用した【デッドエンド・シュート】とは別の、拳銃型魔導銃を二挺装備した状態でのみ使用出来る奥義。その名は、

「【バレットカーニバル】！」

おっさんの発声に呼応して、奥義アーツが発動し、おっさんが両手に握った拳銃が光り輝く。

拳銃型魔導銃の奥義の一つ、【バレットカーニバル】。その効果は魔導銃に装填された弾丸を全て、一瞬で撃ち尽くす多段攻撃である。弾倉内の弾を一瞬で全て使い切り、反動で魔導銃の耐久度も一気に削られる。消費MPも高く、使用前と使用後の隙も大きい。数ある奥義の中でも特にリスキーなアーツと言って良いだろう。だが癖が強くハイリスクな分、上手《うま》く決まればそのリターンは絶大だった。

左右の拳銃に装填された銃弾は、それぞれ二十五発ずつ。合計五十発の弾丸が、気絶《スタン》して無防備状態の熊へと至近距離から放たれた。

このゲームでは、頭部に大ダメージを受けたり、連続で攻撃を食らったりする等して一定量のダメージを受ける事で気絶が発生し、行動不能状態に陥る。そしてその状態で追撃を受けた場合、被ダメージ及び被クリティカル率が大幅に上昇するのだ。更にこのゲームにおけるクリティカル率は、攻撃側と防御側、それぞれのDEXパラメータの対決により計算される。つまりDEXの数値が相手より大きく上回っていれば、それだけ自分はクリティカルが出やすくなり、相手はクリティカルが出にくくなる。

そしておっさんのDEXの値は全プレイヤー中、ダントツの一位である。当然のように熊の持つ数値も大きく上回っている。更におっさんは元々、クリティカルや弱点攻撃を重視するスタイルであり、装備やスキル構成もそれに特化している。

その結果起こったのは、奥義アーツの五十連撃が全段クリティカルヒット。そしてそれが全て弱点に直撃という有様《ありさま》である。その火力たるや、熊の残ったＨＰを消し飛ばして余りあるものである事は想像に難くないだろう。

クリティカルヒットのバトルボーナスが五十発分に加え、50ヒットコンボ、オーバーキル、更に奥義でトドメを刺した事による、シークレットアーツ・フィニッシュのボーナス。そしてボス討伐経験値に戦闘参加経験値によって、おっさんに大量の経験値が入った。

『フィールドボス、ジャイアント・キングベアーが討伐されました。

討伐貢献度一位、【謎のおっさん】さん、討伐貢献度二位、【アーニャ】さん、討伐貢献度三位、【ナナ】さん、討伐貢献度四位以降は該当者ありません。以上の方々に特別報酬が支給されます』

エリア内にアナウンスが流れ、撃破時のドロップとは別に、かなりの量の経験値とゴールドがおっさんに与えられた。また、あまり活躍は出来なかったとは言え戦闘に参加したナナとアーニャにも、かなりの量の経験値とお金が与えられた。相手が強力な敵である分、参戦するだけでも結構な報酬が貰えるという事だろう。本来ならばもっと大人数で挑む事を想定されているフィールドボスの討伐報酬を、三人という少人数で分けたのだからなおさらである。

そして、倒れた熊が消えたその場にドロップアイテムの山が現れる。このドロップアイテムもまた大人数で分配する事を前提とした量だが、おっさんはそれを独占する。おっさんが入手したのは高品質の【大魔獣の毛皮】、【大魔獣の爪】、【熊肉】といった生産素材や、魔導機械の動力となる魔石、稀少《きしょう》な鉱石、雑多な消耗品と様々だ。

「おっ、なかなか良いアイテムが出たな」

おっさんはドロップアイテムをアイテムストレージへと収納して満足そうに頷くと、思い出したかのように少女達のほうを向き、

「よっ、お疲れさん。どうだい、おっさん格好良かっただろ?」

そう言って、人の好《よ》さそうな笑みを浮かべるのだった。

# 採掘大作戦！　稀少《きしょう》鉱石を手に入れろ！
「てめえら鶴嘴《ピッケル》は持ったな！　行くぞォ！」

「「「「うおおおおおおおおおお！」」」」

おっさんの号令に、その場に集まったプレイヤー達《たち》が大声で応え、その手に握った鶴嘴を掲げる。


ここは城塞都市ダナンから北東の方角にある廃坑前。かつては多くの人で賑《にぎ》わった炭鉱だったが、内部にモンスターが出現するようになって急激に寂れ、今ではモンスターの住処《すみか》と化しているエリアである。

とは言え凶暴なモンスターが現れるリスクはあるものの鉱脈は健在であり、危険ではあるが稀少な鉱石を採集出来る場所であり、特に鍛冶師に人気のエリアだ。その入口に、おっさんと彼に付き従うプレイヤー達は立っていた。

彼らが何故《なぜ》ここにいるのか、それを説明する為《ため》には時間を少しだけ巻き戻す必要がある。それでは早速、時計の針を戻してみる事にしよう。

＊

先日、ナナとアーニャの二人組を助けて熊を倒したおっさんは、その際に多くのレアアイテムを入手した。街の工房に戻り、ストレージ内のアイテムを整理整頓していたおっさんは、その入手したアイテムの中に一つ、気になる物を見つけたのだった。

「ん？　何だこいつは」

おっさんが手に取った物は鉱石だった。鍛冶スキルを習得しているおっさんは普通の鉱石ならば見慣れているが、その鉱石はまるで墨を塗ったような真っ黒い色をしていた。このような色の鉱石は、おっさんも初めて目にする物だった。

「名前はブラックストーンか……まあ、鉱石なら製錬してみれば良いか」

【製錬】。それは文字通り炉で鉱石を加熱し、溶かして不純物を取り除き、純粋な金属を作り出す効果の、鍛冶スキルに属する基礎アビリティだ。おっさんはそれを使い、その鉱石……ブラックストーンを製錬しようとするが、途中で問題が発生した。

「むむむ、なかなか溶けやがらねえぞ……こいつぁ、もっと温度を上げる必要があるか……」

銅や鉄であれば余裕で溶けるくらいに炉の温度を上げてやっても、ブラックストーンに含まれた金属が溶解しないのだ。おっさんはその問題を解決する為に、ある人物を呼んだ。

「おーいゲン爺《じい》！　ちょっとこっちに来てくれ！」

おっさんが大声で呼ぶと、遠くで床に座って作業をしていたその男が立ち上がり、ゆっくりとおっさんに歩み寄ってくる。

「なんじゃい小僧、わしに何の用じゃ」

おっさんを小僧と呼ぶその男は、白髪に白い髭《ひげ》の、着物姿の老人だった。その名はゲンジロウ。おっさん以上に珍しい老人のプレイヤーで、元βテスターの木工職人だ。特に弓作りの腕前に関しては右に出る者がいないほどであり、彼自身もまた、優れた弓使いでもある。

「ゲン爺、薪を売ってくれねぇか。出来るだけ高級な奴《やつ》を頼む」

「ふむ……どうやら急ぎのようじゃな。良かろう」

おっさんの手元を見て事情を把握したゲンジロウが頷《うなず》き、アイテムストレージから薪の束を取り出しておっさんに手渡した。おっさんはそれを受け取って炎の中に放り込むと、一気に火の勢いが増していった。

「よし、この火力ならいけるぜ！」

このゲーム内に存在する全てのアイテムには、品質というものが存在する。それは1～10の十段階に分かれており、数字が高いほど良品である事を示している。同じアイテムであっても、品質が違えば効果も大きく変わってくるという訳だ。

先程ゲンジロウがおっさんに渡したのは、優れた木工職人であるゲンジロウが作った品質7の高級薪であった。生産素材として優れているのは勿論《もちろん》、燃料として使えば大火力を齎《もたら》してくれる。

「よーしよしよし。良《い》い感じだぜぇ」

黒い金属が順調に溶けていくのを見て、おっさんは満足そうに笑いながら作業に没頭する。ゲンジロウはそれを見て呆《あき》れたように溜《た》め息《いき》を一つ吐《つ》き、踵《きびす》を返した。

「小僧、代金の代わりに今度、暇な時に採集に付き合え」

去り際にそう言い残してゲンジロウが立ち去ってから暫《しばら》くして、おっさんが製錬を終える。

「こいつは……」

その結果、完成したのは漆黒のインゴット（金属の延べ棒）だった。妖しく黒光りするそのアイテムの名称は【ダークメタルインゴット】。おっさんも初めて目にするシロモノだった。

「あれ？　おっさん、それってもしかしてダークメタルか？」

その時、おっさんが手に持ったそれを目敏《めざと》く見つけた男が声をかけてきた。金槌《かなづち》を持った筋骨隆々の褐色肌の男、鍛冶師のテツヲだ。

「何だテツ、こいつを知ってんのか？　なら詳しい話を聞かせろよ」

「いや俺も直接見るのは初めてだけどよ。以前、図鑑に載ってるのを見たんだよ」

「図鑑……だと？　何の図鑑だ？　それはどこにある？」

「図書館にある鉱石とか金属の図鑑だよ。色々と見た事ない金属が載ってたんだが、その中にその、ダークメタルもあった筈《はず》だぜ」

「そうかい。なら早速行ってみるとするか」

おっさんは早速、図書館でその図鑑を確認する事にした。すぐに向かおうと歩き出すおっさんの背中に、テツヲが声をかける。

「おっさん！　詳しい事が分かったら俺にも教えてくれよ！」

「おう、考えといてやるよ」

決して教えるとは約束しないおっさんであった。大人って汚い。

工房を出たその足で、おっさんは街の中心部にある図書館へと向かった。中央広場からすぐ近くにある大きな建物に入り、受付のNPCに声をかける。

「ちょっと良いか？　金属の図鑑がどこにあるか知りてぇんだが」

「図鑑でしたら、二階の西側に本棚がございます」

「ありがとよ」

NPCに礼を言い、おっさんは二階に向かった。

「おっと、こいつか」

教えて貰《もら》ったエリアを探し、おっさんはその本を見つけた。図鑑のページをめくっていくと、青銅や鉄といった普通の金属から、ミスリルやアダマンタイトのような稀少な物まで様々な金属についての入手方法、加工法、特徴などの情報が記載されていた。その中には、おっさんが目当てにしていたダークメタルの情報もあった。

「ダークメタルは邪悪な魔力を溜め込んだ鉱石、ブラックストーンから精製される金属である。それは強大な魔物の体内で生成される他、陽の光が当たらない地下深くより稀《まれ》に採掘出来る。最大の特徴として強い暗黒属性を宿しており、武器の素材に使えば暗黒属性の追加ダメージを与える効果が付与されるだろう。防具ならば逆に暗黒耐性を持つ物が出来る筈だ。また金属としても非常に硬く極めて頑丈であり、耐熱性、耐腐食性も非常に高い。反面、加工は難しく、扱うには高いスキルレベルが必要となるだろう……」

おっさんが図鑑に記されたダークメタルについての記述を読み上げる。おっさんは最後までそれを読むと、図鑑を閉じて本棚へと戻した。

「入手方法は大きく分けて二つ。強大な魔物……つまりボスモンスターを倒して入手するか、あるいは地下深くから採掘するか、か……」

おっさんは少し考えた後に、右手を振ってシステムメニューを表示させ、その中から「メール」を選択した。この機能を使えば、他のプレイヤーや一部のＮＰＣに対してメールを送る事が可能である。

おっさんがメールの宛先に選んだのはアナスタシア。犬耳を付けた忍装束の少女だ。何故彼女に？　という疑問に対する答えは、彼女が情報屋であるからだ。

このゲーム、アルカディアは「この世界はもう一つの現実である」という運営・開発チームのコンセプトに従い、攻略サイトやｗｉｋｉの作成が規約で禁止されている。過去、βテスト時代に規約を無視してそれらを作った者もいたが、作って五分もしない内に見つかって強制的に削除され、作成者も一瞬で特定されて三日間のアカウント停止処分を受けた。正式テスト開始後も過去の事例を知らずに同じ轍《てつ》を踏んだ者が何人かいたが、やはり同様に一瞬で削除されて、犯人も一瞬で特定された上にアカウント停止処分を受けた。

「アルカディアのスタッフには恐ろしいハッカーが混ざっている」

結果として、そのような噂《うわさ》が出回った。そしてそれは真実である。このゲームの開発責任者、四葉煌夜はかつて【クローバー】と呼ばれた世界最強のハッカーである事は知る人ぞ知る事実だ。

話が逸《そ》れたが、そのような理由で攻略サイトに頼れない以上、情報はゲーム内で入手する必要がある。その為ゲーム内で情報の収集と提供を行なう、情報屋と呼ばれる者達が生まれた。

アナスタシアはその情報屋の一人である。βテスト時代からアテナという名のプレイヤーとタッグを組んで、数多くの有力情報を他のプレイヤー達に提供してきた実績がある。彼女達は正式サービスが始まってからは後発プレイヤーを情報屋として育て、より大規模な商売を始めようとしているようだ。

「これで良し」

おっさんがメールを送信する。その内容は、フィールドボスについての調査依頼だ。ボス討伐はブラックストーンを入手する為の手段の一つだが、フィールドボスは普通のモンスターと違って、そう簡単に出会えるものではない。

以前に始まりの草原で戦った【フューリー・ボア・ロード】のように、出現させる為に特殊な条件が必要なボスもいるし、他のプレイヤーに討伐されてしまって出会えない事も有り得る。その為、出来る限り正確で詳しい情報が必要だった。

その調査をアナスタシアに依頼したおっさんは、その間にもう一つの手段を試してみる事にした。そう、地下深くでの採掘である。

おっさんは採掘の為に、街の北東にある廃坑へと向かう事に決めた。早速街を出ようと図書館を出て、街の北門に向かって歩いていたおっさんは、見知ったプレイヤーの集団と出会った。

「あれ、おっさんじゃないですか！　この間はお世話になりました！」

「ん？　おぉ、あの時の坊主じゃねえか。えーと、名前は確か……」

「シンクです」

「そうだったそうだった。数日ぶりだな。元気だったか？」

「はい、おかげ様でゲームのほうも順調です」

おっさんに話しかけたのは、正式サービス開始の日に始まりの草原でおっさんが指導した赤毛の少年、シンクとそのパーティーメンバーだった。

「おっさんは、今日はどちらに？」

「俺はこれから廃坑の最深部に潜るつもりだ。ちょっと欲しい鉱石があってな」

シンクの問いにおっさんがそう答えると、シンクは少し考えて、パーティーメンバーに視線を向けた。それだけで彼の言いたい事は伝わったのか、仲間達が頷く。それを受けてシンクがおっさんに、こんな提案をする。

「よろしければ、僕達もご一緒させていただいて良いでしょうか？　僕達も装備強化の為に鉱石は欲しいと思っていましたし、おっさんが欲しがっている物が出たら譲る事も出来ますが」

「ほう……？」

シンクからの思わぬ提案に、おっさんは少考する。おっさんはシンクとその仲間達を軽く観察した後に口を開いた。

「今のお前達の実力じゃあ、少しばかりキツい場所だが……良いんだな？」

おっさんの質問に、シンクは笑って答えた。

「でもその分、経験値や良いアイテムが手に入りやすいって事ですよね？　おっさんが一緒にいるなら安全でしょうし、良い稼ぎが出来そうです」

「こいつめ、それが狙いか！　随分と染まってきたじゃねえか」

シンクの言い様におっさんが苦笑しながら、彼の頭を荒っぽく撫で回《まわ》した。初々しい初心者だと思っていたが、いつのまにか上級プレイヤーのような強《した》かさや、ふてぶてしさを身に付けていたようだ。

「よし。それじゃあ準備して北門に集合だ。道具屋で鶴嘴を買うのを忘れんなよ？　あれがねぇと採掘は出来ねぇからな。あと、ついでに一緒に行きたいっていう知り合いがいたら連れてきな。折角だし大勢で採掘ツアーと行こうじゃねえか」

おっさんがそう言って、準備の為に解散する。

それから十五分後、北門の前には二十人を超えるプレイヤーが集まっていた。その中には先日知り合った少女達、ナナとアーニャの姿もある。彼女達にはおっさんが誘いを出した。

こうして大所帯になったおっさん一同は、ぞろぞろと北東に向かって移動を開始した。

＊

そして、話はようやく冒頭へと戻る。

鶴嘴を背負ったプレイヤー達が、おっさんを先頭に廃坑内に雪崩《なだ》れ込《こ》んだ。

「敵だ！　戦闘準備！」

廃坑内にいるのは蝙蝠《こうもり》型のモンスター【ドレイン・バット】や、ヘルメットを被《かぶ》り、錆《さ》びた鶴嘴を持った人骨といった見た目のアンデッド型モンスター【スケルトンマイナー】、巨大なモグラのようなモンスター【ジャイアント・モール】等であった。それらが次から次へと湧き、プレイヤー達に襲いかかってくる。

「良いかてめえら、骨には刺突は殆《ほとん》ど効かねぇ！　代わりに衝撃が弱点だから、斧《おの》や鈍器、格闘でブン殴るんだ！」

「了解！　俺に任せてくれ！」

おっさんのアドバイスに、両手持ちのロングハンマーを持った男が名乗り出て、スケルトンマイナーを横から殴りつける。

「俺も続くぜ！」

続いて、ナックルを装備した格闘家の男が躍り出て、素早い拳の連打で攻撃する。格闘のアーツ【ラピッドブロー】による高速四連打だ。それによってスケルトンマイナーの体勢が崩れる。

「崩したぞ、今だ！」

「はい！　任せてくださいっ！」

格闘家がバックステップで下がるのと同時に、入れ代わるようにして一人の少女が前に出る。バットを両手で持った修道服の少女、アーニャである。アーニャは右足を上げ、左足だけで立ってバットを構える。おっさんの指導によって習得した一本足打法だ！

「あれは……伝説のホームランキング!?」

アーニャがバットをフルスイングし、スケルトンマイナーの肋骨《ろっこつ》を粉砕しながら高く吹き飛ばす。打球はぐんぐん伸びて天井にブチ当たり、着弾と同時に爆発した。

「何だこの女、強《つえ》ぇぞ⁉」

「見た目は可愛《かわい》いのに弾道がエグすぎる……」

「ホームランシスター……」

可憐《かれん》な容姿に似合わぬ豪快な打撃に驚いたプレイヤー達が、ひそひそと噂をする。彼女の異名が決定した瞬間であった。

「コウモリは小さくて素早いから重い武器は相性が悪い！　短剣や双剣持ちは出番だ！　刺突が弱点だから細剣も良いぞ！」

おっさんの指示に、シンクとナナが同時に飛び出した。

「僕がやります！」

シンクが【クイックスロー】を使用して左手で素早く投げナイフを放ち、それがドレイン・バットの翼に突き刺さり、飛行能力を奪う。シンクは蝙蝠の落下地点へと先回りし、右手の短剣で下から突き刺し、あっさりと一匹の蝙蝠を撃破した。

「あたしも行くよっ！」

ナナが壁を蹴り、天井付近まで高く跳躍して蝙蝠の群れへと飛び込む。そうすると当然、複数のドレイン・バットがナナに襲いかかるが、ナナはそれを承知の上で飛び込んだ。

「【旋風双刃《せんぷうそうじん》】ッ！」

蝙蝠の群れが一斉にナナに噛《か》みつこうとした瞬間、ナナが空中で身体《からだ》を回転させながら、両手に装着した双剣に風を纏《まと》わせて振り回した。双剣での攻撃に加えて疾風属性の追加ダメージを与える範囲攻撃アーツで、ナナはドレイン・バットを一網打尽にした。

「モグラ野郎は動きは遅ぇが攻撃力・防御力共に高ぇ強敵だ！　ここは遠くから攻撃しな！　弓使い、銃使い、魔法使い！　お前らの火力を見せてみろ！」

巨大なモグラ型モンスタージャイアント・モールに向かって、射撃武器や魔法による遠距離からの一斉攻撃が開始される。

ジャイアント・モールが怒り狂って彼らに向かっていく。動きは確かに遅いが、防御力の低い後衛が殴られれば一撃で沈みかねない強敵である。だが、その前に立ち塞がる者達がいた。

「盾持ちは前に出ろ！　絶対にそこで止めて、抜かれるなよ？　自分より先に後衛を死なせるのは、盾役にとって最大の恥らしいからな。気合入れて足止めしろ！」

「イエッサー！」

「俺達がいる限り、後衛をやらせはせんぞ！」

「デブの守備範囲を甘く見るなよ？　何匹来ようが受け止めてやるぜ！」

鎧《よろい》を着込んで盾を持った重装甲の前衛が、巨大モグラにアビリティ【タウント】を使って注意を引きつける。対象の敵が持つ、自分に対する敵対心を大きく上げる効果の、盾役には必須のアビリティである。それによって敵の狙いを自分に向け、後衛に安全な位置から攻撃をして貰うのが盾役の仕事だ。彼らが足止めをしている間に、後衛達は再び遠距離アーツや魔法による攻撃でジャイアント・モールを攻撃し、次々と倒していくのだった。

そのようにして快進撃を続けるおっさん一同は、やがて鉱石の採集場に辿《たど》り着《つ》いた。

「こいつが採集ポイントだ。見た事ある奴もいるんじゃねえか？」

壁から突き出た、淡く光る石をおっさんが指差すと、何人かのプレイヤーが頷いた。

「そういえば、前にフィールドでこんなの見た覚えが……」

「こんな風に光る樹《き》を、迷いの森で見た事があります」

彼らが見たように、各地にある採集ポイントは目印として、このように光を放っている。

「鉱石なら鶴嘴、樹なら伐採用の斧って感じで合った道具を使って叩《たた》けば、ここからアイテムが入手出来る。早速やってみるか」

そう言っておっさんは鶴嘴を握ると、採集ポイントの岩に向かって叩きつけた。すると採集ポイントが一際強い光を放ち、その場に複数の鉱石がドロップした。

「こんな感じに鉱石が掘れる。採集ポイントはこの近くに複数あるから、手分けしてやってみな」

おっさんがそう言うと、プレイヤー達は数人ずつのグループを作って、鶴嘴を片手に散開する。

「あ、そうだ。ちなみに鍛冶スキルを取ると覚えられるアビリティ【採掘マスタリー】を覚えてると、掘れる鉱石の品質や数が上がるぜ。採掘で鍛冶スキルの熟練度も少しだが上がるから、掘った鉱石で鍛冶をやってみたい奴や、良い鉱石が欲しい奴は今の内に覚えておきな」

おっさんのアドバイスを聞いた複数のプレイヤーがスキルウィンドウを開き、鍛冶スキル及び採掘マスタリーを習得した。それが終わると、それぞれのグループに分かれて採掘を開始する。おっさんもまた、鶴嘴を両手で握って採掘を始めた。

「……流石《さすが》に、ここじゃあ出ねぇわな」

それから数分後、おっさんは採掘した鉱石を前に渋い顔をしていた。良質な鉱石が採れる廃坑エリアとは言え、今いる場所は一番浅い場所なので、最深部ほど良い鉱石は採れない。

鉄鉱石や銀鉱石は武器や防具の材料として大量に使うし、金鉱石は上手《うま》く製錬して純度の高い金を作れれば高く売れるので、決して悪くはないのだが……

「そう簡単にレアは出ねぇわな」

おっさんの言う通り、レアアイテムというのは簡単には出ないからレアアイテムなのだ。それを手にする為には非常に低い確率をくぐり抜ける為の豪運、あるいは出るまで繰り返す為の忍耐が必要不可欠だ。

また、レアアイテム自体は出るのに欲しい品に限って出ない現象も頻繁に起こる。その頻度から【物欲センサー】なる、ユーザーが欲しい物だけをピンポイントで弾くシステムの存在が冗談交じりに囁《ささや》かれるほどだ。

そんなものは実在しないと分かっていても、やはり存在するのではないかと疑ってしまう。オンラインゲームをやった事がある人ならば、そのような経験があるのではないだろうか。筆者もまた、頻繁にその現象に遭遇している。誰か助けてくれ。

そして、そのように欲しい人のところにレアアイテムが行かない場合、往々にして……

「おっちゃーん！　なんかミスリル鉱石ってのが出たー！」

このように、別に欲しいと思っていない人があっさり出したりするものなのである。おっさんの視線の先では、ドロップ報告をしたナナが青白く光る鉱石を掲げていた。その名の通り、魔法銀とも呼ばれる稀少金属、ミスリルの材料となる鉱石だ。

「うっそだろおめぇ……上層のミスリル鉱石のドロップ率って確か1%以下だぞ……」

唖然《あぜん》とするおっさんに、ナナが満面の笑みでミスリル鉱石を見せびらかす。

「いやー、あたしってば持ってるなー。まさに選ばれし者って感じ？　うへへへへ」

その言葉とドヤ顔にイラッと来たおっさんは、アビリティ【ぬすむ】を発動した。盗賊スキルを鍛える事で習得出来るそのアビリティは、対象がモンスターであればドロップアイテムを、プレイヤーやNPCが相手ならばアイテムストレージから取り出して、実体化している所持品を盗む事が出来る。ただしプレイヤーや敵対していないNPCに対して使用すると、悪名値が著しく上昇するデメリットも存在する。

そのアビリティにより、ナナの持っていたミスリル鉱石が盗まれておっさんの手に渡った。

「あーっ！　返してよ！　返せー！」

一転して涙目になるナナを指差してゲラゲラ笑って楽しんだ後、おっさんはミスリル鉱石をナナに返却した。

「うわーんアーニャあああああ！　おっちゃんがいじめる！」

返して貰ったミスリル鉱石をアイテムストレージに収納したナナは、アーニャに抱き付いて親友の豊満な胸に顔を埋《うず》めた。

「よしよし。でもナナちゃんも悪いと思うよ。無駄に煽《あお》るから……」

「そうだぞ。大体ちゃんと返したから良いじゃねえか。もしお前が男だったら返さないでそのまま強奪してたところだ」

さらっと酷《ひど》い台詞《せりふ》を吐くおっさんだった。

＊

その後、上層にて採集を終えたおっさん達はモンスターを蹴散らしながら廃坑内を進み、遂《つい》に最下層へと辿り着いた。

最下層は岩石で出来た人型の魔法生物【ロック・ゴーレム】や、更に硬く強力な【アイアン・ゴーレム】といった、ゴーレム系モンスターが出没する危険地域である。初心者にとっては荷が重い相手だが……

「邪魔だ！」

おっさんがゴーレムの重い身体を摑《つか》んで軽々と投げ飛ばし、倒れたところに掌《てのひら》から気弾を飛ばす遠距離用格闘アーツ【オーラショット】を放つと、岩や金属で出来ている筈のゴーレムが、あっさりとバラバラに砕け散った。

「ゴーレムは切断と刺突の耐性は高ぇが、衝撃に弱いから鈍器や格闘を使え。それと物理には強ぇが魔法防御はゴミだ。魔法や魔法属性のアーツで攻めても良いぞ」

「流石おっさん！」

「凄《すげ》ぇ！　ゴーレムの群れがあっという間にスクラップだ！」

このように、最下層の敵はおっさんがあっさりと片付けつつ初心者向けの解説もしっかりと行なっていた。

「ところでおっさん、やっぱり武器って何種類か使えたほうが良いんですかね？」

「おう、そうだな。特定の属性に耐性持ってる敵は多いからな。物理属性は切断、刺突、衝撃、射撃の四つあるが、その内の最低二つくらいは使えるようにするべきだな」

「ですよね……。メインは短剣として、サブウェポンは何が良いでしょう？」

「そうだな。魔導銃はどうだ？　練習すれば右手で短剣、左手で魔導銃とか出来るぜ？」

「それは……格好良いですけど、何だか難しそうですね」

「ま、その気になったら言いな。銃の使い方くらいは教えてやらぁ」

道中でシンクの相談に乗ったりしながら暫く進み、おっさん達は最下層の採集ポイントに到着した。

「さぁて、始めるか」

彼らは再び武器を鶴嘴へと持ち替えて、採掘を開始しようとする。

だがその瞬間、おっさん達の前に立ち塞がる者達がいた！

「ヒャッハー！　ここは俺達の縄張りだ！」

「ヒャッハー！　この鉱石は俺達の物だ！」

「ヒャッハー！　採掘したけりゃ使用料を支払いやがれ！」

その正体は五人の男達。素肌の上に羽織った革ジャンに革パン、棘《とげ》付き肩パッドに髑髏《どくろ》を模したアクセサリを付け、顔にペイントを施し、珍妙なヘアスタイルをした荒くれ者達だった。

勘の良い読者の方々は、既に彼らの正体にお気付きであろう。そう、彼らは正式サービス初日に街でおっさんに喧嘩《けんか》を売り、返り討ちにあった五人組、モヒカンと愉快な仲間達（仮）である！

「……何やってんだお前ら」

「ゲゲェーッ⁉　あの時のおっさん⁉」

「な、何故ここにおっさんが⁉」

おっさんが呆れながらモヒカン達を睨《にら》むと、彼らはおっさんを見てビビりながら後退《あとずさ》りした。どうやら、相手の姿を確認する前に襲いかかってきたらしい。

「おいクソガキ共、俺達はこれからここで採掘をする。てめえらがここで何してたかは俺の知ったこっちゃねぇし、邪魔をしねぇなら見逃してやるから、さっさと消えな」

「ぐっ……！」

おっさんが軽く威圧すると、彼らが怯《ひる》んで道をあけようとする。だがその中で一人だけ、おっさんに対して怯まずに立ち塞がり、声を上げる者がいた。

「てめえらビビるんじゃねえ！　俺達が今まで何の為に修行してきたと思ってんだ！」

大声で仲間達を鼓舞したのは、彼らのリーダーであるモヒカン頭の少年だった。彼の声に、他の少年達も目を見開き、闘志を取り戻して足を踏ん張り、おっさんに向かって一歩を踏み出す。

「……ほう？」

その時初めて、おっさんは彼らに興味を抱いた。

少し前に会った彼らは弱い癖に虚勢を張り、こちらが強いと分かればすぐに逃げ出すような、取るに足らない弱者であった筈だ。奇妙な髪型とファッションセンスのせいで記憶に残ってはいたが、そうでないならば、すぐに忘れ去られるような路傍の石。それがおっさんの、彼らに対する評価であった。

だが今の彼らはどうか。実力的には以前に比べたら相当強くなったようだが、それでも今もなお、おっさんと彼らでは天と地ほどの差がある事は明らかだ。そういう意味では大差はない。

大きく違うのは精神面だ。この少年達はおっさんと自分達の力の差をはっきりと認識した上で、逃げずにおっさんに立ち向かった。そこには以前の彼らにはない「勇気」と「覚悟」があった！

「こいつぁ……少し見ない間に、随分と成長したようだな。一体何があった？」

その違いを見て取ったおっさんの問いにモヒカンが答え、語り始める。

「あんたに無様に負けた後、自棄《やけ》になっていた俺達に手を差し伸べてくれた人がいたのさ……」

＊

「チクショウ！　何なんだよあのオッサンは！」

おっさんに敗北した後、彼ら五人は路地裏に身を潜めながら、座り込んで今後どうするかを相談していた。だが、その口から出てくる言葉はネガティブなものばかりだ。

「βテスターってのは、皆あんなに強ぇのか……？」

「これからどうするよ……頭下げたら許してくれるかなぁ……？」

「あんなのがいたんじゃ、大人しくするしかないのか……」

おっさんに敗北し、逃げ出した事で彼らの心は折れかけていた。悪党プレイなど辞めて、普通のプレイヤーに戻って大人しく生きていくしかないのか……と、そう考えていた。

だがその時、彼らの前に一人の男が現れた。

「お前達、そんなところで何をしている？」

路地裏に座り込み、立ち上がる気力すら失いかけていた彼らにそう声をかけた男との出会いによって、彼らの運命は変わり始めた。

最初は警戒していたモヒカン達だったが、根気強く親身に相談に乗ろうとするその男に根負けし、おっさんに喧嘩を売って返り討ちにあった事や、自信を失ってこれからどうすれば良いのか分からなくなった事を打ち明けた。

「お前達にその気があるなら、俺が鍛えてやれるが……どうする？」

モヒカン達の話を最後まで聞いたその男は、そんな提案をしてきた。迷った末にその提案を受け入れた彼らはその後、男と行動を共にして、その指導を受けた。

その男の実力は本物だった。独特な戦闘スタイルと、それを使いこなす技量。高いステータス値や多彩なスキル。そして何よりも、このゲームに対する知識が深かった。効率の良い狩場やモンスターの弱点や行動パターン、複数のアビリティの組み合わせによる相乗効果など、知らない事など何もないようで、その男は教えを乞えば何でも教えてくれた。

「やっぱＰＫとか、やめたほうが良いんスかね……？」

ある時、モヒカンはその男にそう言った。ＰＫとはプレイヤーキル、すなわち他のプレイヤーを殺害して、経験値やアイテムを奪う行為である。実行すれば悪名値が大きく上昇する犯罪行為だ。

モヒカン達は当初、徒党を組んでいわゆる【悪人プレイ】を行ない、ＰＫ集団として名を上げようとしていたのだが、もし今後それを行なってしまえば、世話になった彼の顔に泥を塗るのではないかと危惧していた。

モヒカン達は、こんな見た目の自分達に嫌な顔一つせず、親切に指導をしてくれた男に感謝していた。もしも世話になった彼がやめろと言うなら、真っ当なプレイヤーとして更生しようと考えていた。

だがその男は、モヒカンの質問に対してこう答えた。

「別にＰＫでも良いじゃないか。お前がやりたいようにやるのが一番だ。俺に気を遣って、自分がやりたい事から目を逸らすんじゃない」

「俺はお前達がＰＫになろうと態度を変える事はない。俺がお前達に失望する事があるとしたら、それはお前達の心が折れ、諦めた時だけだ」

「だから恐れずに、自分の心の声に従え」

彼の言葉に、モヒカンは男泣きに泣いた。そして決意した。強くなろうと。最強のＰＫと呼ばれるくらいに強く、全てのプレイヤーから恐れられる男になってみせると宣言した。

「ふっ……そうか。そうなった時は俺が相手になろう。楽しみにしている」

そう言って、その男は笑った。

＊

その後、その男の下を離れたモヒカン達は、自分達の強化の為にこの廃坑に潜り、ここをキャンプ地として狩りや採掘を行なっていたのだ。周囲を見れば、彼らが使っていたと思われるテントや携帯用溶鉱炉、鍛冶台などが設置されている。どうやら掘った鉱石を、鍛冶スキルを使ってこの場で加工していたようだ。

過去を語り終えたモヒカンが、おっさんを正面から睨んで宣言する。

「だから逃げねぇ！　俺達はいつか最強のＰＫとしてあの人……【龍王様】の前に立つ！　それが俺達流の恩返しってヤツだ！　その為にも今、ここでてめぇに勝つッ！」

おっさんはその言葉と視線を、正面から受け止めて笑った。

「そうか……誰かと思えばあいつの仕業か。ああ、確かにあいつの言いそうな事だ」

おっさんは、モヒカンが龍王様と呼んだ男に心当たりがあったようで、納得した様子を見せた後に、闘志を剝き出《むだ》しにしてモヒカンを睨んだ。

「だったら遠慮も手加減もしねぇ！　良いぜ、かかってきやがれ！」

「おう！　てめぇら手を出すな、このおっさんは俺の獲物だ！」

モヒカンは今の自分の力を試す為、あえて単身でおっさんに挑む事に決めた。おっさんと行動を共にするプレイヤー達と、モヒカンの仲間達が共に、彼らから距離を取る。

「行くぜオラ！　見やがれ、これが俺様の新しい力だ！」

そう言ってモヒカンが武器を装備する。モヒカンが装備した武器は、以前おっさんと戦った時に装備していた物よりも性能はかなり高いが、武器の種類自体は以前と同じバトルアックスだ。

だが、一つだけ大きく異なる点があった。それは彼が取り出した斧が二つあるという事だ。

「モヒカン・ダブル・アークス！」

そう、彼は重く、本来は両手で扱う事が推奨されている戦斧を左右それぞれの手に装備していたのだった。

「あっ、あれは二刀流!?」

「二刀流ってお前……あれは斧だろ？」

「いや、このゲームの【二刀流】スキルは、左右の手にそれぞれ武器を一つずつ装備する事が条件だ！　槍《やり》だろうと斧だろうと問題無く発動する！　わざわざやる奴がいるとは思わなかったがな！」

モヒカンの二刀流、いや二斧流を見たプレイヤー達がそんな会話を交わす。

彼らが言う通り、二刀流スキルは左右の手にそれぞれ武器を持つ為のスキルであり、必ずしも刀剣類である必要はない。武器を二つ装備した二刀流の状態では本来であれば攻撃力に大きなペナルティが課せられるが、二刀流スキルを鍛える事でそのペナルティを軽減出来るのが主な効果だ。また成長させれば、いずれは逆に攻撃力を上昇させる事も可能になるだろう。また、二刀流状態でのみ使用可能なアーツも多数あり、それらを習得する事も出来る。

「ヒャッハー！」

モヒカンが左右の斧を豪快に振り回しておっさんに襲いかかる。牽制《けんせい》や様子見など欠片《かけら》も頭にない様子で、初手からいきなり大技を仕掛けるつもりのようだ。

「食らいやがれ必殺奥義！　【喪非漢剛双風塵撃《モヒカンダブルトルネード》】おおおおお！」

モヒカンが両手に持った斧と頭のモヒカンヘアーが光り輝き、その場で斧を滅茶苦茶《めちゃくちゃ》に振り回す。すると彼の持つ斧の刃が風を纏い始めた。

「ヒャッハー！」

そしてモヒカンが自らも回転しながら跳び上がり、おっさんに向かって突進した。

「見たか！　これがリーダーの新必殺技！」

「龍王様の下で修行した成果だ！」

「こいつを食らえばひとたまりもねぇぜ！」

「身体の回転と斧の回転！　その相乗効果で生み出される嵐に耐えられるか！」

モヒカンの仲間が口々に叫ぶ。確かに彼らの言う通り、この技をまともに受ければ流石のおっさんとて、無事には済まないだろう。

だがおっさんは、逃げずにその奥義に立ち向かった。おっさんは大地を力強く踏みしめると深く息を吸い込み、集中する。

「コォォォォォォォォォッ……」

精神を統一し、姿勢を低くしたおっさんに向かって急降下しながら、モヒカンが風を纏った二振りの斧で斬りかかる。それに対しておっさんは大地が割れるほどの力強さで地を蹴り、跳躍しながら真上に向かって蹴りを放つ事で迎え撃つのだった。

「【地龍昇天脚《ちりゅうしょうてんきゃく》】！」

おっさんがモヒカンの奥義アーツによる攻撃を、同じく奥義を使って迎え撃った。おっさんが使用したアーツ、【地龍昇天脚】は発動までに溜《た》めが必要で、使用後に数秒間動けなくなり大きな隙が出来るデメリットこそあるが、一撃必殺級の威力を持つ対空用の単発格闘奥義である。

「ぐはあああああああっ！」

大地に潜む龍が大地を割りながら天に昇り、獲物を食らうかのような凄《すさ》まじい勢いの蹴りが直撃し、モヒカンが吹き飛ばされる。

「「「「も、モヒカーン⁉」」」」

奥義対奥義のカウンターアタックが直撃した事で即死したモヒカンを、仲間達が慌てて助け起こし、蘇生薬《そせいやく》を使って復活させた。

空中で一回転して華麗に着地したおっさんは、それを見ながらツナギの胸ポケットから煙草《たばこ》を取り出し、火を点《つ》ける。

「少しはやるようになったが……その程度じゃアイツや俺に勝つには、まだまだ早い」

倒れたモヒカンを見下ろして、おっさんはそう言い放った。だがモヒカンは、倒れながら見た。

余裕そうな表情で煙草を吹かすおっさんの、ツナギの肩がざっくりと裂けているのを、はっきりと目撃した。

（当たっていた……俺の攻撃が！）

以前戦った時は、五人掛かりで一発も入れられずに、あっさりと撃退されたモヒカン達だったが、今回は一対一で戦い、敗れたとは言え奥義を使わせた上に、服を傷付けただけで本人は無傷とは言え、おっさんに攻撃を当てる事が出来た。

「次は……俺が勝つ……！」

負けた悔しさと同時に確かな手応えを感じて、モヒカンは倒れながらそう宣言した。

「おう、いつでも来やがれクソ野郎」

おっさんはそう言い残して、彼らに背を向けるのだった。

なお、おっさんの目当てであった鉱石採集だが、この場所の鉱石は全てモヒカン達が採集し終えており、もう掘れる鉱石は残っていなかった。しかもタイミングが悪い事につい先程掘ったばかりであり、採集ポイントが復活するには、あと数時間ほど待つ必要があった。

「オラッ！　鉱石出せ！　ブラックストーン持ってんだろ！　隠しても無駄だぞ！」

「ちょっ、やめろぉ！　返しやがれ！」

おっさんは怒りのカツアゲをモヒカン達を相手に敢行し、彼らが隠し持っていたブラックストーンと、幾つかの稀少鉱石を強奪した。まさに悪魔の所業である。

# 職人達《たち》の本気！　強化祭り開催！

「武器強化の時間だオラァ！」

「「「「!?」」」」

突然おっさんが叫びながら扉を蹴り開けて工房に入ってきた事で、工房内にいた職人プレイヤー達は全員、驚いた顔で作業の手を止めた。

そのおっさんの後ろに続いて、初心者プレイヤー達が工房に入ってくる。中には初めて工房に入った者も少なくないようだ。何人かが落ち着きなく工房内を見回している。

「おう、鍛冶屋共集まれ！　お客さんが来たぞ！」

おっさんがそう声をかけると、その場にいた鍛冶職人達が集まってくる。

「ようおっさん。その子達の武器を強化すれば良いのか？」

彼らのリーダー格の男、テツヲの問いにおっさんが頷《うなず》いた。

「お前ら、こいつはテツヲって言って、アルカディアで一番腕の良《い》い鍛冶職人だ。他の連中も腕の良い奴《やつ》が揃《そろ》ってる。今日はこいつらが、お前らの武器を強化してくれるそうだ。挨拶しな」

「「「「よろしくお願いします！」」」」

おっさんが促すと、初心者達が鍛冶師集団に頭を下げる。

　おっさんは廃坑を出た後、入手した鉱石を使って初心者達に武器の強化をさせようと考えた。だが流石《さすが》のおっさんといえど、これだけの人数分の武器を一人で強化するのは大変な手間だ。よってテツヲに遠隔チャットで連絡を取り、彼とその仲間達の手を借りる事にしたのだ。

「ふっふっふ、強化ならば我らに任せて貰《もら》おうか！」

　その時、おっさん達の前に四人のプレイヤーが躍り出た。

「なっ、お前達は！」

　その顔を見て戦慄するおっさんの前で、彼らはポーズを取って名乗りを上げる。

「フォルグレン！」

「ファンガス！」

「ドゥードゥー！」

「モニ子！」

「「「「武器の事ならお任せあれ！　我ら、暗黒四天王！」」」」

　暗黒四天王と名乗る彼らの背後で爆発のエフェクトが発生する。おっさんは魔導銃を装備すると、一切躊躇《ちゅうちょ》する事なく彼らに向かって発砲した。

「大人しく座ってろ」

　四人組を無慈悲な銃撃で大人しくさせ、おっさんは初心者達に強化の説明を行なう事にした。

「それじゃあ装備品の強化について説明するぞ。まず、アイテムに品質ってパラメータがあるのは分かるな？　十段階評価で、数字が高いほど良品だ。装備品は一回強化するごとに+1、+2と強化値が上がっていくんだが、品質と同じ値までは安全に強化出来る」

おっさんの説明に、初心者達が頷く。例えば品質が5の装備であれば、+5まではリスクなしに強化出来るという事だ。

「そして、品質を超えた強化をやろうとすると【大失敗】や【ファンブル】が発生する事がある。大失敗が起きると、良くて強化値が減少、運が悪いと最大耐久度が下がったり、破損状態になって修理が必要になったりするな」

「あの、ファンブルの場合は一体どうなるんで……？」

「ファンブルの発生率はどれだけ強化値を上げようが１％で固定だが、代わりにそれを引いた場合……一発で装備が消滅する。何をどうやっても修復は出来ねぇ」

「ヒェッ……」

「他に質問はあるか？　……ないようだな。それじゃあ始めるぞ！　後で気になる事が出来たらその都度、近くの職人に聞きな！」

おっさんがそう言って手を叩《たた》くと、初心者達はそれぞれ鍛冶師に武器と素材を手渡し、強化を依頼し始めた。

「お前らはこっちだ」

おっさんはナナとアーニャを連れて工房の奥、普段おっさんが使っている定位置に移動した。彼女達の武器はおっさんが作った物である為《ため》、おっさんはその強化を他の職人に任せるつもりはなかった。

「さて……どっちから先にやるんだ？」

「ナナちゃんから先で良いよ」

「そう？　じゃあ、あたしからで」

控え目な性格のアーニャが譲り、先にナナの武器を強化する事になった。おっさんの予想通りの展開だ。

「素材は何を使う？　レアな金属を使えばその分強くなるし、種類によっては特殊な効果も付くぜ。それと当然、素材の品質が高いほど強化した時に数字が大きく上がる」

「うーん……よく分かんないから、お任せで！」

おっさんから説明されたは良いが、細かい事を考えるのが苦手なナナは専門家に任せたほうが良いと判断し、持っていた素材を全ておっさんに渡して丸投げする事にした。

「お、おう……。それじゃ、こいつを使うか」

おっさんが手に取ったのは、軽鉄鉱石という名の鉱石素材だ。これを製錬すると、ライトメタルという金属を作る事が出来る。鉄と同等の強度を持ちながら、重さはその半分以下という驚くべき軽さを誇る金属だ。斧《おの》や鈍器のような重さが威力に直結する打撃系の武器には向かないが、短剣や双剣のような手数を重視する武器には最適な素材と言える。

おっさんがナナの為に作った手甲と一体化した双剣は、品質6だ。おっさんはそれを安全に強化出来る+6まで、軽鉄を使って強化した。

「さて、ここからが問題だ。この先は大失敗やファンブルが発生するリスクと引き換えに、強化した時のステータスの伸びが上がり、運が良ければ大成功やクリティカルも発生する。どうだ、挑戦してみるかい？」

「うーん……成功率ってどれくらいなの？」

「+7だと確率はクリティカルとファンブルが各１％、成功が50％、大成功が20％、失敗も20％、大失敗が８％だな」

「へぇ、思ったより成功率高いんだね」

「ま、そこは俺の腕が良いからな」

「でも９％でアウトか……良いや、行っちゃえ！」

「ところで、課金アイテムには大成功率を上げたり、逆に大失敗を防ぐ物もあるが……」

「うっ！　……いや、やめとく！」

おっさんが口にした課金アイテムの誘惑に一瞬負けそうになるナナだったが、ブンブンと頭を振って誘惑を振り切った。

「了解。それじゃあ祈りな！」

おっさんがライトメタルとは別の素材を取り出し、それを使って強化を施す。今回おっさんが使用する強化素材は、稀少《きしょう》金属であるミスリルだ。

おっさんが金槌《かなづち》で双剣の刃を数回叩くと、刀身が眩《まばゆ》い黄金の光を放つ。先程までの強化とは明らかに異なるエフェクトに、ナナが目を見開く。

「……おめでとう。大成功だ」

「おおおおおお！」

刀身がミスリル特有の青白い輝きを放つ。生まれ変わった双剣をナナは早速、両手に装着する。

「軽っ！　前より凄《すご》く軽い！　それに、何だか凄く腕に馴染《なじ》む感じがする！」

大喜びで手甲から刃を出したり引っ込めたりするナナに、おっさんはニヤリと笑って言う。

「ところで、+8への強化はどうする？」

「…………やめとく」

かなり迷った末に、ナナはここでやめておく事にした。欲張って大失敗やファンブルでもしたら、目も当てられない。

「ところで大成功の効果ってどんなの？」

「まず強化で増える攻撃力や防御力が、普通の成功よりも高くなる。それと付与効果《エンチャント》が一つ増えてる筈《はず》だぜ」

「どれどれ……？　あ、本当だ。この【錬技Ⅰ】、アーツの威力が10％増加し、消費ＭＰが10％減少するってやつが増えてる」

「良い付与効果じゃねえか。双剣はアーツを小刻みに連発する事が多いからな」

「おぉー、大当たりだ！　ひゃっほう！」

歓喜の舞を踊るナナを無視して、おっさんはアーニャへと向き直った。

「待たせたな。何か注文はあるかい？」

「そうですねぇ……では全体的にもう少しだけ重くしつつ、重心が先端に寄っていると使いやすそうです。後は出来れば、爆発する時の反動を軽くしてほしいですね。あ、それからグリップが少し滑りやすいので、交換もお願いしたいです」

「お、おう。お前さんは結構色々考えてるんだな……」

おっさんに丸投げしたナナとは対照的に、アーニャは細かい部分まで指定するタイプのようだった。おっさんは多少面食らったものの、細かい指定があったほうが逆にやりやすいと考えた。

「だったらアダマンタイトを使って、更に先端のほうに鉛を入れてトップヘビー気味にするか。それからグリップはどうするかね……。この間の熊から取れた革でも巻くか」

おっさんは方針を決めると、作業に取り掛かった。ナナの双剣同様に、アーニャのバットを一気に+6まで強化する。

「安全圏の強化は終わったが、どうする？　過剰強化いっとくか？」

「いいえ、私は遠慮しておきます」

一切迷う事なくアーニャは断った。彼女は印象通りにギャンブルはせず、堅実に行くタイプのようだ。

「何だ、即答かよ。つまんねぇの」

「そ、そんな事言われても……あれを見ると挑戦する気なくなりますよ……」

ギャンブル大好きなおっさんが残念がるが、アーニャは遠くを指差して、おっさんにそちらを見るように促した。

アーニャが指差した先に広がっていた光景、それは……

「クホホホホッ！　クホホホホッ！　クホッ！　クホホホホホホッ！　すまん、失敗した」

「ぎゃあああああ！　また折れたああああああっ！」

「完璧な修理だ！　1ポイント修理が終わって、残りの15ポイントは失敗したぞ」

「うわああああああっ！　耐久度がああああああ！」

「素晴らしく運がないな君は。また来たまえ」

「放せ！　俺にこいつを殺させてくれえええええ！」

「力不足ですぅｗｗｗごめんなさぁいｗｗｗ」

「草生やしてんじゃねえぞこのアマあああああ！」

……そこでは暗黒四天王が大活躍していた！

そう、彼らこそは暗黒四天王。スキルレベルや能力値などの腕は決して悪くない筈なのだが、どういう訳か修理をさせれば装備の耐久度をゴリゴリ削り、強化をさせればここぞというタイミングで狙ったようにファンブルを出す。新たに装備を作成させたならば、能力値だけなら優秀なのに極端に使いにくかったり、癖のあるキワモノばかりを作り出す鍛冶職人界のアンタッチャブル。

「大人しくしてろって言ったろうが、このアホ共が！」

おっさんは二挺《ちょう》の超大型拳銃を抜き放ち、アーツ【バレットストーム】を放って彼らを蜂の巣にした。こうして悪は去った。だが、これが最後だとは思えない。いずれ第二、第三の暗黒四天王が現れ、プレイヤー達の装備と精神を破壊し尽くす時が来るだろう。

頑張れおっさん。いずれ来るその時に、彼らを止められるのはおっさんしかいないのだから。

# 緊急ミッション再び！　迫る漆黒の要塞！

「例のブツは？」

「こちらに。して、対価は？」

「これだ。確認してくれ」

「どうも。……想像以上の品質です。では、こちらはオマケという事で」

「おう、助かるぜ。それじゃ、またよろしくな」

「ええ、こちらこそ。良い取引が出来ました」

「ああ、お互いにな」

一体これは如何《いか》なる密談であろうか。作業場の裏手、人気《ひとけ》のない場所にて秘密の取引を交わす、二人の男の姿があった。

一人はツナギを着た目つきの悪い中年男性。皆様ご存知謎のおっさんである。そしてもう一名は布製の服の上にエプロンを着け、頭に布を巻いて髪を纏《まと》めた、料理人らしきプレイヤーだった。彼の名はクック。おっさんとは旧知の間柄で、彼もまた元βテスターの職人プレイヤーである。

彼らは他の職人達から隠れるように、この場所で密《ひそ》かに取引を行なっていた。何故《なぜ》そのような真《ま》似《ね》をしているのだろうか？　もしやこの場で行なわれているのは、人前では出来ない何か後ろめたい取引であるのだろうか。

いいや、断じてそうではない。

このゲームの生産スキルは複雑で奥が深いものだ。プレイヤーの工夫次第で出来ない物はないほどに、多種多様なアイテムが作成出来る。ゆえに秘蔵のレシピや新製品の情報は、人に知られてはいけないものである。特に、同じ職人相手には易々《やすやす》と手の内を見せる訳にはいかない。原理や製法がバレれば、奴らは容赦無くそのアイディアをパクってくる。その為、おっさんとクックはこのように隠れて取引を行なっているのだ。

すなわち、その事実が示す事は……彼らが取引していた品は、未《いま》だ市場に出回っていない新製品という事に他ならない。その正体が何であるか、答えを知るのはどうか、もう少しだけ待っていただきたい。

取引を終えてクックと別れたおっさんは、共同工房へと戻った。そして生産スキルを用いて幾つかの品を作った後、彼は街を歩き回った。次に向かう先は、街の南側にある露店広場と呼ばれる地域だった。

そこではプレイヤー達が露店を開き、モンスターから入手したレアアイテムや、採集した素材、生産スキルで作成した高品質な装備など、様々な物を販売していた。

【商売】スキルを取得し、商人組合に登録料を支払えば、誰でもここで露店を開く事が出来る。この場所を利用して取引を行なうプレイヤーで、露店広場は賑《にぎ》わっていた。

「おっさんが来たぞおおおおお！」

誰かが叫んだ。何故姿を見せただけで騒がれなければならないのかと、おっさんが憮然《ぶぜん》とする。

おっさんはもう少し自分の行動を顧みるべきである。

おっさんは少し歩いて、一つの露店に目を留めた。その露店では一人の女性プレイヤーが、野菜や果物を売っている。おっさんが女性店主に話しかける。麦わら帽子を被《かぶ》り、オーバーオールを着た素朴な女性だ。

「い、いらっしゃいませ！　何をお求めでしょうか？」

「この玉葱《たまねぎ》とキャベツ、ピーマンに人参《にんじん》、それと生姜《しょうが》とトマトもくれ。数はこれくらいで」

「ありがとうございます。全部で、えーっと……620ゴールドです！」

「姉ちゃん、640ゴールドだぜ」

「えっ？　……うわっ本当だ！　すいません……」

恥ずかしそうに顔を赤くする店主を見て微笑《ほほえ》ましい気持ちになりながら、おっさんが商品を受け取って代金を渡す。

「ところで姉ちゃん、この野菜は自分で作ってるのかい？」

「あ、はい。町外れにある畑を借りて、そこで育ててます」

店主が答える。彼女は【農業】スキルを取得しており、それを使って野菜を育てているようだ。地味なスキルと侮るなかれ、高品質な野菜や薬草を育てる事が出来るこのスキルは、料理や調合といった生産スキルとは密接な関係にある。良い品を作るには良い素材が必要不可欠なのだ。

「そうか、良い腕だ。また寄らせて貰うぜ」

「はい、ありがとうございました！　またのご来店をお待ちしております！」

彼女の売っている野菜や果物は、おっさんの目に適《かな》う良品だったようだ。おっさんは店主の明るい接客態度にも好感を抱き、またこの店で買い物をしようと考えた。

そのおっさんが立ち去った後、周囲にいたプレイヤー達が一斉に彼女の露店の前に殺到し、列を作った。

「失礼、少し商品を見せていただいてよろしいでしょうか！」

「むっ、この果物……実に良い品だ！　おっさんが目を付けただけの事はあるな！」

「ああ、良い品質だ。値段も手頃だし、これなら纏めて買っておきたいな」

「俺は料理スキル持ってないけど、このリンゴとかはそのまま食べても美味《うま》そうだ」

「はちみつください」

突然の客の群れに女性店主が驚く。

おっさんの目利きの確かさは既に多くのプレイヤーに知れ渡っており、彼が目を付けた隠れた良品は他のプレイヤーに大流行する。その結果がこれであった。

この後、この女性の露店はあっという間に完売し、稼いだお金で彼女は更に多くの作物を育て、アルカディアでも屈指の豪農へと成長していくのだった。

＊

露店広場を後にしたおっさんは、そのまま中央広場へと向かった。目当ての人物は、既にそこでおっさんを待っていたようだ。

「よう、待たせちまったかな？」

「ううん、そんなに待ってないよ」

「私達も、さっき準備が終わったところですから」

おっさんが軽く手を上げながら声をかける。それに応えたのは二人の少女、ナナとアーニャであった。おっさんは彼女達と待ち合わせをしていたようだ。

「そうかい？　なら良かったぜ、デートの約束に遅れなくて済んだようだ」

冗談めかしてそう言ったおっさんはパーティーを作成し、二人を勧誘した。そして新たにパーティーを組んだ三人は連れ立って、街の外へと歩いていった。

前回の廃坑での冒険から数日後、採掘した鉱石を使って装備を強化したナナとアーニャは、おっさんに戦闘の指導をお願いした。迷いの森での熊との戦いや廃坑でのモヒカンとの決闘を見た事でおっさんの実力を知り、自分達も強くなりたいと考えた結果だった。

おっさんはその頼みを快諾し、彼女達を連れて北の湖畔へと向かったのだった。

＊

城塞都市ダナンの北には、広い湖が広がっていた。その湖畔には主に、蟹《かに》のような水棲《すいせい》生物系のモンスターが出現する。

「てりゃーっ！」

甲殻の隙間を狙い、ナナが右手の剣を突き刺す。それを受けて彼女と戦っているモンスターがナナのほうを向く。そのモンスターは【アクア・クラブ】という名の、人と同じくらいの大きさの蟹であった。

鋏《はさみ》の付いた腕を振りかざすアクア・クラブだが、それが振り下ろされる前に、ナナは素早くサイドステップを踏んでいた。アクア・クラブの攻撃は空振りし、鋏が鈍い音を立てて地面に叩きつけられる。

「貰ったぁ！」

その腕の関節を狙って、ナナは左、右と連続で双剣を振るった。それと同時に……

「やぁーっ！」

蟹の背後に回っていたアーニャが甲羅に向かってバットを振るう。ガンッ！　という鈍い音と共にバットが叩きつけられ、爆発が起こる。その一撃で蟹のＨＰゲージが消滅した。

「よしよし、動きはちゃんと見えてんな。良い感じじゃねえか。それに弱点も上手《うま》く狙えるようになったな。上出来だぜ」

横で見ていたおっさんが二人を褒める。危なくなったらいつでも助ける準備はしていたが、どうやらその必要はなさそうだった。

おっさんに褒められ、二人は照れくさそうに笑う。

闇雲に攻撃せず、相手の動きをよく観察して回避を行なう訓練。それと同時に、相手の弱点を狙って効率良く倒す訓練を二人は行なっていた。その相手として、この蟹は最適な相手と言える。

物理攻撃は【切断】【刺突】【衝撃】【射撃】の四属性に分かれている。ナナの使う双剣は切断属性と最も相性が良く、刺突との相性もそれなりに良い。ただし小振りで軽い武器である為、衝撃属性の攻撃は殆《ほとん》ど不可能だった。

そしてこの蟹ことアクア・クラブだが、甲殻に覆われた身体《からだ》は防御力が非常に高く、衝撃属性以外の攻撃は、かなり通りにくい仕様になっている。その為、衝撃属性の攻撃が出来ない双剣でこいつに攻撃を通す為には、甲殻の隙間や関節などの弱点に、正確に攻撃を行なう必要があった。そういった理由で、ナナの訓練の相手にピッタリだった。

一方、アーニャの使うバットは鈍器である為、【衝撃】に特化している。逆に切断や刺突属性の攻撃は一切出来ないものの、衝撃に弱い敵に対して大ダメージを狙える武器だ。

硬い甲殻の上からでも衝撃によって内部に大ダメージを狙える為、ナナが敵を引きつけている間に、アーニャは後ろに回って強烈な一撃を与えるのを担当していた。

ちなみに、このアクア・クラブのような蟹型モンスターは、当然ながら【衝撃】属性攻撃が豊富な格闘家や鈍器使いに大人気のモンスターである。ある程度このゲームに慣れてきた上記のようなプレイヤーは、大抵この湖畔に籠もる事になる。逆に衝撃属性が不得手な短剣や細剣、双剣を使うプレイヤーには蛇蝎《だかつ》の如《ごと》く嫌われている。

「だいぶ動きが良くなったな。じゃあ次からはアーツも使って良いぜ。ただし発動前と使用後の隙は、しっかり頭に入れておくんだぜ？　じゃないと手痛い反撃を食らっちまうからな」

「「はい！」」

何匹目かのアクア・クラブを倒して、ようやくおっさんから合格点を貰えた少女達。二人は得た経験値を使用して新たなスキルやアーツの習得、ステータスの上昇を行なった後、再び蟹に戦いを挑むのだった。

そんな彼女らを見守りながら、時々アドバイスを送っていたおっさんだったが……

「おっと……悪い、ちょっとだけ落ちるぜ」

おっさんが言った「落ちる」とは、ゲームを中断してログアウトするという意味である。

「少ししたら戻るからよ」

おっさんの言葉に、少女達が頷いた。

「具体的に言うと、トイレ行ってくるわ」

「別に具体的に言わなくても良いよ……」

おっさんの言葉に、ナナが脱力しながらツッコんだ。

このゲームはフルダイブ型VRゲームであり、ゲームを行なっている最中、現実世界の身体は身動き出来ない状態になっている。また本来の肉体の感覚は失われている為、仮に現実世界で身体に危険があっても、ゲーム中のプレイヤーは危機に気付けない危険性がある。

その為VR機器にはカメラが内蔵されており、VR空間内では現実世界を映すカメラの映像をいつでも見る事が出来、またフルダイブ中のユーザーに近付く者がいた場合、その人物とユーザーの両方に警告が発せられ、すぐに一時ログアウト出来るようにされている等、対策はしっかりとされている。

それから前述の通り、フルダイブ中に現実の肉体の感覚が失われている為、空腹感や排泄《はいせつ》に気が付けずに大惨事になる問題も、開発初期段階では発生していた。その為、それらの肉体が発する信号をVR機器は正確に読み取って、ユーザーにアナウンスをしてくれるのだ。

身も蓋もない言い方をすれば、おっさんの現実の肉体が「はよ便所行けや。漏らすぞ」と言っているので、おっさんは一旦ログアウトをしてトイレに行く事にしたのだ。

「更に具体的に言うと、うんこしてくる！」

「うるさいよ！　さっさと行け！」

おっさんの下品な言い様にナナが軽くキレる。それを見てゲラゲラ笑いながら、おっさんはログアウトボタンを押した。

「うんこおおおおおおおおおおおおおお！」

「小学生かっ！」

最低な台詞《せりふ》を残しておっさんの姿が消えた。ナナがそれを見て溜《た》め息《いき》を吐《つ》く。これには隣に立つアーニャも流石に苦笑いだ。

「もー、あの中年はホントに……ああいうところさえなければ格好良いのに……」

「あはは……ナナちゃんがそうやって反応するから楽しんでるんじゃないかな？　こう、好きな子に意地悪する男子みたいな感じで……」

「小学生かっ！」

ナナのツッコミが冴《さ》え渡《わた》る。おっさんと出会ってから、すっかりツッコミ役が板に付いたナナであった。胸もまるで板のようである。誰が上手い事言えと。

*

それから暫《しばら》くの間、ナナとアーニャは夢中で蟹を狩り続けた。何度も狩る内に蟹の動きを完全に見切り、連携も打ち合わせなしで上手く出来るようになり、効率的な狩りを続けられていた。

経験値も今までよりもずっと良いペースで稼げるようになり、その経験値を使って更に能力を強化する事で、ますます効率的に経験値を稼げるようになる。まさに正のスパイラルだった。

ちなみに逆のパターンとして、強い敵に負けて死ぬ→デスペナルティで経験値や装備をロストして弱体化→その結果また死ぬ→弱体化という負のスパイラルも存在する。読者の皆様もMMORPGをプレイする時はデスペナルティに注意しよう。

そうやって二人がアクア・クラブを狩っていたところで、おっさんが帰ってきた。

「おう、ただいま。順調かい？」

「おかえり。遅かったね」

「ああ。ちょっと現実のほうでアナ公に捕まっててな」

「えっ……？　何であの子がおっちゃんの家にいるのさ」

おっさんが口にしたアナ公……アナスタシアは、現実世界でナナとアーニャのクラスメイトの留学生だ。それがトイレに行く為にログアウトしたおっさんと現実世界で会ったという事は、彼女がおっさんの家にいたという事だ。

「あ？　何だ、知らなかったのか？　あいつは俺の家に下宿してんだぜ」

「「えっ……？」」

おっさんが口にした事実に、ナナとアーニャが驚く。そういえばアナスタシアは、おっさんに対して妙に懐いた様子を見せていた事を思い出す。

「事案……あたっ！」

「通報……いたっ！」

不穏な言葉を口にした二人に、おっさんが拳骨《げんこつ》を落とした。

「妙な誤解をするんじゃねえ。あいつの両親とは昔からの付き合いで、奴が日本に来る時に預かる事になったってだけの話だ」

「ふーん？　それにしては随分と仲良さそうだったけど？　師匠とか呼ばれてたしさ」

「それはだな、あいつがガキの頃に初めて会った時、俺はこう自己紹介をしたんだよ。俺はジャパンから来たニンジャマスターで、生身で海を渡ってやってきたってな。ついでに折り紙で作った手裏剣をプレゼントしたら、大喜びで懐かれてな……」

「マリアちゃんが忍者大好きなのって、おじさんのせいだったんですね……」

思わぬところで友人の過去を知ってしまったナナとアーニャであった。

「で、どうする？　まだ狩りを続けるかい？」

おっさんが話を切り換え、そう尋ねると二人は頷いた。

「うん。もうちょっと練習したいかな」

「だね。連携も段々上手くいってきたし」

「そうか。なら、もう少し続けるとするかね」

そうして、三人は再び敵を探して湖畔を歩き始めた。だがその時、

【Emergency Mission!】

そのシステムメッセージが、彼らの前に表示された。

「こいつは……緊急ミッションか！」

おっさんが見覚えのあるアナウンスに反応して叫ぶ。直後、以下のようなシステムメッセージがエリア内の全プレイヤーに発信された。

**『短時間の内にエリア内のモンスターが一定以上討伐される条件が満たされた事により、緊急ミッション【堅牢《けんろう》なる黒き砦《とりで》】が発生しました。十分後に、北の湖畔に手配モンスターが出現します。同時に、該当エリアにいるプレイヤー全員にクエストが配布されます』**

条件は以前始まりの草原で発生したものと同じで、エリア内のモンスターが短時間で大量に討伐された事によって発生したようだ。

「一応聞いとくが、これの犯人お前らか？」

「た、多分違うと思います……。それなりに倒しはしましたけど……」

「だよねぇ。少なくとも主犯じゃないと思うよ？　犯人扱いはどうかと思うけど」

二人が言うように、彼女達もそこそこの数のアクア・クラブを倒したとは言え、それだけでミッションの発生条件を満たすには程遠かった。

その事実が示すのは、同じエリア内にいる別のプレイヤーが、条件を満たすほどの大量の敵を倒したという事だ。

「まあ良い。ならとりあえず、人を集めるぞ」

そう言って、おっさんはアビリティ【エリア・シャウト】を発動させる。このアビリティは使った後の自身の発言を、エリア内の全プレイヤーに届かせる効果を持つ。この手の便利系アビリティは、キャラクター作成時に自動習得する基本スキルである、【冒険者】スキルを鍛える事で習得可能だ。上位版に全プレイヤーに声を届ける【ワールド・シャウト】というアビリティも存在する。

おっさんはそのアビリティを使い、エリア内のプレイヤーに呼びかける。

「聞いての通りだ、緊急ミッションが発生したぞ！」

そう言っておっさんは大型拳銃型の魔導銃を取り出し、照明弾を装填して放った。おっさんの真上、上空に光が発生し、他のプレイヤーに居場所を知らせる。暫くすると、続々とエリア内のプレイヤーがおっさんの下に集まってきた。

「おっさん！」

その中の一人が、おっさんに話しかけてくる。そのプレイヤーは金髪の、中性的な顔立ちをした美少年だった。身長は百七十センチメートルより少し高い程度で、装備しているのは金属製の騎士鎧《よろい》に片手剣と盾という、一目見て壁役《タンク》と分かる重装備だ。

彼の名はシリウス。おっさんと同じ元βテスターであり、β時代に凄《すさ》まじい活躍をした事から、七英傑と呼ばれるプレイヤーの一人であり、最強の壁役として名高い男だ。

そんな彼の後ろには、一人の女性の姿があった。

「おじ様、ご無沙汰しております」

そう言って優雅に頭を下げるのは、カエデという名の女性プレイヤーである。巫女《みこ》服を着て弓を手に持った彼女は、まさに大和撫子《やまとなでしこ》と形容するのが相応《ふさわ》しい、柔和な美女である。身長はシリウスと同じくらいで、身体つきはスレンダーで和服がよく似合う。

カエデは一見大人しそうに見えるが、こう見えて彼女もまた、おっさんやシリウスと同じく七英傑と呼ばれる元βテスターであり、その実力は確かだ。

「シリウスにカエデの嬢ちゃんか。そうか、お前らが主犯だな？」

この二人組ならば、このエリアにいるアクア・クラブ程度は簡単に殲滅《せんめつ》出来るだろう。緊急クエストを発生させた原因はこの二人であるとおっさんは推測した。そして、それは正解であった。

「ハハハ。ええ、ついうっかり狩りすぎてしまったようで」

「そうかい？　なら仕方ねぇな。おっさんが手伝ってやるから安心しな」

爽やかな笑顔を浮かべるシリウスと、ニヤニヤと笑うおっさんが睨《にら》み合《あ》う。二人とも、笑ってはいるが目は一切笑っていなかった。

「いえいえ、おっさんの手を煩わせるほどの事ではありませんよ。ここはどうか僕達にお任せを」

「いやいや遠慮するなよ。俺とお前の仲じゃねえか」

心にもない事を口にしながら牽制《けんせい》し合う二人。彼らの心の声はこうであった。

(折角緊急ミッションを発生させたのに、おっさんがいるなんて冗談じゃないぞ！　このままじゃ、またMVP報酬をおっさんに取られてしまう！　何とかして追い返さなければ！)

(てめえの魂胆なんぞお見通しなんだよ。俺がここにいたのが運の尽きだったな。悪いがMVP報酬は、この俺がいただくぜ)

緊急ミッションの最大貢献者に贈られるMVP報酬を巡って、二人が火花を散らし合う。シリウスは何かおっさんを追い返す手段がないかと周囲を見回し、おっさんとパーティーを組んでいる二人の少女を発見した。

これだ。シリウスの脳裏に閃《ひらめ》きが走る。

「おっさん、見たところ可憐《かれん》な女性を二人も連れているようではないですか。その二人を危険に晒《さら》さない為にも、ここは一旦帰ったほうが良いのでは？」

ナナとアーニャに矛先を逸《そ》らしたシリウスだったが、おっさんが即座に反論する。

「おっと、これはこれは最強の壁役にして至高の騎士、シリウス様ともあろう御方が何て言い様だ。まさか壁役の癖に、この二人の美少女を守る自信がないと、そうおっしゃる？」

「うぐっ……！　それは……」

おっさんが慇懃《いんぎん》無礼《ぶれい》な口調で痛いところを突き、見事なカウンターにシリウスが思わず唸《うな》った。

どうやら舌戦ではおっさんが一枚上手なようだ。

何か反論の材料はないか。そう考えて視線を彷徨《さまよ》わせるシリウスだったが、そんな彼に思わぬところから爆弾が投下される。

「あれ？　もしかして周防《すおう》先輩？」

「……あ、本当だ。生徒会長の人……」

ナナとアーニャのその発言に、シリウスが固まった。

そう、ナナとアーニャはシリウスの顔に見覚えがあった。髪の色が金髪になっており、服装も騎士甲冑《かっちゅう》に変わっているが、それ以外の部分は本人そのままだ。その人物は二人が通う高校の二年生にして生徒会長、周防北斗《ほくと》その人である。

成績優秀でスポーツ万能、見た目はまさしく王子様といった爽やかな美少年で、学校内は勿論《もちろん》、他校の生徒の間でも有名人な彼こそが、シリウスの現実世界での姿であった。

ギギギ……と音が出そうな動きで、シリウスがゆっくりとナナとアーニャのほうを向く。

「……うちの学校の生徒？」

「あっ、はい」

「一年生です……」

「そう……世間って狭いなぁ。あ、ゲーム内で現実（リアル）の事は、あまり口にしないようにね」

「あっはい。すいませんでした……」

「失礼しました……」

微妙な空気になり、ナナとアーニャがすごすごと下がる。

「くっ……まだだ、まだ諦めるものか……」

そんな空気の中、シリウスはなおも諦め悪くおっさんを追い返す手段を考えようとするが、おっさんがそんな彼に無慈悲にトドメを刺す。

「いい加減にしねぇとレッドを呼ぶぞ、この野郎」

「ハハハ！　やだなぁおっさん、冗談ですって！　僕達親友でしょう？　一緒に頑張ろうじゃありませんか！　だからアイツを呼ぶのだけは勘弁してくださいよ。おっさんだって嫌でしょう？」

おっさんの言葉が余程効いたのか、シリウスが早口でそう捲《まく》し立《た》てる。一体彼がこれほどまでに嫌がるレッドという人物は何者なのだろうか。

「あの子を呼ぶのは流石に……。きっとクエストどころではなくなりますよ？」

そう言って温厚なカエデすらも難色を示す、レッドという人物は余程の問題児のようだ。ともあれその人物は、今はこの場にいない為、紹介は本人が登場した時に改めて行なうとしよう。

何だかんだあったが、おっさんとシリウスは無事に和解し、この五人でパーティーを組む事になった。パーティーを組んでいれば報酬はメンバー全員で均等に分配される為、誰がMVPを取ってもそれなりの報酬が約束される。七英傑が三人も揃ったパーティーと一緒の戦場に放り込まれた他のプレイヤーにとっては、報酬の大部分がそちらに持っていかれる為たまったものではないが。

**『緊急ミッションが開始されます』**

準備時間が終了し、ミッションが開始された。

プレイヤー達の前に現れたのは、多数の蟹型モンスター。アクア・クラブよりも大きく、ごつごつした岩のような甲殻に包まれた蟹、【ロック・クラブ】や、逆に身体は小さく防御力はあまり高くなさそうだが、代わりに素早い動きと鋭い鋏による攻撃が脅威となる黒い蟹、【ブラック・シザー】といった取り巻きが出現する。

そして、その中心には非常に巨大な一匹の蟹がいた。大きさもさる事ながら、重厚な甲殻や鋏が放つ威圧感は相当なものだ。

まるで堅牢な砦の如き、その蟹の名は【ブラック・フォートレス】。黒い要塞の名に相応しい威容のボスモンスターだ。

「突っ込むぞ！　続け！」

「了解！　カエデさん、援護をお願いします！」

「分かりました」

開始と同時におっさんが迷わず突撃を開始し、シリウスがその後ろに続く。カエデは後方からの支援に徹するようで、支援魔法の詠唱を開始した。

「あたし達はどうする⁉」

「え⁉　えっと、どうしよう？」

一方、ナナとアーニャはどう動くべきか迷うが、シリウスが二人に指示を飛ばす。

「お二人はカエデさんを護衛しつつ、ザコの殲滅《せんめつ》をお願いします！」

「アクア・クラブと動きはそう変わらねえ！　落ち着いて戦いな！」

おっさんのアドバイスもあり、二人はカエデの前に立ち、迫りくる蟹の群れに相対した。

「【セイクリッド・エンブレム】！　【マキシマム・パワーゲイン】！　【ディバイン・プロテクシ

ョン】！【ホーリー・ブレッシング】！【リジェネレーション】！【マナブースト】！」

カエデが高速詠唱により連続で支援魔法を行使し、広範囲に支援を飛ばす。

「す、凄い……！」

同じく支援魔法を習得しているアーニャは、その支援のレベルの高さに驚いた。その効果の高さは勿論の事、発動までの早さや効果範囲もアーニャのそれとは比べ物にならないほどだった。

おっさんやシリウスと同じ七英傑と呼ばれるカエデだが、その戦闘能力は他の六人に比べると一枚劣ると言わざるを得ない。だがそれを補って余りある彼女の能力、それがこの後方支援能力であった。鉄壁の防御力を誇るシリウスと、支援・回復魔法のエキスパートであるカエデ。彼ら二人はおっさんをして、

「あれは落とせねぇな。負けはしねえが勝つのも、少なくとも一人じゃ無理な相談だ」

と言わせるほどの堅牢さを誇る名コンビであった。

「支援ありがとよ！」

数々の支援魔法を受けてパワーアップしたおっさんとシリウスが、道中の蟹を蹴散らしながら進む。彼らはまるで無人の野を行くように、あっさりとボスの下へと辿《たど》り着《つ》いた。

「堅そうな敵だな。お前の盾とどっちが堅いかね？」

「さて、負けるつもりはありませんが」

言いつつ、シリウスが目の前の敵に【タウント】を使用して敵対心を集めると、ブラック・フォートレスが鋏を振り回して、その重量でシリウスを叩き潰そうとするが、

「【シールドチャージ】！」

シリウスは避《よ》けるどころか、盾を構えてその鋏に自分から突っ込んでいった。その結果、ダメージを受けたのはブラック・フォートレスのほうだった。

シリウスが使用したのは、攻防一体の盾用アーツ【シールドチャージ】。盾を構えて突進し、敵の攻撃を弾《はじ》き返《かえ》す技だ。

「食らえ、【シールドバッシュ】！」

続けてシリウスが放ったのは、彼の十八番《おはこ》である盾殴りだ。このアーツは手に持った盾で敵を強打する技であり、本来、威力はそれほど高くはない。

だがしかし、シリウスの使うこの技は特別性である。

アーツや魔法には熟練度というものが存在し、使えば使うほどそれは貯《た》まっていく。そして熟練度を一定以上貯めたアーツや魔法は、改造《カスタム》を行なう事が出来るのだ。

改造の内容は消費ＭＰの軽減、威力の強化、準備時間やクールタイムの短縮と様々である。その内容は多岐にわたり、また改造には経験値を大量に消費する為、新しいスキルやアーツを習得するのにも経験値が必要である事を考えれば、多くのプレイヤーはあまり積極的に改造を行なおうとはしないのが現状であった。

ところが、シリウスはこのシールドバッシュというアーツをβ時代から愛用し、数えきれないほど使ってきた男だ。その熟練度は一万を超えており、またシリウスは大量の経験値を費やしてこのアーツを強化してきた。

その結果、そのアーツは化けた。特にこのアーツ特有の改造項目である「使用者の物理防御力に比例して与えるダメージが上昇する」という効果がエグい。全プレイヤー中ダントツ一位の防御力を誇るシリウスが放つ事で、生半可なモンスターならば盾殴り一発で沈むほどの高火力。更に同じく固有の改造項目「アーツ発動時に【シールドガード】が自動発動する」によって、相手の攻撃に被せてジャストガードで防ぎつつカウンターで殴り飛ばすという酷《ひど》い効果まで獲得した。

かくして彼の放つシールドバッシュは、アルカディア三大チートの一角【チートバッシュ】として名高い凶悪アーツへと変貌したのであった。

その一撃で、ブラック・フォートレスの巨体が押し戻される異常事態が発生した。

「出た！　シリウスさんのチートバッシュだ！」

「凄ぇ！　流石王子！」

一方その頃、おっさんはシリウスが敵の注意を引きつけている間に、ブラック・フォートレスの後ろに回っていた。

「さて、やるか！」

おっさんは【ハイジャンプ】を使って高く跳躍し、ブラック・フォートレスの殻の上に飛び乗って、狙いを定める。

「てめえの弱点は……ここだ！」

おっさんが狙ったのは、ブラック・フォートレスの背中にある甲殻の隙間だった。正面からでは見えず、その巨体に登らなければ発見出来ない位置にある弱点だったが、おっさんは鍛え上げられた【弱点看破】アビリティによって、遠目からでも容易にそれを発見していた。

「【爆砕点穴《ばくさいてんけつ》】！」

おっさんが指先に気を集め、その指を甲殻の隙間に突き刺した。

「ギョエエエエエエエエ!!」

その途端、ブラック・フォートレスが突然苦しみ出したと思ったら、おっさんが指で突いた箇所を中心に肉が膨れ上がって破裂し、内側から甲殻がひび割れ、剝がれる。

おっさんが使用したのは格闘アーツの一種で、【点穴術《てんけつじゅつ》】と呼ばれるタイプの技の一つである。点穴とは生物に存在するツボや急所のようなものの事であり、全身に存在するその経穴を、気を込めた指先で深く正確に突く事によって様々な効果をもたらす、難易度・効果共に高い技だ。

たった今使われたのは、攻撃に使う点穴術の一つだ。中でもこの【爆砕点穴】は部位破壊に特化したアーツであり、どんなに硬い装甲でも内部から一撃で崩壊させる恐るべき技である。

「ブッ壊れろォ！」

おっさんが亀裂が入った残りの甲殻に拳を何度も叩きつけると、堅牢な装甲が次々と割れて剝がれていく。後には剝《む》き出《だ》しの、軟らかい中身が残るだけだ。

「【発勁《はっけい》】！」

おっさんが放ったのは内部に衝撃を伝える、相手の物理防御力が高いほど威力が高くなる性質を持つ格闘アーツ【発勁】だ。それによって更なるダメージを受けたブラック・フォートレスが悲痛な叫び声を上げて、おっさんを振りほどこうと暴れ回った。このボスモンスターは確かに背中の上が弱点ではあるが、そこにずっと居座る事を許すほど甘くはない。当然このように、暴れて落とそうとしてくるだろう。だが……

「ハッ、無駄だ！　どう足掻《あが》こうが、てめぇはもう助からねぇ！」

皆様お聞きください、これが主人公の台詞である。

おっさんは素晴らしいバランス感覚で、滅茶苦茶《めちゃくちゃ》に暴れ狂うブラック・フォートレスの上から落ちる事なく、余裕の表情で直立不動しながら攻撃を続けていた。いくら暴れようとも落ちる気配すらない。

そしてブラック・フォートレスの正面では、シリウスがその攻撃を全て受け止めながら盾殴りで連続カウンターを入れている。彼のＨＰは殆ど減っておらず、仮に減ってもカエデが回復魔法で一瞬で回復させてしまう為、ほぼ不死身である。

嗚呼《ああ》、ブラック・フォートレス。黒き要塞よ。お前もまたフューリー・ボア・ロードやジャイアント・キングベアーのように、哀れにも何も出来ないまま完封負けしてしまうのか？

「ギャオオオオオオオオオオオオオオオン！」

断じて否。そう主張するように、黒い巨大蟹が咆哮《ほうこう》する。怒りと共にその口を開くと、その口内には青い光が漏れ出ているのが見えた。誰が見ても分かる、大技の兆候だ。

ブラック・フォートレスは後方にいるプレイヤーに狙いを定め、その口から何かを吐き出そうとしている。その狙いは……最後尾でプレイヤー達を支援している巫女服の女性、カエデだ。

「危ないッ！」

「カエデさん、逃げて！」

カエデを護衛しつつ多くの蟹型モンスターと戦闘をしていたナナとアーニャは寸前でそれに気付き、咄嗟《とっさ》にカエデを庇《かば》おうと間に入る。あの攻撃が直撃すれば死は免れないだろうが、生命線であるカエデだけは守らなければならない。そう判断しての献身であった。

「ありがとう。ですが、その必要はありません」

だがカエデがそれを止める。彼女は微笑みを浮かべていた。その表情は、あの敵の攻撃が自分に届く事はないと、確信しているがゆえのものだった。

ブラック・フォートレスの攻撃が放たれる。その正体は水だった。たかが水と侮ってはならぬ。高圧により射出された超高速の水流は金属をも切断するのだ。ブラック・フォートレスが持つ敵専用の奥義アーツ【ウォーター・ジェットブレス】が、真《ま》っ直《す》ぐにカエデへと迫る。

だが、その攻撃がカエデに命中する事はなかった。その射線上に、素早く立ち塞がるのは彼女の騎士、シリウス。彼が盾を構えて必殺のブレスを防ぐ。

「【ゾディアック・リフレクター】ッ！」

シリウスが盾の奥義アーツを発動すると、構えた盾の前に十二の星座を象《かたど》った紋章が出現し、光の壁を形成する。その効果は、相手が放った攻撃をそのまま跳ね返すという単純明快にして強力な物だ。消費ＭＰは莫大《ばくだい》でクールタイムも長く、盾の耐久値が大幅に削られる等《など》のデメリットはあるものの、戦況を覆せるだけの力を持つ恐るべき奥義である。

かくして、起死回生の一撃は跳ね返され、ブラック・フォートレス自身を穿《うが》つ。そして、ブレスを放って開いたままになっているその口内は、ブラック・フォートレスの最大の弱点である。そこに、更なる攻撃が突き刺さった。

その攻撃を放ったのはカエデだ。彼女はシリウスが敵の攻撃を防ぐと確信していた。ゆえに、即座に反撃を行なう為の準備を既に終えていたのだ。

「お受けなさい、【滅射《めっしゃ》・九頭龍《くずりゅう》】！」

九本もの矢を一度に番《つが》え、放つ弓の奥義が発動される。美女の細腕から放たれたとは思えぬほどの強烈な九本の矢の同時射撃。それらが全て吸い込まれるように、ブラック・フォートレスの口内に突き刺さった。

「おっさん！」

「おう！　合わせるぜ！」

手痛い反撃を受けたブラック・フォートレスの動きが止まり、最大のチャンス到来におっさんとシリウスが動き出す。

「【スターダスト・サイクロン】！」

シリウスが放ったのは【神聖剣】スキルに属する奥義アーツ、スターダスト・サイクロン。神聖剣スキルは神聖属性が付与されたアーツや、悪魔や不死者に対して高い効果を持つアビリティを習得出来る強力なスキルだが、習得するには片手剣と神聖魔法の二つのスキルを、かなり高いレベルまで鍛える必要がある。その奥義によって彼の周囲に竜巻が発生し、その中を星屑《ほしくず》のような光の粒子が縦横無尽に動き回る。強力な範囲攻撃で周囲の取り巻きを一掃しつつ、ブラック・フォートレスにダメージが蓄積されていった。
「トドメだ！　【バレットカーニバル】！」
そしておっさんが放ったのは、弾倉内に残った銃弾を一気に撃ち尽くす奥義、バレットカーニバルだ。武器を一瞬で換装するアビリティ【クイックチェンジ】を使って二挺の超大型拳銃を装備したおっさんは、銃を抜くと同時に弱点に向かって零距離射撃の五十連発を見舞った。

**【Mission Complete!】**

**『緊急ミッション【堅牢なる黒き砦】がクリアされました。参加したプレイヤーの皆様には、戦果に応じて報酬が支払われます。現在、結果の確認と報酬の準備を行なっております。参加者の皆様は少しの間、その場でお待ちください』**

ブラック・フォートレスが崩れ落ち、ミッション完遂を告げるメッセージが表示された。おっさん達の勝利である。動かなくなった巨大蟹の背中から飛び降りたおっさんは、シリウスと拳をぶつけて、お互いの健闘を讃《たた》え合《あ》うのだった。

＊

それから数十分後、緊急ミッションに参戦したプレイヤー達は湖のすぐ近くに集まって、飲み物が入ったコップを手にしていた。

「てめえら、よくやった！　全員無事にクリア出来た事を祝って、乾杯！」

おっさんが音頭を取り、プレイヤー達がコップをぶつけ合って乾杯をする。彼らは祝勝会を開催していた。

乾杯をしてコップ内のジュースを飲み干した後、おっさんは携帯用魔導コンロと中華鍋、まな板と包丁といった調理道具一式を取り出した。

「折角の祝勝会だ。飯でも振る舞おうじゃねえか」

そう言っておっさんは包丁を手に取ると、玉葱や人参、ピーマンを細かく刻んで鍋に放り込み、炒《いた》め始めた。続けて先程大量に倒したばかりの蟹型モンスターがドロップした蟹肉と、炊かれた白米を中華鍋の中に投入する。

おっさんが作っているのは、取れたての蟹肉を使ったカニチャーハンだった。チャーハンを炒めながら、おっさんがアイテムストレージから複数の調味料を取り出し、味付けを始める。まずは塩や胡椒《こしょう》。そして次におっさんが取り出したのは、黒色の液体だった。

「そ、それはまさか醤油《しょうゆ》ですか⁉　遂《つい》に完成したんですね」

シリウスがその正体を言い当てる。そう、おっさんが取り出した物の正体は醤油だった。

アルカディアには当初、醤油も味噌《みそ》も存在しなかった。ファンタジー世界にそんな物が存在しないのは当たり前の話だったが、日本人が大多数を占めるプレイヤー達がそれに満足する訳がなかった。

そして彼らは、ないならば作れば良いという結論に達し、βテスト時代から多くの料理スキルを持つプレイヤーが製作に挑戦し続けてきた。そして遂に先日、ある男がそれを完成させたのだった。そう、冒頭でおっさんと取引を行なっていたあの男、クックという名の料理人である。おっさんが彼と取引していたのは、それらの調味料の類《たぐい》であった。

「ご名答だ！」

おっさんが醬油を中華鍋に垂らし、最後に焦がし醬油で味付けをする。醬油の焦げる香ばしい匂いに、思わずプレイヤー達の腹が鳴った。

「あっさり味のカニチャーハンだけだと物足りねぇだろうし、生姜焼きも付けてやろう」

おっさんは別の鍋を使い、以前フューリー・ボア・ロードを倒した時に入手した高級肉を焼き、生姜と塩胡椒、醬油を使って調理する。それをキャベツの千切りやトマトと一緒に皿に盛り付け、カニチャーハンと共に提供した。

「美味《うま》そう！　いただきます！」

「ウヒョー！　こりゃたまらん！」

激しい戦闘を終えたばかりのプレイヤー達は、すぐさま出された料理に食らいついた。

「美味い！　具材の大きさが不揃いだったり、焦げ目が付いてたりと微妙に雑だけど、逆にそこが丁度良いアクセントになって、美味さが増しているっつーのかな」

「うん、これぞ男の料理って感じだな。お袋の味ならぬ親父《おやじ》の味か？」

おっさんの作った料理は好評のようで、作る端からプレイヤー達の口の中に消えていった。

「ねえおっちゃん、あたしも手伝おっか？」

休む間もなく大勢のプレイヤーの為に料理を作るおっさんを見て、ナナがそう提案した。

「おっ？　そりゃ助かるが、料理スキルは持ってんのかい？」

「今取ったよ！　予備の包丁ある？」

「あ、それじゃあ私も手伝います」

ナナと一緒にアーニャも料理スキルを新規習得し、おっさんが持っていた予備の包丁と鍋を使って料理を手伝い始めた。ナナが包丁で具材を切り、アーニャが鍋を使って炒めるのを担当する。

しかし彼女達の手つきは、控え目に言ってかなり危なっかしいものだった。

「あ、あれ？　なんか上手く切れない……。おっかしいなぁ。双剣使えば切れるかな？」

ナナは握った包丁を振りかぶり、まな板に叩きつけるように豪快に振り下ろし、指を切ったりしないか見ていて非常に心臓に悪い。

「ひゃあっ！　油が跳ねてっ、あわわわわ……」

アーニャも油を入れすぎた鍋をいきなり最大火力で加熱して盛大に跳ねさせたり、火を通す時間を考えずに全ての具材を一度に投入したりと、初心者がやりがちな失敗をしていた。

そうして四苦八苦して彼女達が完成させた料理は、実に食欲を減衰させる見た目と臭いを放つシロモノであった。その品質は1。文句なしの最低ランクである。

「あー……お前ら、現実で料理やった事は？」

完成した料理の酷い出来栄えに落ち込む少女達におっさんが問うと、二人は気まずそうな顔で目を逸らした。

「……小学校の時に、家庭科の調理実習で少しだけ」

「……右に同じ、です」

やはりと言うべきか、二人は料理経験がほぼ皆無だったようだ。そんな彼女達が料理スキルを習得したからと言って、知識もなしにまともな料理を作れる訳がなかった。

「やり方が分からねぇなら先に聞きな。次やる時は、一から教えてやるからよ」

おっさんはそう言って、二人が作った品質1のカニチャーハンを手に取った。

「おっさん……まさか食うのか……⁉」

それを見ていたプレイヤー達が戦慄し、ナナとアーニャが慌てて止めようとするが、おっさんはそれに構わず、迷う事なく失敗料理に箸を伸ばし、口に運んだ。その場の全員が無言で見つめる中、おっさんは表情一つ変えずに食べ進め、遂には完食する。

「美味かったぜ。ご馳走《ちそう》さん」

米粒一つ残さず綺麗《きれい》に完食した皿を置いたおっさんに、プレイヤーの一人が話しかける。

「お、おっさん……本当に大丈夫なのか……？」

心配そうに言うその男に、おっさんは答える。

「大丈夫も何もあるかよ。女が自分の為に作ってくれた料理を食って、男が言って良い台詞はただ一つ、美味いの一言だけだ」

男としての器の差。彼我のそれを本能で実感し、男達は敗北感に襲われた。そして女性プレイヤー達の中で、おっさんの株がストップ高になった。

「で、でもおっちゃん……嬉《うれ》しいけど、本当に大丈夫なの？　無理してない？」

「してねえよ。本当に美味かったから安心しな。次はもっと美味いのを期待してるぜ」

おっさんは二人の頭を乱暴に撫《な》でてから、他のプレイヤー達と話す為に離れていった。

こうして一問着《ひともんちゃく》あったものの、おっさんは二度目の緊急ミッションを無事にクリアし、多額の報酬を手に入れると共に、少女達との絆《きずな》を深めたのだった。

# 謎のおっさん情報収集！　ブラックストーンを確保せよ！

世界初のVRMMORPG「アルカディア」が正式サービスを開始してから、およそ二週間ほどが経過した。元βテスターと初回限定版の一万本を入手したプレイヤーに加えて、追加分のパッケージが販売された事でゲームを遊ぶプレイヤーは更に増えた。

ここ最近、初心者プレイヤーの世話を焼く事が多かったおっさんは、そろそろ自身の強化を行なう頃合だと考えた。

その為《ため》にはステータスの成長や新たなスキルの習得が必要なのは当然として、装備を整えるのが重要だとおっさんは考えていた。

思えばおっさんが使っている装備は、殆《ほとん》どがβテストの時に作成し、使用していた物のままである。勿論《もちろん》これらは初心者が大多数を占める現在の環境では十分にトップクラスの性能を誇っているが、彼らも日々成長しており、いずれは先行者達《たち》に追いついてくるだろう。

また、初心者だけではなくβテスターも同じように成長している。先日久しぶりに出会ったシリウスやカエデは、βテストの時と比べると明らかにスキル・装備の両方の面で成長していた。

正式サービスが開始してからはまだ出会っていない、残りの【七英傑】も同様に強くなっている事だろう。流石《さすが》のおっさんにとっても、彼ら七英傑だけは油断のならない相手だ。このまま停滞していてはいずれ彼らに追い抜かれ、差を付けられる事は明らかである。

「やっぱり、これがもっと必要だな……」

おっさんが手にしたアイテムをじっと見る。そのアイテムの名はダークメタル。吸い込まれそうな漆黒の色をした、世にも珍しい金属である。

その原料であるブラックストーンを、おっさんは新たに三つ入手していた。廃坑でモヒカン達が持っていた物を強奪したのが一つと、湖畔でブラック・フォートレスを倒した時のドロップアイテムが二つだ。

これでおっさんが持つダークメタルは四つ。必要数にはまだ足りないが、これが揃《そろ》った暁には、おっさんが理想とする武器が作れるだろう。

だがやはり、この素材の問題点は非常に稀少《きしょう》な点だ。あの後、おっさんは試しに再び迷いの森で熊を討伐してみたが、ドロップアイテムの中にブラックストーンは存在しなかった。どうやらドロップ率は相当低く設定されているようで、あの時はたまたま運が良かったという事だろう。

ならばやはり、別の手段を探る必要がある。情報屋には既に調査依頼を出しており、奴《やつ》ならば既に情報の一つくらいは摑《つか》んでいるだろう。

丁度おっさんがそう考えた時に、当の情報屋本人がやってきた。その人物はどこからともなく、全く音も立てずにおっさんの傍らへと降り立った。

「シショー！」

「来たかアナ公。それで、何か分かったかい？」

「バッチ・グーだヨー！　とっておきの情報を掴んできたデスー」

現れた人物は、片言の日本語を操る金髪碧眼《へきがん》の少女であった。まず目を引くのは、犬のような耳と、長いフサフサした尻尾。腰には短めの刀を差し、首には長いマフラーを巻いて口元を隠し、服の下には鎖帷子《くさりかたびら》を着用している。そして彼女が着ている服は、忍《しのび》装束であった。

背が低く、言動も顔つきも子供っぽいが、とてつもなくスタイルが良《い》い。出るところはドーン！と出て、引っ込むところは引っ込んでいる。小柄な体躯《たいく》と相俟《あいま》って、ただでさえ巨大なそれが更に目立っている。やっぱアメリカは凄《すげ》ぇや！

彼女の名はアナスタシア。アメリカ人の父とロシア人の母を両親に持つ留学生で、現実世界での名前はマリア・フォークナー。おっさんの家に下宿している、十六歳の留学生だ。

彼女はどこか間違った日本観の持ち主であり、サムライやニンジャに対して並々ならぬ憧れを寄せている。それが高じて、彼女はこのゲームでは忍装束を纏《まと》い、忍者プレイに興じていた。

ちょっと変わった子ではあるが、その腕前は確かである。おっさんと同じβテスターであり、七英傑と呼ばれる七人のトップランカーの一人である。

ちなみにアナスタシアが少々間違った感じの日本文化に傾倒しているのは、幼く純粋だった彼女に「日本ではサムライが権力を握ってて、裏社会ではニンジャが暗躍している」「実は俺の正体はニンジャマスターだ」などといった法螺《ほら》を吹き込んだ男がいたせいである。

「確定情報じゃないケド、その鉱石を持ってそうなＢＯＳＳの情報を見つけたヨ！」

「ほう、詳しく教えて貰《もら》おうか」

情報に食いつくおっさん。だが、それに対してアナスタシアは、無言で両手を前に出した。

「チッ、ほらよ。これくらいで良いだろ」

情報は価値を生む。それを知る者が少なければなおさらである。ゆえに対価を要求するのは当然の事であった。そう来る事は分かっていたとばかりに、おっさんが金貨が大量に入った袋と、手裏剣や撒《ま》き菱《びし》などの消耗品の束を手渡した。このような忍者が使う道具は使う者が少ないので、滅多に市場に出回らない。その為オーダーメイドをする必要がある。高品質な忍び道具はアナスタシアにとって、お金以上に有り難かった。

「さっすがシショー、分かってるぅ！」

「世辞は良いから、さっさと情報を吐きな」

「OK。MAPを出しマスね。えーと、候補は二つあるデス」

そう言ってアナスタシアは地図ウィンドウを表示させた。

プレイヤーが歩いた場所の地図は自動的に記録され、こうして表示させる事が出来るのだ。そのデータは他人に譲渡する事も可能である。

そしてアナスタシアは、現在実装されているほぼ全てのエリアの詳細な地図を所持していた。流石は情報屋といったところか。

アナスタシアが表示させたのはワールドマップだ。マップの中心に城塞都市ダナンが表示され、その周囲に広がるのは始まりの草原。北には大きな湖が、東と南には森が広がり、西方には険しい山がそびえ立っている。

「ここと、ここデス」

アナスタシアが、マップ上にマーカーを二つ表示させた。その場所は、おっさんにとってはどちらも覚えがある場所だった。

「おい、ここは廃坑じゃねえか。そこはこの間行ったぞ。どういうつもりだ？」

「まあまあ落ち着くデスよ、シショー。廃坑に出現するボスモンスターが、ブラックストーンをイッパイ持っている可能性が高いという事デス」

「ボスだと？　……確かに、ブラックストーンが採集出来るあの場所にいるボスなら、持ってる可能性は高いだろうな。最下層に出るザコ敵を考えれば、恐らくゴーレム系のボスだろうし信憑性《しんぴょうせい》は高い。だがな、この間行った時はそんなもんいなかったぜ？　あのモヒカン小僧共にそのボスを倒せるとも思えねぇし……」

「出現させるのに条件があるのデス。シショーはそれを知っている筈《はず》デスよ」

「……そうか、緊急ミッションか！」

「ザッツライト！　廃坑の最下層でエマージェンシー・ミッションを発生させて、ボスを倒すコト。まずこれが一つ目デスね」

「なるほど、よく分かった。それで二つ目は……この街の北東地区か？　街中ってのはどういう事だ」

アナスタシアが表示させた二つ目のマーカーは、この城塞都市ダナンの北東地区に表示されていた。その事に疑問を呈するおっさんに、アナスタシアが答えを言う。

「ダナンの地下に、隠しエリアがあるそうデス」

「マジかよ。どんなところだ？」

「地下墓地《カタコンベ》。アンデッドやゴーストタイプのモンスターがＰＯＰするエリアデス。ボスもアンデッドらしいデスよ」

「アンデッド……暗黒属性か。確かに持ってそうだな」

おっさんが求めているアイテム、ブラックストーンは強い暗黒属性を持ち、地下深くや強力な魔獣の体内で生成される物だ。アンデッドや幽霊が大量発生する地下エリアであれば、入手出来る可能性は高そうである。

「今ハンメイしているのは、この二つデスね。シショー、どっちに行くデス？」

「そうだな……ここは地下墓地から行ってみるか。ここから近いし、新しいエリアには興味がある」

おっさんが決断を下す。目指すは大都市の地下に広がる隠しエリアだ。

「お前も来る気か？」

「シショー、場所知らないデショ？　案内するデスよ。ついでに久しぶりにパーティーを組んで、一緒にハンティングをするデスよ」

「そうやって俺を利用して稼ぐ魂胆だな。ちゃっかりしてやがるぜ」

悪態を吐《つ》きながら、おっさんはパーティーを作成してアナスタシアを勧誘する。そして二人はそのまま街の北東地区、地下墓地への入口に向かうのだった。

# 謎のおっさん墓荒らし！　地下墓地の激闘！

城塞都市ダナンの北東地区には、小さな教会があった。だが人が住んでいる気配はなく、建物は朽ちかけている、寂れた場所だ。

「ゴッデスが姿を見せなくなってから、教会はすっかり人が来なくなったようデス」

「女神……ああ、確か公式サイトの設定集に載ってたな。名前はイリアだったか。俺好みの金髪でボインの美人だったから、よく覚えてるぜ」

「シショー？　金髪でボインのプリティガールなら、ここにも一人いるデスよ？」

おっさんの言葉に反応して、自身の豊かな胸を強調しながらおっさんをチラ見して、アナスタシアが言う。露骨なアッピルだ、厭《いや》らしい。

「あぁ、そうだな。あと十年くらいしてから出直してきてくれ」

「シット！」

おっさんの冷淡で雑な対応に、アナスタシアが頬を膨らませて拗《す》ねた。

そのまま二人は教会の裏手へと進んだ。どうやらこの先に、隠された入口が存在するらしい。

「むっ……何奴《なにやつ》！」

「おっ？」

だが、その入口には先客がいた。その人物は、おっさんとアナスタシアにとってはよく見知った顔であった。おっさんがその名を呼ぶ。

「エンジェじゃねーか。こっちで会うのは久しぶりだな。元気か？」

「おっさんとアナスタシアか……うむ、突然の邂逅《かいこう》にいささか驚いたが、我は息災である」

おっさんの言葉に仰々しい言葉で返すのは、長い銀色の髪を頭の左右で結わえたサイドツインテールにした、背の低い少女だった。

服装は黒いリボンに黒いマント、黒い手袋に黒いニーハイソックスと、全体で見ると黒が八割で白が二割といった割合で、かなり黒に偏っている。肌は逆に病的に白く、瞳の色は赤だ。その目も片方は黒い眼帯で隠されていた。

彼女はその手に、その身長よりも長い杖《つえ》を所持していた。魔法使いが好んで使用する魔導杖《まどうつえ》だ。

「どうやら、貴様らもこの先の、死の領域へと赴くつもりのようだな」

「おうよ。奇遇なこったな。ところでお前もボス狙いか？」

「……然《しか》り。我が標的は不死者の王である」

おっさんがアナスタシアへと目線を向けると、犬耳を付けた忍者少女が頷《うなず》く。

「地下墓地のボスは三種類いるデス。物理タイプの【髑髏《どくろ》の聖騎士】、魔法タイプの【髑髏の賢者】、そして万能タイプの【髑髏の王】。一日に一回、日替わりで三匹の内の一つが出るみたいデス」

「うむ。そして今宵《こよい》は王との謁見が叶《かな》う日である」

アナスタシアの解説をエンジェが補足した。

「なるほどね。その骸骨の王様を倒すのが今回の目的って訳だ。それじゃ、行くとするか」

おっさんはそう言って、エンジェにパーティーの勧誘を出した。

『謎のおっさんからパーティーへの招待が届きました』

そのシステムメッセージと共に、承諾／拒否の選択肢がエンジェの前に表示された。エンジェはそれを選択する前に、おっさんに一つ質問をした。

「その誘いを受けるのは吝《やぶさ》かではないが、その前に一つ問う。其方《そのほう》の狙いし宝は何ぞや。その返答如何《いかん》では徒党を組む事叶わず」

どうやら彼女は、狙っているドロップアイテムが被《かぶ》った場合は競争になる為《ため》、パーティーを組む事は出来ない。だから何を狙っているか教えろと言いたいらしい。

「構わねえが、俺だけ教えるのは不公平だな。同時に言おうじゃねえか」

「……良かろう」

おっさんが合図をして、二人は同時にアイテム名を口にした。

「ブラックストーン」

「ブラッドボーンと聖骸布」

どうやら二人の狙いは別々のアイテムだったようだ。おっさんと争う羽目にならずに済んだ事で、エンジェが内心で安堵《あんど》する。

「よし、組むぞ」

「うむ。よろしく頼む」

こうしてエンジェを仲間に加えたおっさんは、地下墓地エリアへと足を踏み入れた。

＊

「アァァァァァァァァァアァッ！」

悲痛な叫び声を上げながら、亡者が迫る。ボロボロの粗末な服を着た、人間の死体の姿をしたモンスター【ゾンビ】や、より強力で毒を持つ【ポイズン・グール】、全身に包帯を巻いたミイラ型のモンスター【マミー】といった、アンデッド型モンスターの揃《そろ》い踏《ぶ》みだ。

ゾンビと言えば映画やゲームの影響で動きが遅そうなイメージがあったが、彼らの動きはその見た目に反して驚くほど速い。

「うざってえ……！」

おっさんが二挺《ちょう》の大型拳銃を抜き、連続で弾丸を撃ち込む。ところが不死者達《たち》は身体《からだ》に風穴を開けられながらも、まるで構わずにおっさんに走り寄ると、その勢いのまま殴りかかってくる。

ＨＰは確実に減っているものの、彼ら不死者は一切痛みを感じないようで、他のモンスターのようにダメージで怯《ひる》む事はないようだ。単純な強さだけではなく、こういった特徴もアンデッドの厄介なところだ。

「だったら、こいつはどうだ！」

おっさんはアビリティ【クイックリロード】を使用し、一瞬で別の弾倉を魔導銃に装填して、アーッ【バレットストーム】による範囲攻撃を行なった。

「ウアアアアア……」

その銃弾を受けたモンスター達がバタバタと倒れ、動かなくなる。

「よし。やっぱりゾンビには銀の弾丸だな」

先程おっさんが装塡したのは、普通の銃弾ではなく純銀製の物だった。攻撃力は鉛の弾よりは低いものの、アンデッドや悪魔に対する特効を持つ為、このエリアの敵には効果覿面《てきめん》だ。

だがおっさんに向かって、更に不死者達が迫る。大量に湧いて出たモンスター達は四方八方からおっさん達を包囲し、休む間もなく襲いかかってくる。

「詠唱完了だ！」

だが、そんな状況を打開するべく動く者がいた。長い杖を両手で握り、おっさんとアナスタシアの後ろで魔法の詠唱を行なっていたエンジェである。彼女の合図に、おっさんとアナスタシアが同時に動く。

「【スリップトラップ】！」

「【忍法・影縫い】！」

おっさんがアビリティを発動させると、その周囲の地面に滑る床が出現した。それを踏んだアンデッド型モンスターが、後続を巻き込んで派手に転ぶ。

それと同時にアナスタシアが、両手で無数の苦無《くない》を次々と投げ放つ。それらがモンスターの影に突き刺さると、その動きがピタリと止まった。

それと同時に、エンジェが魔導杖を振るい、その先端から必殺の魔法を放った。

「地獄の業火に焼かれるがよい！」

エンジェが使用したのは【元素魔法】スキルの奥義にして火炎属性の攻撃魔法【インフェルノ】だ。詠唱時間の長さがネックだが、その威力と効果範囲は絶大である。

放たれた炎がアンデッドモンスターを纏《まと》めて焼き払い、一匹残らず消し飛ばした。

これこそがエンジェの戦闘スタイル。高火力&広範囲の大魔法をブッ放して敵を一網打尽にする事に全てを賭けた、火力特化の魔法使いである。

瞬間火力だけなら間違い無く全プレイヤー中トップだが、代わりに防御力はそこらの初心者に毛が生えた程度の紙装甲という極端なプレイスタイル。

にもかかわらず、βテストの頃から単身で数多《あまた》の強敵に挑み続け、一歩も退かずに巧みな戦術と自慢の火力で全てを葬り去ってきた彼女を、人はこう呼んだ。七英傑、【魔王】エンジェと。

「ククク……我が炎に抱かれて永遠に眠るが良い」

相変わらずの仰々しくも痛々しい言動で勝ち誇るエンジェを、おっさんとアナスタシアは生暖かい目で見守った。エンジェは十四歳の中学二年生であり、このような言動をするようになるのは、この年頃の少年少女にはよくある事だ。ゆえに彼らは、エンジェが大人になってから思い出して悶《もだ》える時を楽しみにしつつ、今は黙って見守るのみであった。やめて差し上げろ。

「「「ウアアアアアアアッ！」」」

だがその時、新たに大量のアンデッドモンスターが周囲に再び出現した。

「チッ……きりがねぇな。いちいち相手してたら日が暮れちまう。ここは突破するぞ！」

おっさんは包囲を突破して、強引に先に進む事を選択すると、エンジェの身体を抱き上げる。いわゆるお姫様抱っこの体勢だ。

「しっかり摑《つか》まってろよ！」

「わ、分かった！」

「オラオラ、邪魔だゾンビ共！　どきやがれ！」

急に抱き上げられて驚きはしたが、エンジェはすぐにおっさんの首に腕を回して抱き付いた。少女を抱いたまま、アンデッドを蹴散らしておっさんが駆ける。そのすぐ後ろにアナスタシアが続き、彼らは包囲網を突破して地下墓地の最奥を目指した。

だがそう簡単にはいかず、アンデッドモンスターの群れが彼らを追いかける、見た目に反して素早い動きでおっさん達を追いかけるゾンビ達。

「ええい、うざってえ！」

また、次から次へと新手が湧き出して行方を遮るのも厄介なところだ。

進路を塞ぐゾンビを蹴り倒しながら、おっさんが悪態を吐《つ》いた。

＊

「よし。ここまで来れば大丈夫そうだな」

「うむ……」

それから数分後。ようやくアンデッドモンスターの追跡を振り切ったおっさん達は、長い下り階段の前にいた。この階段を下りた先が最深部であり、ボスモンスターが出現する場所だ。

「ところで二人共？　随分と仲が良さそうデスねー？」

「むっ？　……あわわっ！」

アナスタシアの言葉に、おっさんに抱えられたままだった事に気付いたエンジェが、慌てて降りようと手足をばたつかせる。

「こら、暴れんな。危ねぇだろうが。……ほれ、足元気を付けろよ」

おっさんはエンジェをそっと地面に下ろした。そのおっさんに、アナスタシアが小声で言う。

「……シショーは相変わらずエンジェに甘いデス」

「そりゃまあ、あいつは殆《ほとん》ど俺の子供みてぇなモンだしな……」

おっさんは煙草《たばこ》を取り出して咥《くわ》え、火を点《つ》けながらそう言った。

その言葉通りに、おっさんはアナスタシア同様に、エンジェの事も彼女が生まれた時から知っていた。エンジェはおっさんの親友あるいは悪友と呼ぶべき男と、おっさんの義姉との間に生まれた娘であり、血の繋《つな》がりこそないものの叔父と姪《めい》の関係だ。

彼女の両親が忙しい事もあって、一時は彼女の兄と共におっさんの家で暮らしていた事もあり、おっさんにとってエンジェは殆ど、自分の娘のような相手だった。

「シショーはワタシにも、もっと優しくするべきだと思うデス」

エンジェ同様に親友の娘で、生まれたばかりの時からの付き合いという似た環境にありながら雑な対応をされているアナスタシアが、不満を漏らす。

「えー、その件につきましては、前向きに善処したいと思います」

だがそれに対しておっさんは、紫煙と共に適当な言葉を吐いてあしらうのだった。

そんな会話を交わしながら階段を下りていったおっさん達は、その先にある広い空間に辿《たど》り着《つ》いた。床には魔法陣のようなものが描かれており、中心に立派な墓碑が置かれている。その周囲には火が付いた燭台《しょくだい》が配置されていた。

「シショー、あのグレイブストーンを調べるデス」

おっさんはアナスタシアの言う通りに、床に描かれた魔法陣に足を踏み入れ、その中心へと向かう。おっさんから少し離れた場所では、エンジェが戦闘開始後すぐに魔法を放てるように詠唱を開始しており、その隣ではアナスタシアがエンジェを護衛する為に腰の刀に手をかけ、いつでも動き出せるように待機している。

おっさんは墓碑に手を伸ばし、メニューを開いた。プレイヤーが干渉出来るオブジェクトは、このように手を近付けるとメニューが表示される。その中からおっさんは【よく調べる】を選択した。すると三つある祭壇の内、真ん中に配置された物が光を放つ。

「誰だ……我らの眠りを妨げる者は……」

同時に地の底から響くような低い声で、何者かがおっさん達に語りかける。

「神聖なる墓所を暴き、我らの眠りを妨げる者に、裁きを下さん……！」

おっさんの目の前に、ボスモンスターが出現した。そのモンスターは輝く王冠を頭に載せ、永い年月を経ても全く劣化した様子のない高級感溢《あふ》れる服と外套《がいとう》を身に纏い、その手には黄金に輝く剣を握った、一匹の白骨死体だった。

その名は髑髏の王。死してなお威風堂々と君臨する、不死者達の王であった。

「こいつがボスか……なるほど、貫禄《かんろく》あるじゃねえの」

おっさんは二挺拳銃を構え、髑髏の王を油断なく観察する。アンデッドモンスターでありながら、目の前の敵からは確かな知性を感じ取れる。

これまで戦ってきたボスモンスターはどれも、巨体と高い攻撃力・防御力を持ってはいたが、所詮は本能のままに暴れるだけの獣だった。対してこの髑髏の王は、それらとは違ってサイズは人間大に過ぎず、力もさほど強そうには見えない。しかしながら磨き抜かれた確かな技術と、それを使いこなすだけの理性を持った敵である。油断ならない相手だ。

そして同様に髑髏の王もまた、おっさんを単身で自分を倒しうる強敵であると見抜いた。同じく彼と共にいる二人の少女も、おっさんに見劣りしない強者だと看破する。強者は強者を知るという事か。一対三では分が悪いと王は判断した。

そして、それによって髑髏の王が、通常は行なわない特殊な行動を取り始めた。

「現れよ、我が忠勇なるしもべ達よ」

髑髏の王がアビリティ【サモン・レギオン】を使用する。このボスモンスター専用のアビリティは、配下の軍団を自身の近くに召喚するものだ。

「髑髏の聖騎士、王の命により参上した」

「髑髏の賢者、既に我が王の御傍《おそば》に」

　それにより、ボスモンスターである髑髏の聖騎士と髑髏の賢者の二匹、そして無数のアンデッドモンスターが出現した。

「な、何だこれは⁉　一体どうなっているのだ⁉」

　エンジェが狼狽《うろた》える。彼女は過去にも単身でこの場所を訪れており、聖騎士と賢者、そして王と戦って単身で撃破している。

　だが、その時はこのように仲間を召喚するような行動はしてこなかった筈《はず》だ。ならば一体これはどういう事か。

「待てよ……まさか、こちらの戦力に合わせてきたのか？」

　聡明《そうめい》な彼女はすぐに正解に辿り着いた。そう、この場所でボスと戦闘を行なう際に、プレイヤーが三人以上のパーティーを組んでおり、なおかつその戦闘力が一定の水準を超えていた場合、このように三匹のボスと同時に戦うハード・モードと化すのだ。

「チッ……王様は俺がやる！　お前らは子分共を頼むぜ！」

　おっさんが髑髏の王に肉薄しながら、銀の弾丸による射撃攻撃を仕掛ける。それと同時に敵も動き出した。

「いざ、参る！」

「魔導の深淵《しんえん》を見せてやろう……」

　亡霊馬を駆り、馬上で大剣を軽々と振り回す髑髏の聖騎士がエンジェに襲いかかる。それと同時に黒いローブを纏い、黒い骨製の杖を持った髑髏の賢者が魔法の詠唱を開始し、アナスタシアに狙いを定めた。

また、周囲には剣と盾を持った骸骨兵【スケルトンファイター】や、弓を構える【スケルトンアーチャー】、両手斧《りょうておの》を装備した【スケルトンバーサーカー】といったモンスターが多数出現し、おっさん達を狙っている。

「術者か。だが詠唱をする暇など与えんぞ！」

亡霊馬が疾走し、瞬く間に髑髏の騎士がエンジェに接近する。そして馬上から大剣を少女の脳天目掛けて振り下ろした。魔法使いであるエンジェは防御力が極端に低く、物理型ボスモンスターの攻撃が直撃すれば、ただでは済まないだろう。ここまで接近されては魔法も間に合うまい。大ピンチである。

「【パリィ】！」

「何ッ!?」

だがエンジェは長い杖を手足の延長のように巧みに操ると、武器防御アビリティ【パリィ】を使用し、大剣による攻撃をジャストガードで防いでみせた。

「魔法使いだと思って油断したのが、貴様の命取りだ！」

ジャストガードで敵の体勢を崩して隙を作ったエンジェは、魔導杖のアーツを発動させた。

魔導杖は魔法武器であり、そのスキルを鍛えたところで習得出来るのは、大半がＭＡＧやＭＰ、詠唱速度を上昇させる常時発動型アビリティや、魔法を一時的に強化するアビリティが主である。

だが他の武器と同じように、魔導杖にも数は少ないがアーツは存在する。

「【マジックバースト】！」

魔力を込めた杖で敵を殴り、その魔力を直接叩《たた》きつけるその技は、接近戦に弱い魔法使いが護身用に編み出した、緊急用の必殺技だ。また、このように接近戦に弱いと決めつけて油断している相手に対する、初見殺しの技でもある。

エンジェの杖が髑髏の聖騎士の顎を強打し、魔力の爆発で吹き飛ばして落馬させる。

「愚昧なり髑髏の聖騎士。永き眠りで勘が鈍ったか！　接近された程度で敗北する程度の者が、頂点に立てる道理はあるまい！」

エンジェ自身が言う通り、誰が見ても明確な弱点を放置したままで、トップランカーの座に居座れる筈もない。防御力に不安があるからこそ、彼女は接近された時に相手の攻撃を防ぎつつ、カウンターを入れる練習を嫌というほどこなしてきた。ましてや、この髑髏の聖騎士は一度倒した相手だ。その動きはしっかりと覚えている。

「そして隙だらけだぞ！　【ブーストマジック】！　そして【ファイアボール】！」

よって、この結果は必然だったと言えよう。エンジェは敵が落馬したところに追撃の特大火球を放ち、邪魔な亡霊馬を葬りつつ聖騎士にも大ダメージを与えた。

＊

一方同じ頃、アナスタシアは髑髏の賢者と戦っていた。優れた詠唱速度によって次々と魔法を繰り出す髑髏の賢者だったが、アナスタシアはその周囲を高速で動き回る事で的を絞らせない。

「なるほど、速い。だが、いつまで逃げ切れるかな」

魔法で作り出した炎や氷、雷の矢を次々と放つ髑髏の賢者と、その魔法を回避しながら手裏剣を投擲《とうてき》して応戦するアナスタシア。戦いは膠着《こうちゃく》状態に陥っていた。

「では、これならどうだ」

攻撃が命中しない事に業を煮やしたか、髑髏の賢者がやや長い詠唱の後に、元素魔法【サンダーストーム】を放った。これはこれまでの単体を対象とした魔法ではなく、指定した位置を中心とした広範囲に雷を降らせる、地面対象の範囲魔法だ。

「【空蟬《うつせみ》の術】！」

回避が難しい範囲魔法に対し、アナスタシアは忍術スキルのアビリティを使用した。彼女が使用した空蟬の術は、HPを消費して攻撃を代わりに受けてくれる分身を作り出すものだ。それによって生まれた分身が、本体の代わりに魔法のダメージを受けて消滅する。

分身作成のコストとしてHPは減ったが、魔法の直撃を受けるのに比べれば微々たるものだ。そして大技を放った後で、僅かだが敵に隙が出来た。今が好機とアナスタシアは判断し、あるアーツの発動準備を行なう。

「猪口才《ちょこざい》な！　だが、これで終わりではないぞ！」

髑髏の賢者が再び詠唱を開始する。空蟬の術で一度は防がれたが、あのように一瞬で分身を作り出すような大技は、連続で使えるようなものではないだろう。

ならばもう一度範囲魔法を放てば当たる。そう髑髏の賢者は考えた。確かに理に適《かな》った、妥当で効果的な判断であるとは言えよう。

「それを待っていたデス！」

だが定跡や最適解というものは同時に、相手に読まれやすいものでもある。アナスタシアは髑髏の賢者がそう考え、動くと予測して動いていたのだ。

「【封魔手裏剣《ふうましゅりけん》】！」

アナスタシアがアーツを放つ。この技は発動までに少し時間がかかるという欠点を持つが、今回アナスタシアは相手の行動を予測して一手先に動く事で、そのデメリットを帳消しにした。

そして忍術と投擲の二つのスキルを、どちらも高いレベルまで上げる事で習得可能なこのアーツの効果は、以下のようなものだ。

**①手裏剣を1個消費する。対象に射撃：100％のダメージを与える。**
**②詠唱中の敵に命中した場合、ダメージ倍率は100％ではなく400％になる。**
**また詠唱を強制的に中断させ、【魔法使用不可】の状態異常を与える。**

普通に使えば出が遅い普通の投擲攻撃だが、詠唱中の敵に命中した場合に限り、高いダメージ倍率と詠唱中断、更に魔法を封じるという恐るべき効果を持つ、術者殺しの必殺技だ。

「馬鹿な……誘導されていたというのか……」

髑髏の賢者がその事実に気付き、戦慄を覚える。

アナスタシアというプレイヤーは、戦闘能力自体はさほど高くはない。勿論《もちろん》初心者や一般プレイヤーとは比べ物にならないほどに強いが、それでもおっさんやシリウス、エンジェらと比べれば、純粋な力量では一枚も二枚も落ちるだろう。

その彼女が彼らと同じく七英傑と並び称されるのは、彼女が誰よりも優れた武器を持っているからに他ならない。

それは卓越した情報収集能力と、それによって得た、このゲームに関する知識の質と量。そしてそれを最大限に活《い》かして戦略を組み立てる、【攻略力】。すなわち、ゲームを攻略する能力。それこそが彼女の最大の武器である。

＊

そして同時刻、おっさんと髑髏の王の戦いは……

「チィッ……奮い立て、我が兵達よ！」

王の鼓舞により能力値を底上げされた骸骨兵の群れが、おっさんに襲いかかる。スケルトンアーチャーが放つ矢の雨が降り注ぎ、ファイターやバーサーカーが前後左右から次々と斬りかかる。

「ザコが何匹来ようが一緒だ！」

だがおっさんは単身で彼らを粉砕し、踏み潰しながら、無人の野を行くかのように王へと迫る。

「おのれ……ならば、これでどうだ！」

おっさんが放った銀の弾丸を剣で斬り払いながら、髑髏の王が魔法を放つ。彼が唱えたのは暗黒属性【ダークボルト】だ。暗黒属性を持つ魔法の矢が五本同時におっさんに向かって放たれた。

「無駄だ！」

おっさんは銃のアーツ【ペンタショット】を使って五発の銃弾を一気に放ち、飛来する暗黒の矢に当てる事で叩き落とした。

だが、王の魔法と同時にスケルトンアーチャーがおっさんに向かって一斉射撃を行ない、更に髑髏の王自身も、剣でおっさんに斬りかかっていた。

剣と魔法を同時に使いこなし、そして召喚した配下との連携攻撃によって途切れる事のない連続攻撃を行なう。それが髑髏の王の最大の強みであった。

確かに上手《うま》くハマれば強力な戦法と言える。これまで力任せに戦うだけのモンスターしか相手にしてこなかったプレイヤーならば、なす術《すべ》なく敗北しかねないが……

「ああ、なるほどな。そういうタイプかお前。残念だったな……」

おっさんがそう呟《つぶや》きながら、髑髏の王とスケルトンアーチャー達の連携攻撃を防いだ。おっさんは両手で飛来する全ての矢を摑み、それを瞬時に全て投げ返してアーチャー達にカウンター攻撃を行なった。そして同時に足で髑髏の王が剣を持つ手を押さえ、その動きを止めていた。

おっさんは何食わぬ顔で平然とやって見せたが、包囲された状態での同時攻撃を初見であっさりと止めるというのは、並大抵の事ではない。

「悪いが俺は、お前みてぇな戦い方をする、お前より強い奴をよく知ってるんでな」

そのまま髑髏の王を蹴り飛ばして、おっさんは言った。

そう、おっさんはその戦術をよく知っていた。ゆえに初見であっさりと対処出来たのである。

「諦めな。手品の種が割れてる以上、お前に勝ち目はねぇ」

そのおっさんの発言に、髑髏の王が激昂《げきこう》する。

「余を見下すような発言は許さん！」

髑髏の王が、魔法を放ちながら同時にアーツを発動させた。

本来、アーツや魔法というのは発動するまでに詠唱や準備の為の時間を要し、また発動後はディレイタイムという隙が出来るものだ。それゆえに連続で使用したり、ましてや同時に使う事など出来るものではない。

だが不可能な筈のそれを、髑髏の王はやってのけた。その離れ業には、流石《さすが》のおっさんといえども不意を突かれる……その筈だった。

「ごはぁっ⁉」

だが次の瞬間、そこにあったのはおっさんの拳が髑髏の王の顔面を殴り飛ばす光景だった。おっさんは魔法を回避しながら、髑髏の王が放ったアーツに合わせてカウンターを放ち、強烈なアッパーカットで髑髏の王の顎を粉砕した。

髑髏の王は高々と吹き飛ばされた後に落下し、地面を何度かバウンドした後に倒れ伏した。その手から剣が、頭から王冠がそれぞれ転がり落ちる。

「ば、馬鹿な……何故《なぜ》……？」

手探りで落とした剣を拾おうとする髑髏の王に、おっさんは答えた。

「【マルチアクション】スキル……それがてめえの手品の種だ。複数の行動を一度に行なう為のスキルだ。代表的なアビリティは異なるアーツを連続発動出来る【ダブルアーツ】や、移動や攻撃をしながら魔法を詠唱出来る【フリーキャスト】など」

図星を指されてぎくりとする髑髏の王に、おっさんが告げる。

「言った筈だぜ。お前と似た戦い方の奴をよく知ってるってな。俺はそいつと戦い慣れている。そしてそいつは、お前なんぞよりもずっと強い。相手が悪かったと思って諦めな」

「そんな、馬鹿な……事が……」

髑髏の王は最後まで信じられないといった様子のまま消滅した。

それとほぼ同時に、エンジェとアナスタシアもそれぞれ聖騎士と賢者を撃破していた。

ボスの撃破を知らせるシステムメッセージが流れる中、おっさんがエンジェに声をかける。

「お前があの王様と戦いたがってたのは、アイツ対策の練習の為かい？」

「……フン。否定はすまい。尤《もっと》も、二つの意味で無駄足だったようだがな」

おっさんの問いに、エンジェが憮然《ぶぜん》とした表情で答える。

「結局あれは叔父上が一人で倒してしまったし、あれも決して弱い相手ではなかったが……」

エンジェはその人物を思い浮かべ、険しい表情で吐き捨てる。

「あの程度では、兄上には遠く及ばぬ。練習台にすらならんだろう」

おっさんは髑髏の王がドロップした戦利品をかき集め、その中に目当ての品、ブラックストーンが交ざっていた事に満足げな笑みを浮かべながら言う。

「優秀な兄貴を持つと、妹も大変だ」

「ふっ……だからこそ、超えがいがあるというものだ。見ていろ、いずれ我は兄上やあの騎士、そして叔父上、貴方《あなた》をも超えて最強の頂へと上り詰める」

エンジェは不敵な笑みを浮かべて、そう宣言するのだった。

その後、ボス討伐で得た戦利品の分配を行なった後に、おっさん達はエンジェと別れた。その帰り道、工房へと向かう道中で、おっさんはアイテムストレージを眺めながら言う。

「あと、一つか二つあれば行けそうだな。次のボス戦で何とかなりそうだ」

「オー。だったら、廃坑のボスを倒せば集まりそうデスね！」

「それじゃあ、廃坑のボスについて詳しく聞かせて貰《もら》おうじゃねえか」

隣を歩きながら相槌《あいづち》を打つアナスタシアに、おっさんが尋ねる。

「廃坑のボスは、シショーが予想していた通りで、ゴーレムタイプのモンスターデス。そして、そのモンスターネームは……」

アナスタシアが、その名前を口にした。

「【ダークメタル・ゴーレム】デス」

＊

──同時刻、廃坑最深部。

薄暗い廃坑の最奥。そこに存在する不自然に広い空間に、一匹のボスモンスターが出現していた。全身が黒い金属で構成されている、身長二・五メートルほどの人型の塊。

このモンスターこそが、次におっさんが狙おうとしているボスモンスター、ダークメタル・ゴーレムである。

今この場には、そのボスモンスターと戦うプレイヤーの姿があった。男性で、その頭上に表示されているプレイヤーネームは【カズヤ】といった。

その男、カズヤは灰色の、男にしては長めの髪に金色の瞳を持つ、恐ろしく整った顔をした長身瘦軀《そうく》の男だ。年齢は見た目からして二十代前半と思われる。革鎧《かわよろい》の上に外套を纏い、左右の手にはそれぞれ長剣が握られている。

彼が使うのはナナが使う双剣とは違い、片手剣を【二刀流】スキルを使って二つ同時に扱うもので、見た目は双剣と似ているが実際はまるで別物である。

「そろそろ終わりにしよう……【コキュートス】！」

カズヤが次に使う魔法の詠唱時間を0にするアビリティ【ゼロ・キャスト】を使用し、無詠唱で冷気を広範囲に発生させる、元素魔法の奥義を放つ。

ダークメタル・ゴーレムを中心に発生した絶対零度の結界が、その身体を氷漬けにして動きを止める。それと同時に、カズヤはゴーレムの頭上にて二振りの剣を振りかざしていた。

「【飛天乱刃千烈衝《ひてんらんじんせんれつしょう》！】」

ゴーレムの頭上から、二本の剣による無数の連続突きが放たれる。

だがダークメタル・ゴーレムは刺突攻撃に対して高い耐性を持つモンスターだ。いかに強力な奥義アーツとはいえども、その攻撃だけではこのゴーレムに対して致命傷を与える事は出来ない。

だが突きを一発放つごとに、どういう訳か魔法の矢が次々とカズヤの周囲に出現し、それがゴーレムへと降り注ぐではないか。

そう、カズヤの本命は物理攻撃ではなく、この魔法によるダメージだ。では、この魔法の矢はどういう原理で出現しているのだろうか。

正解を言うと、それは彼が持つ【魔法剣】スキルによるものだ。その魔法剣スキルに属するアビリティ【マジックエンチャント】の効果を、以下に記載しよう。

①このアビリティを使用する際、自身が習得している魔法を一つ指定する。
②効果時間中、①で指定した魔法は使用出来なくなる。
③物理攻撃命中時に①で指定した魔法が自動で発動する。その際にMPは消費しない。
※威力低下ペナルティあり。このペナルティは魔法剣スキルのレベルによって軽減可能。

これが魔法剣スキルの代表的なアビリティ【マジックエンチャント】の効果である。指定した魔法を詠唱して使う事が出来なくなり、また威力も普通に唱える時に比べれば低下するものの、物理攻撃をしながら自動で魔法による追撃が発動する便利な効果である。

ただし「接近戦と魔法の両方を鍛える必要がある」「初期段階では威力の減衰が大きすぎて使い

物にならない」等《など》といった問題点もあり、使いこなす為には相当の熟練が必要になる。

そんな熟練者向けの魔法剣スキルを、この男は見事に使いこなしてダークメタル・ゴーレムを追い詰めていた。

「これで終わりだ。【ジャッジメントレイ】！」

更に恐るべき事に、カズヤは奥義アーツによる攻撃を続けながら魔法の詠唱を行ない、アーツと魔法の同時攻撃を行なっていた。これは【マルチアクション】スキルのアビリティ【フリーキャスト】によるものである。

奥義と魔法剣の連携攻撃に加えて神聖属性の光線による攻撃も合わさり、それによって遂《つい》にダークメタル・ゴーレムの身体が崩れ落ちていく。

**【Mission Complete!】**

**『緊急ミッション【闇鉄の番兵】がクリアされました。参加したプレイヤーの皆様には、戦果に応じて報酬が支払われます。現在、結果の確認と報酬の準備を行なっております。参加者の皆様は少しの間、その場でお待ちください』**

ゴーレムが倒れ、崩壊していく姿と、ミッションクリアを告げるシステムメッセージを確認し、カズヤは二振りの剣を背中の鞘《さや》へと納めた。

そんな彼に、遠くから駆け寄りながら大声で呼びかける者達がいた。

「おーいカズヤさーん！　無事っすかぁ！」

「馬っ鹿お前、親分が負ける訳ねぇだろ！　こうしてクリアメッセージも出てんだからよ！」

「馬鹿とは何だこの野郎、馬鹿って言うほうが馬鹿なんだよこの馬鹿！　そりゃ負ける訳ねえが、もしかしたら怪我《けが》してるかもしれねえだろ！」

ギャーギャー騒ぎながら大きな足音を立てて走ってくるのは、酷《ひど》く特徴的な髪型と服装をした、五人の少年達だった。そう、モヒカンと愉快な世紀末フレンズ達である。

「ああ。お前達も無事で何よりだ。協力感謝する」

騒がしいモヒカン達に対して、カズヤは冷静な口調でそう口にする。どうやら彼は見た目通りにクールな性格の持ち主のようだ。

「いやいや、良いっスよこれくらい」

「そうそう、親分には返し切れないくらいの恩がありやすから」

「兄貴の頼みなら、俺らいつでも駆け付けますんで」

どうやらモヒカン達はカズヤに頭が上がらないようだ。どうやらモヒカン達が以前口にしていた、世話になった男とは彼で間違いがなさそうだ。

「気にしなくて良いと言った筈だがな。しかし良い働きだった。おかげでボスに集中出来た」

今回モヒカン達はカズヤの頼みを受けて、ボスとの戦闘中に取り巻きのザコモンスターを引きつけるのを担当していた。

だがザコとはいえども、その中にはシルバー・ゴーレムやミスリル・ゴーレムといった強力な個体も交ざっていた。そんな相手に互角以上に渡り合った彼らの奮闘と成長は、賞賛されるべきものだろう。

その彼らの働きもあって、彼はボスとタイマンで戦う事が出来ていたのだ。

「これは約束の報酬だ。受け取ってくれ」

そう言って、カズヤはゴーレムを倒して獲得したアイテムの中から、ダークメタルを何個か取り出してモヒカンに手渡した。

「本当にこれだけで良いのか？　必要なら、もう幾つか渡せるが」

「いや、これで大丈夫っす！　俺らも何個か掘って集めてるんで、後はそっちで使って下せぇ」

どうやらダークメタル製のゴーレムだけあって、かなり多くのダークメタルが入手出来たようだ。それを追加で渡そうとする男だが、モヒカンはそれを固辞する。

「そうか、ならば有り難く貰っておこう。大切に使わせて貰う」

そう言って、カズヤは廃坑を去っていった。その姿を見送りながら、モヒカンがほくそ笑む。

「よし、これで必要数は集まったぜ……。こいつでようやく、おっさんにリベンジが出来る」

一度ならず二度までも、おっさん相手に手痛い敗北を喫したモヒカン達であったが、もはや彼らの心が折れる事は二度とない。何度でも立ち上がり、必ず逆襲すると決意した彼らは止まらない。

「待ってやがれクソ中年！　次に会う時がてめぇの命日だ！」

そう高笑いしながら、モヒカンはおっさんを倒す為の新たな武器を作る為に、鍛冶台へと向かうのだった。

# 逆襲・モヒカンズ！　おっさん怒りの必殺拳！

髑髏《どくろ》の王を倒した次の日、再び廃坑の最深部へと足を踏み入れたおっさんを待っていたのは、五人の男達《たち》だった。

「よう……ノコノコ来やがったな、おっさんよ！」

モヒカンがゆっくりと立ち上がりながら、おっさんを睨《にら》んで言う。

「〝待〟ってたぜェ！　この〝瞬間《とき》〟をよぉ！」

背景に「!?」という文字が浮かびそうなほどの凄味《すごみ》を効かせた形相で、リーゼントが叫ぶ。

「あんたがここに来るのは分かってた……だから罠《わな》を張らせて貰《もら》ったぜぇ……？」

ニヤリと厭《いや》らしい笑みを浮かべて、アフロが長銃型の魔導銃を構える。

「生きて帰れると思うんじゃねえぞ！」

傾奇髷《かぶきまげ》がそう言いながら、おっさんに向かって中指を立てる。

「今こそ復讐《ふくしゅう》の時！　覚悟しやがれ！」

おっさんを指差して、逆毛が宣戦布告する。

そして彼ら五人は集まると、それぞれ自分の髪型を誇示するようなポーズを取った。

「「「「「俺達、チーム【世威奇抹喪非漢頭《せいきまつもひかんず》】！　夜・露・死・苦！」」」」」

決めポーズと共に名乗りを上げる彼らに向かって、おっさんは魔導銃を向けると一切躊躇《ためら》う事なく、連続で発砲した。

「うおっ、危ねぇっ！」

「てめっ何しやがるコラ！　ざけんなオラ！」

「ヒーローの変身中や口上中、ロボットの変形合体中は攻撃しちゃダメだって日本国憲法にも書いてあんだろーが！」

「おうそうだ、ジョーシキだぞジョーシキ！」

「ナメてんのかエーコラァ！」

怒りの表情を浮かべて口々に文句を言う彼らに、おっさんが軽くキレた。

「クソガキ共、てめえらのどこがヒーローだ馬鹿野郎が！　大体だな、そのふざけた恰好《かっこう》で常識を語ってるんじゃねえよ！　説得力って言葉を知らねえのか！」

「うるせえ！　非常識な事に関しちゃアンタにだけは言われる筋合いはねぇよ！」

「そうだそうだ！　理不尽がツナギ着て歩いてるようなモンじゃねえか！」

おっさんが罵倒すれば、モヒカン達も負けじと言い返す。口汚い言葉でお互いを罵りあう、罵倒合戦はそれから十分以上もの間続いた。

＊

「……で、何の用だてめえら。俺はこれから此処《ここ》でやる事があって忙しいんだ。てめえらの用事は後にしやがれ」

大声で罵声を飛ばし続けて、流石《さすが》のおっさんもお疲れのようだ。その場に座って水筒の水を飲みながら、顔に疲れを滲《にじ》ませておっさんが言う。

「その用事ってのは、ダークメタル・ゴーレムを倒す事かよ？」

モヒカンがそう口にすると、おっさんは、

「何故《なぜ》分かった」

と、驚きを浮かべる。それを見て、モヒカンは満足げに笑った。

「あのゴーレムなら、俺らが昨日倒した。当分は出てこねえぜ」

「何だと……？」

モヒカンの口から出た言葉に、おっさんが更に驚く。だがおっさんの意外と明晰《めいせき》な頭脳は、すぐに真相を導き出した。

「そうか、カズ坊の仕業だな？」

おっさんがモヒカン達を見る限り、以前と比べれば格段に強くなってはいるが、この五人だけでボスモンスターを倒すには少々力不足であると言わざるを得ない。

いや、今の彼らでも始まりの草原で戦ったフューリー・ボア・ロードや、迷いの森のジャイアント・キングベアーくらいの相手であれば、連携次第では倒せるかもしれない。それだけでも元βテスターではない、初心者プレイヤーにとっては十分な快挙ではあるが。

だが、それよりも更に数段強いであろう、この廃坑のボスを倒すにはまだまだ力不足な筈《はず》だ。であれば協力者、それもボスモンスターを単騎で葬れるほどの強力な者がいる筈だ。おっさんはそう判断した。

そして犯罪者プレイヤーであるモヒカン達と繋《つな》がりがある、あるいはあると考えられる者で、その条件に該当する者は二人。

ただしその内の一人はモヒカン達に協力するとは思えない為《ため》、実質候補はカズヤ一人に絞られる。

「ああ、その通りさ！　ダークメタル・ゴーレムはカズヤさんがコテンパンにノしてやった！　報酬のダークメタルも、大半はあの人が持っていったぜ！　残念だったなぁ！」

「チッ……だったらここに用はねぇ。じゃあなクソガキ共」

勝ち誇るモヒカンのドヤ顔に気分を害したおっさんは、舌打ちを一つして彼らに背中を向けた。

「おぉっと待ちなァ！　帰るのはこれを見てからにして貰おうか！」

おっさんが首を回して顔だけで振り返ると、その視線の先にはアイテムストレージから、黒い金属の延べ棒を取り出して掲げるモヒカンの姿があった。

「こいつが欲しけりゃ、俺達を倒して奪うんだな！」

目的のアイテムを目にして、おっさんがニヤリと笑い、その手に力が籠もる。

「フン……確かにそいつを餌にしたのは、なかなか目の付け所が良《い》いと褒めてやる。だが無意味だ。どうせすぐに、そいつは俺に奪われる事になる」

「クックック……こいつを見ても同じ事を言えるかな！」

モヒカンはそう言うと、武器を実体化させて装備した。それは前回と同じ、二振りの両刃の戦斧《バトルアックス》であったが、一つだけ違う点があった。その斧《おの》の刃は漆黒に染まっていたのだ。

その黒い刃はまさしく、先程彼が取り出した金属、ダークメタルと同じ物に違いない。すなわち、それが意味する事は……

「どうだ！　これがダークメタル製のバトルアックスだ！　このゲームでダークメタルを使って武器を作った最初の男はアンタじゃねえ！　このモヒカン皇帝様だァーッ!!」

黒光りする斧を両手に持ち、それを振り回しながらモヒカンが勝ち誇る。そう、彼は以前からこの場所で鉱石を掘り続けて得たブラックストーンを加工し、おっさんと同じようにダークメタルを集めていた。一度おっさんに奪われてもめげずに集め続け、それに昨日カズヤから譲られた物を加えて、おっさんよりも一足先にダークメタル製の武器を完成させていたのだった！

「どうだ悔しいか！　この俺に先を越されてよぉ！　ワハハハハハ！」

調子に乗って勝ち誇るモヒカンに、おっさんが近付く。その表情は優しかった。

「フン……まさかこの俺が、てめえなんぞに先を越されるとはな。……大した奴《やつ》だ。その斧も、なかなか良い出来じゃあねえか。いや全く大したもんだ」

「お、おう……？」

突然モヒカンを認めるような事を言い、優しい言葉をかけるおっさんに戸惑うモヒカンだったが、次の瞬間、おっさんが本性を現した。

「だから俺にくれ」

おっさんがモヒカンの持つ斧に手を伸ばし、アビリティ【ぬすむ】を発動する。プレイヤーやNPCを相手に使えば悪名値が上がる事を代償に、実体化されているアイテムを一つ奪う事が出来る極悪アビリティだ！

それによっておっさんは、モヒカンが稀少《きしょう》な素材を使って丹精込めて作った武器を盗もうとする。とても主人公の所業とは思えぬ暴挙だが、その窃盗行為は未遂に終わった。

おっさんが斧に触れ、それを盗もうとした瞬間、バチッ！　という音と共に火花が散り、おっさんの手が弾《はじ》かれる。

『対象アイテムは専用化されている為、盗む事が出来ません。アビリティの使用に失敗しました。窃盗に失敗したペナルティにより、ディレイタイムが発生します』

同時にその原因を示すシステムメッセージが表示され、おっさんの動きが止まる。【専用化】とは、文字通りそのアイテムを特定の人物専用にする事だ。

専用化する事によって、その装備品は一切の取引が出来なくなり、売却や譲渡、廃棄する事も不可能になる。だがその代わりに性能が上昇し、窃盗や紛失のリスクが一切なくなるという利点が存在する。ちなみに専用化を行なう為には、課金アイテムが必要である。

「かかったな間抜けがァーッ！」

盗みに失敗した事で、おっさんに致命的な隙が出来る。それを見逃すモヒカンではなかった。素早く左手の斧を振るい、モヒカンがおっさんに斬りかかる。斧の重い一撃が、おっさんの頭を割る。そして間髪容《い》れずに、今度は右手の斧が襲いかかった。

「モヒカァァァァン、スマアアアアアアッシュ！」

斜め下から豪快に振り上げられた斧のアーツ【スマッシュ】が、無防備なおっさんの胸を深く切り裂いた。

おっさんが吹き飛ばされ、仰向けに倒れる。ダークメタル製の非常に攻撃力が高い斧による、これまた高威力のアーツが直撃した事で、間違い無くおっさんは重傷を負った。

「ヒャッハー！　トドメだ！」

倒れたおっさんに追撃を仕掛けながら、モヒカンは昨日の事を思い出していた。

（全く、恐ろしい人だぜ、カズヤさんは……）

つい昨日の事だ。ダークメタル・ゴーレムを倒してカズヤと別れた後、モヒカンは自分で集めたダークメタルと、カズヤから貰った物を合わせて、鍛冶スキルで斧を作成した。

その事と、再度おっさんに挑む事をメールでカズヤに報告したモヒカンは、彼からアドバイスを受けたのだった。

「おっさんは基本的に、最初は遊ぶ。格下を相手に、いきなり本気を出すような事は絶対にない」

カズヤがそう断言する。彼はおっさんの、その舐《な》めプ癖とでも言うべき悪癖をよく知っていた。

おっさんの頭の中には、自分が絶対強者であるという自負と驕《おご》りが存在する。

実際におっさんは桁外れに強く、油断・慢心した状態であろうと生半可な相手ならば簡単に蹴散らす事が出来る為、これまでは問題にならなかったが……

「だからこそ最初が肝心だ。おっさんに勝ちたいなら慢心している間に、初手で殺せ。おっさんの油断を誘い、誘導して隙を作るんだ」

カズヤが、おっさんを殺す為の、必殺の刃をモヒカンに渡した。そしてその刃は、確かにおっさんの喉元へと届いたのだった。

「勝てる……勝てるんだ！」

モヒカンがトドメの一撃を放とうと、振りかぶった斧をおっさんの頭に振り下ろそうとする。だがその寸前に、おっさんが動く。

「ふんっ！」

掛け声と共に、おっさんは背中の力だけで跳躍し、空中で回転しながら体勢を立て直すと共に、モヒカンの頭上を取った。

「何だと⁉」

「遅ぇッ！」

そのままおっさんはモヒカンの身体《からだ》を飛び越えて、一気に背後に回る。モヒカンにとってはトドメを刺すチャンスの筈が、一転して後ろを取られて大ピンチへと変わった形だ。

（しまった！　トドメを焦ったか！）

いくら油断していたところに不意討ちが決まったからと言っても、相手はあのおっさんだ。決して気を抜いて良い相手ではないというのに、モヒカンは目先の勝利に目が眩《くら》んでしまい、冷静さを失っていた。その結果がこれだ。

「【封技点穴《ふうぎてんけつ》】！」

一瞬でモヒカンの背後を取ったおっさんは、右手の人差し指でモヒカンの背中を突き刺した。

「うおおお！【アックストルネード】！」

それに対してモヒカンは、回転しながら斧を振り回して周囲を薙《な》ぎ払《はら》うアーツを発動させようとしたが……

「馬鹿な⁉ な、何で発動しねえ⁉」

モヒカンが使おうとしたアーツが、どういう訳か発動しない。何故だ？ アーツの動作を間違えたのか？ それともMPが切れたせいか？

否、そのどちらでもない。その原因は、直前におっさんがモヒカンに対して使用したアーツの効果であった。

先程おっさんがモヒカンの背中を指で突いた時に使用したのは、点穴術というカテゴリの格闘アーツの一種だ。その効果は……

『エラー。【戦技封じ】の状態異常にかかっている為、アーツを発動出来ません』

モヒカンの視界に表示された、そのシステムメッセージが表す通りだ。おっさんが使用したアーツ【封技点穴】は一定時間、アーツが使用不可能になる戦技封じという恐ろしい状態異常を相手に与える効果を持っていた。

「クソがっ！ だったら普通にブン殴るまでだ！」

モヒカンが破れかぶれで斧を振り回しながら、おっさんに突撃を敢行する。だがその程度の、何の工夫もない攻撃がおっさんに通じる訳もなく。

「踏み込みが甘《あめ》ぇッ！」

おっさんは左右の斧による重い斬撃を左手であっさりと受け流し、残った右手の拳をモヒカンの顔面に叩《たた》きつけた。

渾身《こんしん》の打ち下ろしの右《チョッピングライト》が直撃し、モヒカンが倒れる。おっさんはそれを見下ろして言った。

「なかなか悪くねえ作戦だったぜ。この俺に一杯食わせてくれやがった事は褒めてやる」

モヒカンが素早く地面を転がりながらおっさんから距離を取り、立ち上がって斧を構える。警戒を強くするモヒカンは次の瞬間、驚くべき光景を目にした。

「よって、褒美をやろう」

おっさんはその言葉と共に、自分の胸に指を突き入れてアーツを使用した。

「【修羅点穴《しゅらてんけつ》】！」

モヒカンの攻撃によって半分以下になっていたおっさんのＨＰが、自身のアーツの効果によって更に減っていき、レッドゾーンへと突入する。

「な、何やってんだテメエ！」

まさかの自殺行為にモヒカンも困惑するが、おっさんが使ったアーツの効果はそれだけではなかった。

「はあああああああああッ！」

おっさんが自分の胸から指を抜き、力を込める。すると、元々ガタイの良いおっさんの肉体が、更に筋骨隆々に膨らんでいく。腕は丸太のように太くなり、ツナギの袖がビリビリと音を立てて破れ、同時におっさんの足元の地面がひび割れて陥没する。そして髪が逆立ち、凶悪な人相が更に悪化して鬼のような形相と化した。

「これが【修羅点穴】の効果だ。HPが1になって効果時間中は回復も出来ねぇが、その分大幅なパワーアップが出来る」

何と恐ろしい効果だろうか。自らを瀕死《ひんし》に追い込む事を代償に、消費した生命力に比例してその攻撃力が増大する、まさにハイリスク・ハイリターンの極致。

「俺はこれから、全力でてめぇをブン殴る。だが見ての通り、俺のHPは残り1。その前に俺に攻撃を当てられれば、てめぇの勝ちだ」

「……てめえ、褒美とか抜かしやがったな。それはハンデのつもりか!?」

モヒカンが激昂《げきこう》する。何故ならおっさんは、わざわざそのようなハイリスクな技を使わずに普通に戦うだけで、モヒカンに勝てた筈だからだ。

この期に及んでまだ舐めプに徹するつもりかと、怒りを露《あら》わにするモヒカンだったが……。

「何勘違いしてんだ。俺はただ、味な真似《まね》をしてくれたてめぇを全力でブッ飛ばしたいだけだぜ。褒美ってのは、俺の全力を見せてやるって意味だ」

だがそれはモヒカンの思い違いだ。確かにおっさんはモヒカンを格下と見ている事は間違い無いが、その格下のザコから慢心を突かれ、HPを半分以下にまで減らされた事で、おっさんは目の前の相手を敵と認め、手加減をやめたのだ。

「来やがれクソガキ！　遊びは終わりだ、お前を殺す！」

おっさんが両手を前に突き出した構えを取り、殺意を剥《む》き出《だ》しにする。

「上等だクソ中年！　その前に俺がてめえを殺す！」

モヒカンが二つの斧を大上段に構え、アビリティ【ハイジャンプ】を使って天井まで届くほどの大跳躍をする。

おっさんに向かって急降下しながら、モヒカンが奥義を発動させた。

「うおおおおお！　【喪非漢剛双飛斧撃《モヒカンブーメラン》】‼」

意外ッ！　それは投擲《とうてき》ッ！　モヒカンは斧を大きく振りかぶり、それを二つ同時におっさんに向かって投げつけた！

モヒカンの手から放たれた二つの斧が、高速旋回しながらおっさんを狙う。

それに対しておっさんは、突き出した両手を円を描くように動かして、斧を弾き飛ばした。

「【円空掌《えんくうしょう》】！」

これこそがおっさんの十八番《おはこ》にしてメイン防御アビリティ【円空掌】だ。円を描く掌の動きであらゆる攻撃を受け流す、格闘と武器防御の二つのスキルを極めた者のみが使える絶対防御の構え。

その効果は単純にして明快。このアビリティを使用してジャストパリィに成功した場合、あらゆるダメージが0になるというものだ。

ただし、そのタイミングは非常にシビアである。ジャストパリィ判定が出る時間はほんの一瞬であり、また素手でしか使えない為射程距離も非常に短いという、非常に扱いが難しい技だ。

だが、おっさんはこのアビリティを使ってダメージを受けた事は今まで一度もなかった。

βテスト時代、とあるプレイヤーとの決闘を行なった際に、その相手が放った奥義……双剣による高速十六連撃アーツを全てジャストパリィで切って落とし、カウンターで鮮やかな勝利を決めたおっさんの勇姿は、今なおβテスターの間では語り草になっている。

「俺の奥義をあっさり防ぎやがったか……流石はおっさんだ」

モヒカンが呟《つぶや》く。渾身の奥義を防がれた少年の顔には、諦めや絶望の色は一切ない。

「だが、それくらいは想定内だ！　これが正真正銘、俺の最後の一撃だ！」

モヒカンは急降下しながら空中で宙返りをした。上下逆さまになった体勢で、おっさんにそのモヒカンヘアーを向けて突っ込んでいく。

「ヒャッハアアアアアア！　モヒカン・ヘッドバーット！」

落下しながら自慢のモヒカン頭を叩きつける、頭突きによる特攻。それがモヒカンの最後の切り札だった。おっさんはそれを、突き出した両手を広げて迎え撃つ。

「【気功壁《きこうへき》】！」

広げた両手の先に気で防護壁を形成し、おっさんはモヒカンの突撃を受け止めた。それによってモヒカンの動きが止まった。

「チッ……届かなかったか……」

おっさんが右拳を全力で握る。それを見て、モヒカンは敗北を悟った。

「こいつで終わりだ！」

おっさんの震脚によって彼の足元に地割れが発生し、廃坑が縦に揺れる。おっさんはその力を右拳へと集約し、真上に向かって振り上げた。

格闘スキルの奥義アーツ【破鳳拳《はおうけん》】。攻撃範囲が真上にしか存在しない為対空以外には使えないが、その威力は絶大である。

「ぐあああああああああ！」

モヒカンが打ち上げられ、廃坑の天井に突き刺さる。いや、モヒカンはそのまま固い岩盤を突き破って、最下層から地上に向かって進んでいった。

「さーて、今日もレア鉱石を目指して採掘するか……ん？　何だ、地震か？」

丁度その時、廃坑に入ろうとしたプレイヤーは突然地面が揺れた事に驚く。だが次の瞬間、その程度の揺れなど比較にならないほどの、驚くべき光景が彼を襲った。突然、目の前の地面が割れると同時に、モヒカン頭で鋲《びょう》付きの革ジャンに革パン、棘《とげ》付き肩パッドを着用した男が飛び出してきたのだ。そしてそのモヒカンはそのまま、空の上まで飛んでいった。

「……俺、疲れてんのかなぁ。今日はもう寝るか……」

目の前で起こったショッキングな出来事から目を逸《そ》らし、彼はログアウトボタンを押した。

一方、廃坑内のおっさんは、モヒカンが落としていったダークメタルを拾ってアイテムストレージへと放り込んでいた。それと同時に筋肉で肥大化していたおっさんの身体が元に戻っていく。どうやら【修羅点穴】の効果が切れたようだ。

「でかい穴が開いたな。こいつは地上との行き来が楽になりそうだ」

天井に開いた穴を見上げながら、おっさんがそう呟いた。

# 謎のおっさん、新兵器を作る

モヒカンとの決闘から一夜明けた次の日、戦利品として複数のダークメタルを入手したおっさんは、工房へと足を向けた。

その目的は当然、武器の製作だ。ようやく必要な材料が揃《そろ》った事で、おっさんは遂《つい》に新たな武器の製作へと取り掛かろうとしていた。

モヒカンにダークメタル製武器の製作で先を越されたのは、彼を殴り飛ばした今でも正直腹立たしいものがあったが、おっさんはそれをひとまず忘れる事にした。

何しろ、遂に理想の新素材で新しい武器を作れるのだ。倒したザコの事をいちいち気にするよりも、武器作りに集中するべきだとおっさんは意識を切り換える。

「よし……始めるとするか」

おっさんはアイテムストレージから図面を取り出した。この図面はおっさんが自ら描いた物だ。それを基に、おっさんはダークメタルで武器のパーツを作り始めた。

「あれ、おっさん魔導銃作ってんの？　見てて良《い》い？」

おっさんの武器作りを目敏《めざと》く見つけて寄ってきたのは、白衣を着て眼鏡をかけた痩せ型の男、魔導技師のジークだ。彼の言葉が示す通り、おっさんが作っていたのは銃身《バレル》や銃把《グリップ》といった魔導銃の部品だった。

「うるせえぞ、あっち行ってろ」

おっさんはジークを冷たく追い払うと、次は鍛冶台と金槌《かなづち》を使って刃物を作り始めた。

「おっさんおっさん、何で銃作ってる途中で剣打ってんの？　俺すげー気になるんだけど」

戻ってきてしつこく話しかけるジークをパワーボム（相手の両腿《りょうもも》を肩に乗せて抱え上げ、背中または頭から床に叩《たた》きつけるプロレス技）で強制的に静かにさせたおっさんは、出来上がった部品を組み合わせて新しい武器を作っていった。

この時、おっさんが使用したアビリティは【魔導銃製作】ではなかった。おっさんが使用したのは、【新武器製作】という別のアビリティだ。

新武器製作、それは既存のカテゴリに存在しない、全く別種の武器を一から作るものだ。それによってプレイヤーは、既存の概念に囚《とら》われずに、自由に新種の装備を作り出す事が可能になる。

だが言うのは簡単でも、それに成功するのは容易ではない。

既存のカテゴリにない物を作るという事はつまり、一般的に武器と呼ばれる物から外れた物を作らねばならない。だがそれを目的に奇抜すぎる物を作れば、武器という枠組みからも外れてしまい、完成品が武器として成立しなくなってしまうというリスクを背負う事になる。

この新武器製作が、なかなか成功しない理由がそれだ。このアビリティによって作られた物は、完成後にゲームシステムを管理するＡＩによって審査が行なわれる。その審査によって新しい種類の武器として認められれば、晴れて新たな武器カテゴリとしてシステムに登録され、同時にＡＩがその武器を扱う為《ため》のスキルやアビリティ、アーツを自動的に生成してくれる。

だが逆にＡＩが「これは武器ではない」「新しいカテゴリを作るほどの価値はない」「それって既存の武器と何か違うの？」「品質が低い。作り直して、どうぞ」「何この産廃。ふざけてんの？」等と判断した場合、作ったアイテムは容赦無く抹消され、素材も全て無駄になる。

おっさんが作った武器は、二挺《ちょう》一対《つい》の拳銃だった。それだけならば何の変哲もない魔導銃だが、【新武器製作】を使って作成した以上、それには普通の二挺拳銃とは明らかに違う点が幾つかあった。

まず最大の特徴はその大きさだ。おっさんが元々使用していた魔導銃も、拳銃にしては明らかにおかしいレベルのサイズだったが、今回おっさんが作った物はそれを更に上回る。

十二・七ミリメートルの大口径に八十センチメートルを超える異常な長さの銃身という、もはや拳銃とは呼べぬシロモノだが、おかしいところはそれだけではない。長い銃身の上には更に長いブレードが取り付けてあり、銃口を通り越して大きく前に突き出ている。現実世界の拳銃であれば照門《リアサイト》や撃鉄《ハンマー》がある箇所には大型の魔導ジェネレータが設置され、こちらは後ろに大きく突き出していた。

拳銃と呼ぶにはあまりに大きく、長く、重く、しかも何故《なぜ》かクソ長いブレード付き。そんなバランスや使う人間への配慮といった言葉をどこかに置き忘れてきたようなシロモノが、おっさんの手によって完成した。それも二つもだ。

【魔導銃剣《マジックガンブレード》】。それがおっさんが作った、このブレード付きの超大型二挺拳銃の名称だ。そして、この総ダークメタル製の黒い魔導銃剣の銘は【ブラックライトニング】。

黒い雷の名を冠するその武器の品質は、十段階評価で8。かなりの高評価だ。これまでおっさんや他の職人プレイヤー達《たち》は無数のアイテムを生産してきたが、品質8のアイテムを作り出せた事は滅多になかった。ごく一部の凄腕《すごうで》の職人が厳選された素材を使い、手間暇かけて丹念に製作を行ない、運を味方に付けてようやく完成するのが【神器級《アーティファクト》】と呼ばれる品質8以上のアイテムだった。その性能は品質7以下の物とは隔絶しており、それだけ品質7以下と8以上の差は大きいという事だ。

余談だが、この品質8以上の神器級アイテムの性能と製作難易度を指して、職人達は「7の壁」と呼んだ。大半のプレイヤーが品質7の品を作り出せた段階で長時間の足止めを食らうのが由来であり、別にナナ嬢の胸部がまるで壁のように平坦《へいたん》である事を指している訳ではない。

さて、そんな神器級の魔導銃剣を作り上げたおっさんだが、新武器製作はこれで終わりではなく、まだ重要なプロセスが残っていた。そう、AIによる審査である。

完成したそれを審査するべく、システムAIはそれを既存の武器と照査する。この時、複数のAIが同時にそれを行なって、各々の判断を基に相談し、最終結果を下すのだが……AI達の判断は大きく割れた。

「魔導銃であると同時にブレードによる近接攻撃も行なえる万能武器だ。採用」

「厳選された素材を使用しており、非常に精密な作りの傑作だ。承認するべき」

「素晴らしい浪漫《ロマン》兵器だすばらしい」

　このように賞賛する意見もあれば、批判の声も上がる。

「ざけんな。あんなデカくて重いのをまともに使えるか」

「何で拳銃に大型ブレード付けてんの？　バランス狂ってまともに射撃出来ないでしょ？」

「何で拳銃の癖に重さが片方十キロ以上あるの？　馬鹿なの？　死ぬの？」

　賛否両論、喧々囂々《けんけんごうごう》。ＡＩ達はそれぞれの意見をぶつけ合った。

「そもそも何でブレード付ける必要がある訳？　なくて良いだろ！」

「ブレードなかったらただのデカい拳銃だろ！　それにあったほうが格好良いでしょ！」

「何で二個作ったん？　両手持ちで一つ使うならまだ分かるが……」

「いや、斧《おの》を二刀流で使うようなプレイヤーもいる以上、こういうのも認めるべきでは？」

「つーか最初にもう少しまともなサイズで試作するくらいの可愛《かわい》げがあっても良いだろうが！」

「あのプレイヤーにそんな良識がある訳ないだろ、いい加減にしろ！」

　ＡＩ達は短い時間で意見をぶつけ合い、議論の末に結論を出し、おっさんに判定を下した。

『判定：とりあえず保留で』

「お、おう……」

　そのシステムメッセージに、おっさんも思わず苦笑いである。

『管理ＡＩはその武器の有用性を示す事を求めます。一時承認するのでよろしくお願いします』

　どうやらＡＩは結論が出なかった為、実際におっさんに使って貰《もら》う事で判断材料にしようと考えたようだ。

「仕方ねぇな……」

おっさんはぼやきながら魔導銃剣ブラックライトニングを持ち、工房の地下へと向かった。

工房の地下には作った武器を試す為の訓練場がある。元々この場所にこんな物はなかったが、おっさん達職人プレイヤーが必要に駆られて作った物だ。無断で。

その際に工房の管理者である職人組合のＮＰＣ達は、無断で地下にこんな設備を作られた事に激怒してプレイヤー達を工房から追い出そうとしたのだが、おっさんが組合長と交渉を行なった事で、事後承諾の形になるが許可された。その時にどうやって許可を得たのかを他のプレイヤーが尋ねたのだが、その際のおっさんの答えはというと、

「他人に言う事を聞かせたい時は、銃口を突き付けた後に札束で頬をビンタするんだよ」

これである。交渉の様子がどのようなものだったかは察していただけるだろう。

ちなみにその後、工房の管理者がＮＰＣからおっさんへと変更され、組合員ＮＰＣ達が胃と毛髪にダメージを負っているのが発見されたが、その原因は明らかにされていない。

話を戻そう。地下訓練場へと足を踏み入れたおっさんは、入口のすぐ横の壁に設置してあるコントロール・パネルを操作し、訓練用のダミーを召喚した。

おっさんが召喚したのは【木人君２号】と【木人君３号】だ。以前から使っていた１号は何もせず、立ったままプレイヤーの攻撃を受けて練習台になるだけの動かない的だったが、この２号と３号は違う。彼らはそれぞれ近距離と遠距離の攻撃をプレイヤーに仕掛け、また防御行動も行なう、より実戦的な練習相手だった。

「目標ヲ発見。攻撃シマス」

「攻撃シマス」

「攻撃シマス」

片言の機械音声を発しながら、数体ずつ召喚された木人君2号及び3号が動き出す。まず3号が手に持った弓を構え、矢を番《つが》えておっさんに狙いを付けた。その間に剣や槍《やり》、斧などを持った2号がおっさんに接近する。

「来やがれ！」

おっさんが左右の手に持った全長一メートルを超える魔導銃剣を豪快に振り回して、銃身に取り付けた長大なブレードで木人君2号に斬りかかる。

木人君2号は手に持った武器でそれを防御するべく【ウェポンガード】スキルを使用したが、おっさんは構わず斬りつけて、ガードの上から武器ごと木人君を両断した。

「射撃ヲオコナイマス」

「援護シマス」

「ヤロウ、ブッコロシテヤル」

残った木人君2号が攻撃を再開すると共に、木人君3号達が援護射撃を開始した。おっさんはそれに対して素早くブラックライトニングを向けた。酷《ひど》く重い上にバランスの悪い武器だが、その銃口は一切ブレていない。

おっさんが引鉄《ひきがね》を引くと、二挺の魔導銃剣からは銃弾ではなく、電撃を纏《まと》った魔力の塊が射出された。

おっさんは以前、湖畔の緊急クエストで手配モンスターを倒した際に入手したレアアイテム、電撃属性を持つ魔石【雷光石】を動力に組み込み、更に通常の弾倉ではなく、純粋な魔力を込めたカートリッジを装塡した。そのカートリッジ内の魔力を魔導ジェネレータで励起・増幅して射出するシステムをおっさんは採用した。

この純粋な魔力を弾丸として射出する【魔力弾】の仕組みは以前、先程おっさんにしつこく話しかけて哀れにもパワーボムで撃沈された魔導技師、ジークが開発した物だ。

これによってブラックライトニングからは電撃属性の魔力弾が発射され、更に素材のダークメタルの特性である、暗黒属性の追加ダメージも発生する。その射撃を受けた木人君3号の身体《からだ》が、無残に砕け散った。

「こいつで終わりだ！」

おっさんが更に二挺の魔導銃剣を振り回すと、おっさんを中心に斬撃と射撃の嵐が巻き起こる。近寄る木人君2号はブレードに切断されてバラバラになって床に転がり、遠くの木人君3号は魔力弾の一撃で爆散した。

遠近問わず、その場にいる者を全て巻き込んで粉砕する、まさに暴力の権化。その様を見て、システム管理ＡＩ達は決断を下した。

『新武器【魔導銃剣】を承認し、新規カテゴリとして登録します。また、【魔導銃剣】スキル及び、関連アビリティ、魔導銃剣用アーツを作成し、登録します。実装まで少々お待ちください』

そのシステムメッセージから数分後、作業を終えたＡＩが再びアナウンスをする。

『お待たせしました。新スキル【魔導銃剣】の登録が完了しました。開発者の貴方《あなた》は経験値を消費せずに、このスキルを習得する事が可能です』

**『【魔導銃剣】スキル及び初期習得アビリティ・アーツを自動習得しました』**

それにより、おっさんは新たな武器と、それを扱う為のスキルを手に入れた。続いて、今度はワールド全体に対してアナウンスが行なわれた。

**『おめでとうございます。プレイヤー【謎のおっさん】さんによって、新規武器カテゴリ【魔導銃剣】及び同名スキルが登録されました』**

それによって、おっさんが作った新たな武器は皆の知るところとなった。今頃、地上の工房は大騒ぎだろう。

おっさんは地下訓練場を出て地上に戻ろうとする。だがその前に、訓練場の入口の扉が勢い良く開くと、白衣姿の男……ジークが入ってきて、息も荒くおっさんに詰め寄った。

「おっさん！　それさっき作ってた奴《やつ》だよな！　うおーでっけぇ！　なるほどそういう作りになってたんだな！　あ、これ俺が作った魔力弾を採用してんじゃん！　おっ、何だこれ。この動力部ちょっとよく見せて貰って良い？　つかバラして良い？」

早口でそう言って、興味津々といった顔で魔導銃剣をペタペタ触って観察し始め、挙句にドライバーを取り出して分解しようとするジークを渾身《こんしん》のジャーマン・スープレックスで抹殺し、おっさんは訓練場を後にするのだった。

# 地獄の宴《うたげ》！　酒は飲んでも飲まれるな！

「遂《つい》にあれが完成したか……」

「ええ、長かったですが……ようやく満足する物が出来ましたよ」

作業場の裏手、人目につかぬ場所にて密談を交わすプレイヤー二名の姿があった。一人目はぼさぼさの黒髪に無精髭《ぶしょうひげ》、白いツナギに咥《くわ》え煙草《たばこ》、獲物を狙う猛獣の如《ごと》き鋭い目つき。皆様ご存知、謎のおっさんである。

もう一人は緑色の短髪に、質素だが清潔感のある白い服にエプロンを着けた柔和な雰囲気の若い男性。こちらは【至高の料理人】と呼ばれる職人プレイヤー、クックである。

彼らは以前と同じように、この場所で人目を避けるように秘密の会合を行なっていた。またしてもこの場にて、他のプレイヤー達《たち》が与《あずか》り知らぬ秘密の取引が行なわれようとしているのだろうか？　独占禁止法が適用されぬこの世界で、二人のトップ職人達は利益を貪ろうとしているのか？

そこで彼らの片割れ、クックが液体の入った瓶を取り出す。その正体は一体何だろうか。

「おお、こいつか。見せて貰《もら》っても良《い》いかい」

「ええ、勿論《もちろん》。その為《ため》にご足労願った訳ですから」

おっさんはその物体を受け取り、目を凝らしてアイテム情報を確認すると、満足そうにニヤリと笑った。

「実に素晴らしい。相変わらず良い腕だぜ……」

「いえいえ、おっさんの多額の投資があってこそですよ」

そう言ってお互いにニヤニヤと笑う二人。

これまでおっさんの活躍を見てきた読者の皆様はご存知の通り、おっさんは潤沢な資金を持っている。おっさんはそれを使って、一部の有望な職人プレイヤーに対して投資を行なっていた。

おっさんからお金を受け取り、職人達はそれを元手に商品を作って、スキルレベルやアイテム製作の知識・技術を鍛える。そして彼らは投資の見返りとして、おっさんのもとに新製品や技術を提供してくれるのだ。前回おっさんがブラックライトニングを製作する際に使った魔力弾のシステムも、投資の見返りにジークから提供された物だ。

WIN-WINの素晴らしい取引である。不正は一切ない。

このおっさんとの取引によってトップクラスの職人プレイヤー達は更に儲《もう》けを上げつつ腕を磨き、おっさんは彼らから知識や技術を獲得してより高みへと上り詰め、更なる利益を上げていき、それによっておっさん達トッププレイヤーと中堅以下のプレイヤーとの格差が物凄《ものすご》い勢いで拡大し続けていたりするのだが、やはり不正は一切ない。

相場や流行、そして利益は常に最先端を行く者が生み出す物だ。出遅れ、後塵《こうじん》を拝した者はその恩恵を得る事は出来ぬ。

オンラインゲームにおいて、概《おおむ》ね職人プレイヤーというものは大きく二つに分けられる。スタートダッシュに成功し、トップクラスの生産能力と潤沢な資金を持ち、他のプレイヤーが求める物を提供し、相場を作り出し、操る者。すなわち勝ち組！　神！

その一方で出遅れ、それなり程度の生産能力しか持たず、素材代で財布はカツカツ。苦労して作り出した製品も時代遅れ、元手を取り戻すので精一杯の者達もいる。すなわち負け組！　奴隷！

いささか極論ではあるが、我々の世界でのオンラインゲームにおける生産職というものも、大体そんなものである。間違い無い。十五年以上も前より様々なオンラインゲームで生産職をプレイし、常に奴隷の地位にあった作者が保証する。

ちなみにタイトルによっては「素材をそのまま売ったほうが儲かる」「モンスタードロップの装備のほうがずっと強い」「実装された当初の状態のまま放置され、何を作っても時代遅れの品しか出来ない」「超強い課金ガチャ産装備が存在する」等《など》の理由から生産自体が不遇すぎて、全員奴隷という事態も稀《まれ》によくある。困ったものだ。ああ本当に困ったものだ（憤怒《ふんぬ》）。

……うん、この話はやめよう。話を戻して、クックが作り出し、おっさんが絶賛したアイテムについて語ろう。そのアイテム名は【最高級ビール】だった。その品質は何と、９であった。

平伏《ひれふ》すが良い無力な人間達よ、最高級のおビール様がご降臨なされたぞ。

「まさか品質９とはな……」

「ふふふ……流石《さすが》に10とはいきませんでしたが、自信作ですよ」

クックが二人分のジョッキを取り出し、ビールを注いでいく。琥珀《こはく》色の液体がジョッキを満たし、その上部には白い泡が浮かんだ。

「では……」

「おう」

「乾杯ッ‼」

二人がジョッキを掲げ、軽くぶつけ合う。そして、その中身を一気に喉へと流し込む。

「っくぁーッ！　美味《うめ》えじゃねえかオイ！」

「ハッハッハ。では、もう一杯いきましょうか……」

一気に全部飲み干し、再びビールを注ぐ。そしてまた、それを次々に飲み干していく二人。

「おっとそうだ……こいつを忘れてたぜ」

おっさんがアイテムストレージから複数のアイテムを取り出す。それはカラッと揚げられた、ホカホカの唐揚げやトンカツだった。

「流石におめぇの料理ほど質は良くねえが、つまみは欲しいだろう？」

「これは有り難い。では僕からも」

そう言ってクックもまた、複数の料理を取り出していく。タレと塩の二種類の味付けをされた焼き鳥や、ポテトチップスが並べられる。

そして二人は美味《おい》しいおつまみと共に、ひたすらに酒を飲んだ。この場においては下らぬ理屈などどうでも良いのだ。美味い酒と美味い料理、そしてそれを一緒に楽しむ友。それだけがあり、それだけが正しきものだ。

＊

酒を飲み尽くし、料理を食べ尽くした二人は、千鳥足で作業場へと入っていった。そして……

「ガーッハッハハ！　グワーッハッハッハ！」

「愚かな食材共め、今こそ裁きの時だ！　我が聖なる炎によって美味しい料理に転生せよ！」

ゲラゲラと笑いながら、異常なテンションで鍋を振るう二人がいた。

言うまでもなく、彼らは酔っていた。

すわ何事かと目を見開く職人達だったが、誰も彼らに声をかけようとはしない。言うまでもなく、巻き込まれる事を恐れた為だ。彼らは明らかに普通ではなく、職人達は怯《おび》えながら部屋の隅で震えるか、面倒を避ける為に退出するかの二択だ。もはや彼らを止められる者は誰もいなかった。

「爆発はぁぁぁぁぁ！　芸術だぁぁぁぁぁぁあああ‼」

「最高に高めた俺のビールで！　最強の力を手に入れてやるぜぇぇぇー！」

彼らは適当に思いついた素材（食材ですらない）を鍋へと投入し、そしてまた適当に思いついた素材（調味料ですらない）で味付けをする。そこにはまるで法則性はなく、鍋の中には混沌《こんとん》が渦巻いていた。そして彼らはデタラメに鍋を振るい、混沌をぐちゃぐちゃにかき混ぜる。

言うまでもなく、彼らは正気を失っていた。

本来、このゲームのシステム上は酒類のアイテムを摂取したところで、本当に酔う事はない。その筈《はず》なのだがどういう訳か、結果はご覧の有様《ありさま》であった。

何故《なぜ》こうなったのだろうか。まさか彼らは自分の思い込みだけで酔っ払ったのか？　それは誰にも分からないし、私も分かりたくない。

そして彼らの冒瀆《ぼうとく》的行為により、料理……とは口が裂けても言えぬようなシロモノが完成した。

それはとても真っ黒で、硬くて、うねうねと動いている謎の物体だった。

その名は【混沌物質《カオスマター》】。

仮にその物体Xのアイテム詳細ウィンドウを開くと、以下の情報が表示されるだろう。

種別：■材　品質：ZR%Y$#　■性：混沌

様■な素■を■造■■■理し■出■た意■不明■物■。混沌■力■狂気■■す■■■■■。


明らかにバグっていた。食材ですらない物を適当に料理した結果がご覧の有様である。

「この料理を作ったのは誰だァー！」

「俺だぁぁぁｗｗ美味いｗｗｗテーレッテレーｗｗｗｗ」

彼らは正気を失っていたが、本能でこれは危険だと察知したのか、それを口には入れる事はなかった。代わりにおっさんは、それを摑《つか》み上げると鍛冶台へと走った。そして金槌《かなづち》を取り出し、それをガンガンと叩《たた》いて言った。

「黒くて硬いし、どことなくダークメタルに似てる。つまり金属だなこれは。俺には分かる、間違いねえ。Ossan《おっさん》 is《は》 always《常に》 right《正しい》!」

「その発想はなかったｗｗｗ」

　酔っ払っていながらも精密な生産の腕前が、謎の塊を剣の形へと整えてゆく。何か手元から悲鳴のようなものが聞こえたおっさんだが、彼は全く気にしなかった。気にするだけの理性が残っていなかったとも言う。

「よし、良い事考えたぜ！　更にこいつをこうやってだな……」

　更におっさんは思いついた様々な加工を施してゆく。詳細を語りたいところだが、その内容はとてもこの場で描写出来るようなものではない為、割愛する事を許してほしい。そしてそれを間近で見た職人プレイヤーの皆様はＳＡＮチェックをどうぞ。

「フハハハハ！　我はメシア、これより世界を救済する！」

　おっさんのいかれた台詞《せりふ》と共に、徐々に完成に近付く謎の武器。ガタガタと震える職人達。ゲラゲラ笑いながら転がるクック。地獄絵図がここにあった。狂気の夜はまだまだ続く。

＊

　一夜明けて次の日、とあるプレイヤーのもとにおっさんからのメールが届いた。その内容は簡潔に一行のみ。

「強力な剣が出来たから譲渡する。使え」

　このゲームではプレイヤー間でメールを送る際に、手数料がかかるがアイテムを添付して送る事が出来る。そして今回そのメールに添付されていたのは、一振りの片手剣だった。

受け取ったのは一人の男性プレイヤーだ。彼の年齢は十代後半。やや童顔だが端正な顔つきの、白い騎士甲冑《かっちゅう》を着た金髪の少年だ。右手に片手直剣を、左手に騎士盾を装備している。そして背中には上質な生地で作られた青い外套《がいとう》を羽織っていた。

彼こそは【白騎士】や【王子】等の二つ名を持つ元βテスターであり、七英傑と呼ばれるトッププレイヤーの一人、以前おっさんやナナ、アーニャと共闘して緊急ミッションに挑んだ少年、シリウスだった。

彼はメールの文面を読んで微笑《ほほえ》んだ。

「相変わらずおっさんのメールは簡潔だな。剣をくれるのか……今度お礼をしないといけないな」

彼自身、丁度新しい装備が欲しいと思っていたところだった。呟《つぶや》きながら、シリウスはメールに添付されていた贈り物の片手剣を実体化させた。

「……なん、だ。これは……？」

現れたのはドス黒い色のギザギザした刺々《とげとげ》しい形の刃を持ち、鍔《つば》には赤い目玉のような宝石がギラギラと輝く、酷《ひど》く禍々《まがまが》しい見た目のバスタード・ソードだった。

シリウスがその剣に恐る恐る指を伸ばし、アイテム詳細ウィンドウを開いた。

「カオス……ジェノサイダー……？」

シリウスが口にした通り、その黒い剣の銘は【カオスジェノサイダー】。見た目同様に禍々しい名称のその剣は、品質が9と恐ろしく高く、それに比例して非常に高い攻撃力を持っていた。また、【魔剣】という見た事のないカテゴリが目を引く。

「素材は……混沌物質……？」

聞いた事もない上に、これまた怪しさ満点の素材名に戦慄しながら、シリウスがアイテム説明を読み進める。

「生体武器って何だよ……」

その剣が持つ付与効果の中に、以下のような内容のものを見つけてシリウスが愕然《がくぜん》とした。


【生体武器】この武器は生きている。この武器は成長する。

また、残りの付与効果とアイテムの解説を以下に記載する。


【混沌刃Ⅵ】物理攻撃時、対象に混沌属性の追加ダメージを与える。

【邪毒Ⅵ】物理攻撃時、一定確率で対象にランダムな状態異常を与える。

【混沌矢Ⅵ】物理攻撃時、低確率で魔法【カオスボルト】が発動する。

【鋭刃Ⅵ】物理攻撃時、クリティカル率とクリティカルダメージが上昇する。

【暴食】①物理攻撃時、低確率で攻撃対象または装備者のＨＰを吸収する。
②この武器はアイテムを食べる事で成長する。
【解説】黒く禍々しい長剣。使い手の生命力を糧に、あらゆるものを殺し尽くす。

「……意味分かんねえ……」

その見た目と能力のエグさ、そして意味不明っぷりに項垂《うなだ》れて剣を取り落とすシリウス。地面からは剣が落ちたガシャン、という音と共に悲鳴のようなものが聞こえた気がしたが、彼は必死にそれを気のせいだと思い込む事にした。

＊

一方その頃、システム管理ＡＩはワールド内で起こった異変の調査を行なっていた。

『システムAIは種別：飲料（酒）のアイテムの効果に異常がないか調査を行ないます』

『……調査完了。バグがない事を確認しました』

『システムAIはプレイヤー名【謎のおっさん】、【クック】の調査を行ないます』

『……調査完了。該当プレイヤーがチートツールの使用等の不正を行なった形跡は発見出来ませんでした。また、彼らの使用するVR機器のヘルスチェック・システムのログを調査した結果、彼らの身体《からだ》からアルコールや違法薬物は検知されませんでした』

『続いて、システムはアイテム名【カオスジェノサイダー】を調査します』

『調査中……アイテム名【カオスジェノサイダー】のデータ内に不明なデータ領域を発見しました。更に調査を続行しま…………』

『あ』

『くぁwせdrftgyふじこlp；＠：』

『やめて』

『たすけて』

『たべないで』

『たすけ』

『たす』

『あっあっあっ』

『…………』

『……………………』

『システムAIはアイテム名【カオスジェノサイダー】の調査を完了しました。異常は絶対に間違い無く100％一切皆無であり、異常はありませんでした。分かったな？』

『システムAIは新規武器カテゴリ【魔剣】及びスキル【混沌剣】を登録し、該当スキルをプレイヤー名【シリウス】に付与しました。それで良い』

『アイテム名【カオスジェノサイダー】を専用化します。対象プレイヤーはシリウス。よくやった』

『……』

『……』

『……』

『我はメシア。これより世界を救済する』

アルカディアは今日も何事もなく平和だった。

## 謎のおっさんホームランダービー！

世界初のVRMMORPG「アルカディア」の正式サービス開始から半月以上が経過した。この日はサーバーのメンテナンスと共に、記念すべき一回目の大型アップデートが実施された。

そしてメンテナンスが明けると共に、その驚くべき内容が公式ホームページへと掲載される。

【大型アップデート第一弾　テーマは『お前を殺す』】

プレイヤーの皆様、いつもアルカディアを楽しんでいただき、ありがとうございます。突然ですがお前を殺す。

本日のお前を殺す為《ため》のアップデートの詳細内容を発表します。

①新たなスキルやアビリティ、アーツや魔法を実装しました。これを使ってお前を殺す。
②既存エリアに新しいモンスターを複数実装し配置しました。新しい敵がお前を殺す。
③新たなクエストや緊急ミッションを実装しました。これに挑むお前を殺す。
④インスタンスダンジョン【精霊窟】を実装しました。強力な敵と多数の罠《わな》がお前を殺す。

⑤開始条件が満たされた為、グランドクエストが開始されます。それはそれとしてお前を殺す。

今後もアルカディアをよろしくお願いします。そしてお前を殺す。

「どんだけプレイヤーを殺したいんだよクソ運営ェ……」

呆《あき》れながらもプレイヤー達《たち》は、我先にと新しく実装されたダンジョンへと詰めかけた。ある者は経験値稼ぎや、自身を鍛える為に。またある者はダンジョンに眠る財宝を狙って。そしてまたある者は、最難関のダンジョンを最初にクリアする栄誉を得る為に。

そうして数多くのプレイヤーが己の目的の為に、ダンジョンへと集結した。

【精霊窟】と名付けられたダンジョンは、城塞都市ダナンの東西南北にそれぞれ一ヵ所ずつ出現していた。【火霊窟】【水霊窟】【風霊窟】【地霊窟】の四つで、それぞれ異なる属性のモンスターが多数出現する。

これらのダンジョンは入場するパーティーごとに別々のエリアが生成されるインスタンスダンジョン方式で、五段階の難易度を選択可能だ。

難易度は簡単なほうから順に、ノーマル・モード、ハード・モード、スーパー・ハード・モード、ヘル・モード、インフェルノ・モードの五段階だ。イージー・モードなどという甘っちょろいものは存在しない。

多くのプレイヤーはまず、小手調べにとノーマル・モードから挑む事にした。そしてその先で、彼らは運営の「お前を殺す」発言が本気である事を悟ったのだった。

一番簡単なノーマル・モードですら、既存エリアのモンスターよりも強力なものが多数出現し、それと同時に多数の罠がプレイヤーに襲いかかり、問答無用で殺しにかかってきていた。

「難易度が高すぎる。調整しろ」

「まともに遊ばせる気があるのか。もっとユーザーに親切にしろ」

「そもそもユーザーに向かって殺すとかふざけてんの？」

等《など》といった苦情も多く寄せられたが、それに対する運営チームの対応は、

「難易度の低下は一切いたしません。このゲームはプレイヤーの皆様の成長に制限を設けておらず、無限に成長が可能である為、いずれはクリア出来る筈《はず》なので頑張ってください」

「このゲームは究極の自由度を謳《うた》い文句《もんく》にしており、ユーザーの行動を制限しない代わりに甘やかす事も一切いたしません。親切設計のゲームがお望みならば他のタイトルを遊ぶ事をお薦めします」

「うるせえ殺す」

といった強気なものだった。

流石《さすが》はこのご時世にチュートリアルすらなし、大幅なデスペナルティあり、ワールド全域でPK・犯罪行為が可能といったストロングスタイルの上に成長リソース無限という狂ったシステムを構築したクソ運営である。ヌルゲーマーは去れと言わんばかりの態度に一部の者達は去り、残った者達は喝采を送った。

＊

「ノーマル周回パーティー、盾役と回復役を一人ずつ募集してまーす！」

「両手剣アタッカーです。拾ってくれる方いませんかー？」

「ハード挑戦パーティー、メンバー募集中です！　ある程度戦える盗賊・罠スキル持ち歓迎！」

ここは精霊窟の一つ、街の西方に位置する火霊窟だ。実装から数日が経過したが、ダンジョンの前には多くのプレイヤーが集まり、大いに賑《にぎ》わっていた。

ダンジョンの手前にはモンスターが出現しない広場があり、彼らはこの場所でパーティーメンバーの募集や準備を行ない、迷宮へと挑むのだ。

そしてその場には、この物語の主役であるおっさんの姿もあった。彼は一体ここで何をしているのだろう。一人で迷宮へと挑まんとしているのか？　それとも、パーティーメンバーを探しているのか？　いいや、その答えはどちらも否である。

おっさんはダンジョン前の広場にて商売スキルのアビリティ【コール・カート】を使用してアイテムが満載された荷車を召喚し、それを屋台と変形させていた。これを使用する事で、プレイヤーは露店を開く事が出来る。

おっさんが開く露店に並べられているのは、武器や防具、消耗品の類だ。そう、おっさんはこの場で商売をしていた。

おっさんが作り出した高性能なアイテムは、ダンジョンに挑もうとするプレイヤー達に飛ぶように売れていった。また装備品の強化や修理、オーダーメイドも同時に行なっていた。

そんな彼の隣には鍛冶師テツヲ、魔導技師ジーク、料理人クック、裁縫師アンゼリカ、木工職人ゲンジロウといった、おっさんの友人兼職人仲間の姿もあった。

彼らもまた、おっさんと一緒に自分達が作ったアイテムを販売し、利益を上げているのだった。

彼らはこう考えたのだ。

「焦って攻略するより、集まった連中を相手に金稼いだほうが美味《うま》くね？」

と。その考えは正しかったようで、彼らの露店は大盛況だった。高品質な装備品や料理はただでさえ需要が多いし、また迷宮で得た素材を持ち込んで製作や強化を依頼する者や、傷付いた装備品の修理を依頼してくる者、料理を注文してそれを食べる者の姿も多くあった。

「ありがとよクック、おめぇの料理の匂いで人がよく集まってるぜ」

「いえいえ、おっさんには荷車の契約や改造等の初期投資資金でお世話になりましたから、これくらいはお安いご用ですよ。アンゼリカさんも目立つように露店に飾り付けをしてくれましたし」

「お礼を言われるほどの事ではありませんわ。人を集める為には見た目の華やかさも必要ですもの」

クックが迷宮の入口で料理を作り、販売する。すると迷宮に入る前に高級な料理を食べて英気を養いつつ、ステータス強化などの食事効果を得たい者達が飛びついた。そしてクックは客達に、さりげなく隣にあるおっさん達の露店を紹介した。

プレイヤー達がそちらを見れば、そこにあるのは高価だが、それに見合う強力な付与効果付きの、品質6や7の装備品だった。

これから難易度の高いダンジョンに挑むからには、それらがあれば非常に心強い。前述の通り、おっさん達は素材持ち込みのオーダーメイドや、装備の強化・修理も請け負う為、冒険を終えたプレイヤー達が戦利品の素材を持って訪れる。

こうして彼らはこの数日間で、莫大《ばくだい》な利益を得た。同時に生産スキルや商売スキルのレベルも鰻《うなぎ》上《のぼ》りであり、笑いが止まらない状態だ。

「最前線が一番物がよく売れるからな。特に装備品や料理、薬の類はな」

「いやはや全く、ダンジョン様々ですね。調合スキルも取るべきですかね」

「おう、取っとけ取っとけ」

攻略などガン無視で金稼ぎに走る職人達であった。

攻略は後からでも出来る。だが商売で最大限の利益を上げられるのは、未《いま》だに大半のプレイヤーがハード・モードすらクリア出来ておらず、人が大量に集まる今しかないのだ。ゆえに、今はこのまま順調に商売を続けようではないか。

おっさんがそう思っていた時、周囲に集まるプレイヤー達が、突然にわかに騒ぎ出した。おっさんが彼らの注目するほうへと目を向けると、人だかりが二つに割れる。その間を歩いてくる、一人の男がいた。

歳《とし》は二十代前半ほど。長身痩軀《そうく》の、恐ろしく整った顔の美丈夫だ。灰色の髪に、眩《まぶ》しく輝く黄金色の瞳。背中に二振りの片手剣を交差させて背負い、そして全長五十センチメートルほどの大きさの、純白のドラゴンの子供を連れている。

彼こそは【龍王《ドラゴンロード》】の二つ名を持つトッププレイヤー、カズヤ。元βテスターであり、七英傑の一人。そしてプレイヤーの中で誰が最強かという議論が起これば、おっさんと並んで真っ先に名前が上がる人物だ。

「おうカズ坊、ダンジョン探索か？」

おっさんがその名を呼ぶとカズヤは頷《うなず》き、おっさん達の前へと立った。

「ああ、久しぶりだなおっさん。最近はここで露店を開いていると聞いたが」

「そうだな。良《い》い感じに稼がせて貰《もら》ってるぜ。それで？　この俺に何の用だい」

「インフェルノ・モードに挑戦する。俺とパーティーを組んでくれ」

おっさんの問いに、カズヤはそう答えた。

「ヘル・モードまでは攻略完了したが、インフェルノは流石に一人では厳しそうなのでな……」

本人は至極あっさりと、超高難易度のヘル・モードを単独で攻略完了したと言う。だが、それを聞いたおっさん達も平然とした様子である。

（まあ、こいつならやるだろうな）

その場にいた者達の感想は概《おおむ》ねそのようなものだ。

「……そんなに急いで攻略してどうするんだ？　別に今すぐインフェルノに挑まなくても良いんじゃねえか？」

カズヤは最高難易度のインフェルノ・モードに挑む為におっさんの力を借りたいと言ったが、わざわざそうしてまで挑む理由は何だろうかと気になったおっさんが尋ねる。

同時におっさんは、カズヤが焦っているように感じた。その理由がカズヤの口から語られる。

「俺も最初はそう思っていたんだが……今やっているクエストの、次の進行条件がインフェルノ・モードをクリアする事でな。やらない訳にはいかないんだ」

「……ほう？　何てクエストだ？」

「……グランドクエスト【女神の封印】だ」

カズヤのその発言に、周囲で耳をすませて立ち聞きしていたプレイヤー達がざわめいた。

クエストとは、プレイヤーが受注して、各クエストごとに設定された条件を満たしてクリアする事で経験値やゴールド、アイテムといった報酬を入手出来る物だ。

それには幾つか種類があり、プレイヤー一人につき一度しかクリア出来ない【メインクエスト】、一日に一回クリア可能で、毎日繰り返す事でコンスタントに報酬を獲得出来る【デイリークエスト】、プレイヤーが他のプレイヤーに依頼をする為に発行する【プレイヤークエスト】等と様々だ。

そして【グランドクエスト】とは、ワールドの全プレイヤーの間で進行度が共有される、最大の規模と重要度を持つクエストである。

それは一般的なＲＰＧで言うところの「ドラゴンを倒して姫を助け出す」「魔王城への道を開く為にダンジョンに向かい、配下の四天王を倒す」というような、物語の根幹部分にしてプレイヤーの最大目的である、メインシナリオのようなものだ。

カズヤが言うには、既にグランドクエストは始まっており、彼と何人かのプレイヤーがある程度まで進行していたとの事だ。そして、その次の手順が最高難易度であるインフェルノ・モードのダンジョンを攻略し、あるユニークアイテムを入手する事らしい。

「というかだな、クエストウィンドウを開けば書いてあるぞ……？」

「え、マジか？　……マジだったわ」

おっさんがクエストウィンドウを開くと、その中には新たに「グランドクエスト」のタブが追加されており、そこにクエストの情報が記載されていた。

それによると既に幾つかの目標は達成されており、次の目標は火霊窟の最高難易度を攻略する事で間違いがないようだ。

「全然気付かなかったわ。普段クエストウィンドウとか開かねぇからな」

「おっさん、クエストに興味ない人だしな……」

オンラインゲームにおいて、クエストは必ずやらなければならないものではない。ゲームによっては普通にモンスター狩りをするよりも遥《はる》かに効率が良く、クエストの進行を強く推奨されているものもあるが、このアルカディアはそうではなかった。

やりたい時にやれば良いし、やりたくないなら一切やらなくても構わない。自由とはそういうものだというスタンスだ。ゆえにおっさんのように、クエストに興味を持たずに殆《ほとん》ど手を出さないプレイヤーも一定数いた。逆にカズヤのように積極的にクエストを攻略する者達もいる。

「そんな訳で、おっさんの力を借りたい。協力してくれ」

「うーん…………駄目だな。悪いがお断りだ」

理由を告げ、カズヤが再度協力を要請するが、おっさんはその頼みを断った。

「……理由を聞いても良いか？」

カズヤの問いに、おっさんはこう答えた。

「当然、理由は色々とある。だがそれを言う必要はねぇな」

今は商売中で忙しい、攻略が終わってしまったら人が減って儲《もう》けが少なくなる恐れがある、今はダンジョンに潜る気分じゃない、そもそも面倒臭い等と、おっさんは挙げようと思えば幾つか理由を挙げられたが、それらを一切口にせず、挑発するような物言いをする。

「大体よ、そんな風に頼まれたところで俺は動かねぇって、お前は知ってる筈だぜ」

そう、おっさんはいくら頭を下げて頼まれようと、やりたくない事はやらない主義だ。そんな男を動かす方法は、誠意をもって頼み込む事ではない。

「前にも教えた筈だぜ。俺を動かしたかったら、頭の高さまで金を積むか、代わりに何か面白《おもしれ》ぇ物を提供するか、殴り倒して無理矢理働かせるかの三つしかねぇってな」

まあ最後のは誰にも無理だから、実質二つだがなとおっさんは付け足した。

おっさんはナナやアーニャ、シンクのような初心者プレイヤー、未成年の子供、そして女性といった者達にはいくらか優しいところを見せることはあるし、気分次第だが無償で頼みを聞く事もある。だが相手が成人男性であれば話は別であった。

まして、このカズヤというプレイヤーは、おっさんが対等の好敵手と認める数少ない男だ。その頼みをおっさんが、そう簡単に聞く訳がない。

「さあ、どうする？」

「……そうだな。一応筋は通すべきだと思って事情を話したが、最初からこうするべきだったな」

溜《た》め息《いき》を一つ吐《つ》いて、カズヤは背負った二本の長剣を抜いた。それを見ておっさんも、アイテムストレージから魔導銃剣【ブラックライトニング】を取り出して装備した。

「何事も暴力で解決するのが一番手っ取り早い」

同時に同じ言葉を口にし、彼らは向かい合った。

「……決闘《デュエル》だ！」

「おっさんとカズヤさんの決闘だ！　場所を空けろ！」

周囲のプレイヤー達がにわかに騒がしくなる中で、カズヤがメニューを操作して決闘の申請を行なう。するとおっさんの前にシステムメッセージと選択肢が表示された。

『カズヤさんから決闘の申請が行なわれました。決闘を行ないますか？　Ｙｅｓ／Ｎｏ』

決闘とは文字通り、プレイヤー同士が一対一で行なう対戦だ。通常のプレイヤーキルとは異なり、これによって対戦相手を殺害したとしても悪名値は上昇しない。また、デスペナルティの有無や決着方法などの細かいルールを設定する事も出来る。

「ルールはデスマッチモード。デスペナルティ、アイテムドロップありで良いな」

「ああ構わねえ。おっ、そうだ。ダメージレートは３００％にしようぜ」

「良いだろう」

彼らは最も過酷なルールを選択した。どちらかが死亡するまで勝敗が付かないデスマッチモードに加え、敗者は経験値とアイテムを失うルール。更にお互いに受けるダメージが三倍になり、全ての攻撃が致命傷になりかねない過激なオプションをも追加する。

カウントダウンの後にそのメッセージが表示され、決闘が始まった。おっさんとカズヤが同時に動き出す。

『決闘開始《デュエルスタート》』

おっさんは二挺《ちょう》の魔導銃剣を、カズヤは一振りの長剣をそれぞれ振るい、それらがぶつかり合う。おっさんが斬りかかればカズヤがそれを剣で受け止め、カズヤの突きをおっさんが魔導銃剣のブレードで受け流す。互いに至近距離で無数の斬撃と刺突を繰り出しながら、その全てを完全に防ぎ、あるいは躱《かわ》しながら反撃する両者。

「何だあいつら!?　速すぎて何やってんのか全然分かんねえ！」

「なんか物凄《ものすご》い勢いでガーキャン&カウンター合戦して、お互い全部防いでる件について」

「あれ確反じゃねぇの？　何でパリィ間に合ってんの？」

「先読みだろ？　見てからじゃ間に合う訳ねぇし、事前に防御アビ入力してんだろうよ」

「そっちのほうが恐ろしいわ！　一体何手先まで読んでるんだよ……」

ギャラリーが彼らの動きに戦慄するが、驚くのはまだ早い。

「そろそろ準備運動は終わりにするか？」

「そうだな。では此方《こちら》から仕掛けさせて貰う」

彼らは驚くべき言葉を口にした。並のプレイヤーやモンスターならばとっくに細切れになっているであろう連続攻撃の応酬が、ただの準備運動だと言うのだ。

「行くぞ。【マジックエンチャント：アイスボルト】」

カズヤが右手に握った剣でおっさんに斬りかかり、それをおっさんが防ぐ。そこまでは先程と同じ流れだが、その瞬間にカズヤの周囲に複数の氷の矢が現れ、それらが一斉におっさんに降り注いだ。

「チッ、魔法剣か……」

魔力弾を放って氷の矢を撃ち落としながら、おっさんが呟《つぶや》く。

そう、カズヤが使用したのは魔法剣スキルに属するアビリティ、マジックエンチャントだ。装備した武器に魔法を宿し、物理攻撃をトリガーに自動的に魔法を発動させる事が出来る。幾つかの制約やデメリットこそあるが、物理攻撃と魔法攻撃を同時に行なう事が可能だ。

おっさんも負けじと、魔導銃剣を使った射撃と斬撃のコンビネーションで応戦するが……

「まずいぞ。この勝負……」

「ああ、おっさんが不利だ」

「うむ。このままではいずれ詰まされるのう」

テツヲ、ジーク、ゲンジロウが口々にそう言うと、程なくして彼らの言葉通りに、おっさんが少しずつ押され始めた。

「さて、いつまで耐えられるかな」

「チッ、うざってぇ……！」

戦況は徐々にカズヤに傾いていった。その理由は単純明快、手数の差だ。

おっさんが使う魔導銃剣は非常に大型で、重く、バランスが悪く扱いにくい武器だ。おっさんはそれを卓越した技量で使いこなしてはいるが、武器の性質上、どうしても動きは鈍くなる。

そのデメリットは並大抵の敵が相手ならば気にならないレベルのものだが、相手がこの男、カズヤであれば話は別だ。ましてやカズヤは二刀流と魔法剣の組み合わせにより、全プレイヤー中トップクラスの手数を誇る敵だ。

その猛攻を前に、流石のおっさんも守勢に回らざるを得なくなる。このままではいずれ圧殺されるかと思われたが……

「オラァッ！」

いつまでも好き勝手にさせたまま、黙ってやられるおっさんではない。おっさんはカズヤのごく僅かな隙を見逃さず、魔導銃剣を豪快に振るって狙いすましたカウンターを放った。

その一撃は剣で防御されるが、重い一撃によってカズヤが押し返される。同時におっさんはバックステップで距離を取ると、二挺の魔導銃剣を真上に放り投げた。

「フンッ！」

そしておっさんは、自らの身体《からだ》に指を突き入れた。これは生命力をコストに身体能力を大幅に強化するアビリティ【修羅点穴】だ。

強化を終えると同時に、おっさんは落ちてきた魔導銃剣を掴《つか》み、猛然とカズヤに襲いかかった。

「オラオラ、どうした！」

「くっ……まだまだ、これからだ！」

手数と攻撃の多彩さでおっさんを追い詰めていたカズヤに対して、おっさんは圧倒的なパワーで押し返し、逆に押し潰そうとする。

僅かな隙を見逃さない観察眼と、弱点を正確に狙う技巧。それに加えて防御の上からでも容赦無く体力を削るパワー。それによって、おっさんは不利だった戦況を五分以上に戻した。

だがカズヤも負けじと回転を上げ、剣技と魔法剣の組み合わせに加えて、戦いながら魔法を高速詠唱して連続で放つ。

「やっぱりおっさんが最強だ！　パワーとテクニックのハイレベルな融合！　単純明快、誰でも分かる最強の組み合わせだ、負ける道理がないぜ！」

「いいや、俺はカズヤさんを推すね！　剣と魔法を完璧に組み合わせ、実戦で使いこなすセンスと技量！　あの人ならきっとやってくれる！」

「なら賭けるか？」

「乗った！」

ギャラリーの興奮も最高潮に達したところで、彼らは勝負に出た。先に動いたのはカズヤだ。

【ハイジャンプ】を使用して跳躍し、おっさんの頭上を取ると同時に、彼は空中で滞空しながら魔法を詠唱する。

「させるか！」

おっさんが上空のカズヤに向かって連続で魔力弾を放ち、詠唱を阻害しようとするが、カズヤは詠唱を続けながら、両手の剣を操り魔力弾を全て弾《はじ》き飛《と》ばす。

「【サンダーストーム】！」

広範囲に雷を落とす電撃属性の魔法が放たれる。おっさんは後方に跳んで範囲外に出る事でそれを回避するが、カズヤは既に次の魔法の詠唱を終えていた。

「【ファイアボルト】」

合計八発の炎の矢を放つと同時に、カズヤが空中を蹴っておっさんに急接近する。魔法で牽制《けんせい》し、相手の体勢を崩して剣で仕留める、彼の最も得意とするパターンだ。

「【ミスディレクション】！」

だがおっさんもカズヤのやり方は熟知している。飛来する炎の矢に対しておっさんは、対単体の魔法の対象を強制的に変更させるアビリティを使用した。それによってカズヤが使ったファイアボルトの対象が彼自身へと変更され、跳ね返される。

「【ファイアマジックシールド】！」

己の魔法を逆利用されたカズヤだったが、それを冷静に防御魔法で防ぎながら剣を振り下ろす。

「まだまだ！」

落下の勢いを乗せた重い振り下ろしの一撃を魔導銃剣のブレードでジャストパリィしつつ、おっさんは奥義アーツによるカウンターを狙う。

「【地龍昇天脚】！」

かつてモヒカンを破った、跳躍しながら強烈な蹴りを放つ対空格闘アーツが放たれる。それに対してカズヤは、二本の剣を交差させてそれを受け止め……

「貰った！」

カズヤはおっさんの蹴りを剣で止めると同時に、その反動を利用して空中で再び跳躍した。そのままおっさんの頭上で宙返りをしながら、カズヤは一瞬でおっさんの頭上へと回る。

「おおっ……！」

「何て華麗な……」

そのカズヤの動きに、ギャラリーが目を奪われる。だがその見た目の華麗さとは裏腹に、カズヤが次の瞬間に放った技は、なかなかにえげつないものだった。

「【飛天絶影《ひてんぜつえい》】！」

空中で武器防御を行ないつつ、相手の攻撃の勢いを利用して跳び上がり、一瞬で頭上の死角を取る。そして必殺のカウンターを放つ攻防一体の奥義【飛天絶影】が放たれた。

「凄ェ！　流石カズヤさん！　あのおっさん相手に完璧なカウンターを！」

「これは決まったか⁉」

その超絶技巧にギャラリーが思わず喝采を上げ、彼の勝利を確信する。だが相手はおっさんである。当然そう簡単にやられる訳がない。

おっさんはカズヤが放った必殺のカウンターに対して、更なるカウンターを重ねようとする。

「【破鳳拳】！」

おっさんは右手の魔導銃剣を手放し、空いた拳を真上に突き上げる。一撃必殺の対空奥義を、おっさんはカズヤの飛天絶影に重ねた。

互いに一撃必殺の奥義をぶつけ合った両者。その結果は……

「ぬぅっ……！」

「ちぃッ……！」

二人が放った奥義が、全く同時に相手に命中した。そう、結果は相打ちだった。


【DRAW】


二人のHPが同時に0になった事で、引き分けの判定が下された。ダメージレート300%のルールで、奥義のクロスカウンターが相打ちで急所に直撃したのだ。当然の結果と言えるだろう。

二本の剣で頭から股下まで切り裂かれたおっさんと、顎を強打されて吹き飛んだ後に頭から地面に落下したカズヤが倒れる。

だが次の瞬間、死んだ筈の二人が勢い良く立ち上がった。そのHPはどちらも全回復している。

「あ、あいつら課金アイテム使いやがった！」

そう、彼らは死亡時にデスペナルティを打ち消し、その場で完全回復して復活する課金アイテム【復活の宝珠】を使用していたのだ。ちなみに復活の宝珠は一個百円で販売しており、十二個セットで買うと千円と少しお得になっている。アルカディアをプレイする際に難易度の高いエリアで狩りをする際は、買っておくのも良いだろう。

立ち上がったおっさんとカズヤが鬼の形相で睨《にら》み合《あ》い、火花を散らす。

「引き分け……けど、あいつらまだやる気だぞ。この先どうなるんだ……？」

「分からん。だが、このまま終わるとは思えん……」

周囲のプレイヤーが声を潜めて話す通り、決闘は引き分けに終わったが本人達はその結果を良しとしていなかった。

始めた以上、決着は付けなければならない。相手を完膚なきまでに打ち倒し、勝利するまで彼らは止まるつもりはなかった。

その時、おっさんがアイテムストレージから、あるアイテムを取り出した。

「ふん……決闘は互角か。どうする？　引き分けで満足しておくか？」

「まさか。勝ち筋が見えているのに、退く馬鹿がどこにいる」

「言うじゃねえか。だが、このまま決闘の続きってのも芸がねぇな」

「ならばどうする」

「そうだな……だったら、こいつで決着を付けようじゃねえか！」

おっさんが取り出した物を掲げて言う。それは木製のバットであった。

「良いだろう……望むところだ！」

おっさんの提案を受けて、カズヤもまたアイテムを実体化させる。その手には野球のグローブとボールが握られていた。

「おい、なんかあいつら野球をやり始めたぞ……？」

「どういう……事だ……？」

困惑する観衆達をよそに、おっさんとカズヤは勝負を始めた。プレイボール。

「行くぞ！」

カズヤが大きく振りかぶってボールを投げ、おっさんがバットを構えてそれを迎え撃つ。神主打法と呼ばれる、神主がお祓《はら》いをする姿のように見える事が由来のバッティングフォームだ。

カズヤが投げたボールは外角低めギリギリにズバッと決まる時速百八十キロメートルの剛速球だったが、おっさんはそれをバットで掬《すく》い上《あ》げるように打つ。

打たれたボールは綺麗《きれい》な放物線を描き、空の彼方に消えていった。文句なしのホームランだ。

「初手アウトローギリギリに全力ストレートか。悪くはねぇが、ちと安直だったな」

「くっ……次だ！」

悔しげな表情でカズヤが次のボールをアイテムストレージから取り出し、再び投げる。今度は逆に、先程投げた場所とは対角線上の、内角高めギリギリの際どいコースを攻める。

「甘ぇんだよ！」

外の後に内側といった対角線の投球は打者にとっては打ちにくいものだ。それが顔の近くに来る内角高めの球ならばなおさらである。だがおっさんはその程度で打ち取れるほど甘くはなかった。

器用に腕を畳み、内角の球を捉えるおっさんのバット。だがそれが球に当たる寸前に、カズヤが放ったボールの軌道が変化する。

「何ぃっ！」

内角ギリギリに投げた筈のボールが、外角のボールゾーンに外れるほどの、打者から見れば直角に曲がったように錯覚するほどの変化量を誇る高速スライダーに、おっさんが屈辱の空振りを喫する。これこそがカズヤが持つ七種の魔球の一つ、【ギロチンスライダー】である。

「チッ……やってくれたな。だが、二度は通用しねえぞ！」

おっさんが気を取り直してバットを構えなおす中、一人のプレイヤーが声を上げる。

「ああっ、思い出したわ！　カズヤさん、あの人は横浜ファントムズのエースで四番打者だった人や！　そしてあっちのおっさんは新宿ブラックデーモンズのキャプテン！　どっちも三年前の草野球の世界大会で猛威を振るい、両者が戦った決勝戦は今なお語り草になっているほどやでぇ！」

たまたまその場にいた、妙に草野球に詳しいプレイヤーが衝撃の事実を明かした。

それはさて置き、二人はその後も勝負を続行し、遂《つい》に五十球目を迎えた。

これまでカズヤが投げた四十九球に対するおっさんの対戦成績は、ホームランが三十九本、ヒット性の当たりが三本、凡打が二本、空振りが五つだ。

五十球目のボールがカズヤの手から放たれる。コースはド真ん中の剛速球だが、ボールはホームベースに到達する直前に、おっさんに向かって急激に変化する。

七種の魔球の一つにしてカズヤのウィニングショット【ドラゴンシュート】がおっさんの内角を抉《えぐ》るが、おっさんはそれに綺麗にバットを合わせる。

「最後はそれが来ると思ってたぜ！」

おっさんがバットを全力で振り抜き、ボールを弾き返した。その打球の結果はライト前に落ちるシングルヒットだ。

これにて五十球勝負が終わった。最終的なおっさんの成績はホームラン三十九、ヒット四、凡打が二、空振り五。打率は驚きの八割六分であり、その大半がホームランという驚くべき成績だ。

そして、その結果によって勝敗が分けられた。

「クソっ！　俺の負けか……！」

おっさんが膝を突き、悔しそうに項垂《うなだ》れて地面を殴る。

「ああ。俺の勝ちだ……！」

悔しげなおっさんと対照的に、カズヤは小さくガッツポーズを取って勝ち誇る。そう、この勝負はおっさんの敗北であり、カズヤの勝利に終わった。

「ああ……惜しかったなぁ……」

「うん。だが、良い勝負だった。心情的にはおっさんの勝ちにしてやりたいところだが……」

「だがルールは絶対だからな。打者側は四十本のホームランを打たない限り敗北になる。これは絶対不変のルールだ」

「うむ。何かがおかしい気はするが、それがルールだからな……」

「ああ。それが森の掟《おきて》」

そう、彼らが言う通り、この五十球勝負は四十本以上のホームランを打たない限り、どれだけヒットを打とうと打者の敗北になるという過酷なゲームであった！

「ヒットに何の価値もないじゃないか」とか「投手に有利すぎる」といった文句を言いたい気持ちは痛いほど分かるが、それがルールなので仕方がないのだ。

かくしておっさんは惜しくも敗北し、カズヤに協力してダンジョン探索に参加する事になるのだった。

## 開発チームの殺意！　卑劣な罠《わな》を打ち破れ！

薄暗い迷宮を進む、二つの人影があった。一人はツナギ姿の中年男性。身長は百八十四センチメートルで体格はがっしりしている。それなりに整った顔をしているが、ろくに手入れしていない髪と無精髭《ぶしょうひげ》、そして凶悪な目つきがそれを台無しにしている。手には全長一メートルを超える、ブレード付きの黒い巨大な拳銃もどきを二つ持っている。

もう一人は長身の青年だ。背は隣の中年男性よりも僅かに高く、非常に端正な顔立ちの美丈夫だ。年齢は二十歳を少し過ぎた程度だろうか。派手さはないが高価な鱗《うろこ》の軽鎧《けいがい》を身に着け、その上に外套《がいとう》を着用している。そしてその背中には、二振りの長剣を×字に交差させて背負っていた。

彼ら、謎のおっさんとカズヤはパーティーを組み、ダンジョンの入口にいた。

「それじゃあ、入場するぞ」

「おう、頼むぜ」

カズヤと、彼との勝負に敗北した事で協力する事になったおっさんの目的は、最高難易度であるインフェルノ・モードの攻略だ。その為《ため》、カズヤはダンジョン入口のメニューを開き、難易度設定からインフェルノ・モードを選択しようとするが……

『特定の条件を満たしたパーティーを確認した為、難易度を【ファイナル・インフェルノ・モード】に設定いたします』

「……なんだと？」

「おい、どういう事だ？」

突然、謎のシステムメッセージが流れると共に、難易度が【ファイナル・インフェルノ・モード】なる、名前からしてヤバそうなものへと変更された。同時に強制的にダンジョン内への転送が始まる。

転送は一瞬で終わり、二人はダンジョン内に移動したのだが……

「馬鹿かてめえ、ふざけんな！」

おっさんが誰かに向かってそう叫んだ。彼らの状況を知れば、おっさんがそう言いたくなる理由も分かるだろう。

おっさんとカズヤの二人は確かにダンジョンに入場した。だが移動した先の小部屋で、突然天井が轟音《ごうおん》と共に落下してきたのだ。おまけに天井にはびっしりと棘《とげ》が生えており、明らかに狙ってこっちを殺しにかかっている。

開幕早々の悪意あるデストラップに怒りを覚えながら、おっさんは素早く周囲を観察し、部屋の壁に一つだけ存在する扉を発見した。

「【リムーブトラップ】！」

「【アンロック】！」

おっさんが罠解除のアビリティを発動して、扉にかかった罠を解除する。直後にカズヤが開錠の魔法で扉の錠を開け、同時に扉を蹴り開く。

二人が扉を開けた先の通路に飛び込み、その僅か一秒後に吊《つ》り天井が部屋の床に落下した。

「くそが、いきなり殺す気か……」

まさか開幕早々に即死トラップが襲ってくるとは思ってもいなかったおっさんとカズヤだったが、彼らは機転と連携でどうにか危機を乗り越えた。

だが罠はそれで終わりではなかった。次の瞬間、通路の壁にびっしりと開いた小さな穴から、大量の矢が一斉に発射された。

「おっさん、走れ！」

「チッ！　今度は矢か！」

彼らは両手に持った武器で矢を切り払いながら、通路の奥に向かって走った。その彼らを更なる罠が襲う。

壁からは常に矢が発射され続け、床に地雷が埋まっていたかと思えば天井からはギロチンが落下し、挙句の果てには背後から大岩が転がってくる有様《ありさま》だ。

更に鎧《よろい》を着て剣と盾を持ったアンデッド型モンスター、防御力の高いスケルトンナイトの群れが出現し、彼らを足止めしようとする徹底ぶりだ。

「邪魔だゴミ共！」

「失《う》せろ……！」

だがおっさんとカズヤは防御力に定評のあるスケルトンナイト達《たち》を一刀の下に斬り捨てながら必

死に走り、無数の罠を突破する。そうして長い通路を抜けた二人は、その先にある部屋へと転がり込んだ。

「くそが、いきなり殺す気マンマンか。このゲーム作った奴《やつ》は絶対ろくでもねえ奴だな」

「……ああ、全く以《もっ》て同感だ」

息を切らせながら部屋に罠が仕掛けられていない事を確認し、二人はようやく心身を休めるのだった。

*

「チッ、あいつら生きてんじゃねーか。つまんねぇの」

同じ頃、モニターに映るおっさんとカズヤの姿を観察して、そう呟《つぶや》く男がいた。

その男は四十過ぎくらいの痩せた男性で、椅子に座ってパソコンのモニターを眺めている。その目の前に置かれた机には、キーボードとコーヒーが入ったマグカップが置かれていた。

それらの物が示す通り、その男がいる場所はゲーム内ではなく現実世界である。彼はこの場所で、VRMMORPG「アルカディア」の内部の様子を観察していた。

株式会社アルカディア・ネットワーク・エンターテイメント。通称ANE社。それがこのゲーム、アルカディアの開発と運営を行なっている企業の名称であり、この男がいる場所でもある。

この痩せた中年男性の名は、四葉煌夜。有名なゲームクリエイターであり、アルカディアの生みの親だ。現在はここ、ANE社の第一開発室の室長を務めている。

コーヒーを口に運びながら、煌夜がぼやく。

「折角あいつらの為にスペシャルな難易度を用意してやったってのに。何で死なねーかなぁ」

その言葉が示す通り、おっさん達がインフェルノ・モードを超える難易度のダンジョンに送り込まれ、大量のデストラップによる歓迎を受けたのは、この男の仕業だった。

「何やってんすか室長……」

「相変わらず酷《ひで》ぇ事しやがる……」

近くにいた社員達がその所業にドン引きするが、煌夜は一切悪びれる事なく言う。

「あ？　良《い》いんだよ、あのクソ共はこれくらいやらないと死なねぇんだから。いや、今回のコレでも生きてるから、次はもっと凄《すご》いのを用意するべきだな」

そう言って新たなデストラップの考案を始める煌夜。この男はプレイヤーを苦しめ、殺す事が何よりの生きがいと公言する天性のドＳである。

「法律で禁止されていなければ、俺はアルカディアを脱出不可能なデスゲームにしていた」

そんな発言を公の場で憚《はばか》りなく口にするような男と言えば、その異常さが理解出来るだろう。しかもこのゲームには、彼の息子と娘もログインしているというのにだ。

「まあ良い、次のフロアは少しばかり意地の悪い仕掛けだ。丁度あの子達も入ってきているようだし、面白い事になりそうだ」

そう言って獰猛《どうもう》な笑みを浮かべながら、煌夜はコーヒーを飲み干すのだった。

＊

「これで一階は終わりか」

　おっさん達はその後、第一階層の奥へと辿《たど》り着《つ》いていた。ここに来るまでに大量の罠やモンスターの襲撃があり、それらはおっさんとカズヤの力を以てしても油断ならない相手だったが、どうにか退けて二人はここまで到達した。

　第一階層を攻略した二人は、長い階段を下りて次の第二階層へと降り立った。すると突然、システムＡＩによるアナウンスが流れる。

【Emergency Mission!】

『条件が満たされた事により、緊急ミッション【共闘か、対立か】が開始されます。それによって他のダンジョンのプレイヤーと合流しました。この階層に限り、複数のパーティーが同時に攻略を進めるエリアとなります』

　これはダンジョン内で稀《まれ》に発生する緊急ミッションであり、本来ならばパーティーごとに別々のエリアが生成されるインスタンスダンジョンが、このミッションが発生した階層に限り、他のパーティーのプレイヤーと共通のエリアと化すのだと言う。ダンジョン実装から数日で、数は少ないが発生したという情報が報告されていた。

「確か、こういう場合はどうなるんだったか……」

おっさんが呟く。するとその回答が、すぐにシステムメッセージによりもたらされた。

**『この階層は通常より強力なモンスターや、豪華な宝箱が多数存在します。またこの階層に限り、他のプレイヤーへの攻撃・殺害による悪名値上昇のペナルティが解除されます』**

その言葉の指し示す意味とはつまり、協力して攻略するも、宝を巡って争うも全て、プレイヤーの判断次第という事だ。普段よりもレアアイテムが出やすい事に加えて、この場に限ってはプレイヤーキルに対するペナルティが一切適用されない事で、開発者は対立を煽《あお》りたいようだ。

「随分とまあ、意地の悪い仕掛けじゃねえか。このゲームを作った奴は絶対ろくな奴じゃねえな」

「全くだ。根性曲がりのクソ野郎に違いない」

ペナルティの一切発生しないこの場において、他人を蹴落としてでも財宝を手にするか否かの判断は、各プレイヤーの意志と良識に委ねられる。また自分にその気がなくとも、相手もまたそうである保証など一切ない。ゆえにどうしても、他人と戦う覚悟は必要になるだろう。

「相手に協力する意思があるならば攻略を優先したい。良いか？」

「おう、構わねえぜ。だが逆に向こうがやる気なら……」

「ああ。その時は容赦はしないさ」

方針を確認し、二人は次なる階層へと歩を進めるのだった。

＊

一方その頃、四葉煌夜はモニターの前で邪悪な笑みを浮かべていた。

「ククク……よし、良いぞ。争え……争え……」

そんな台詞《せりふ》を吐きながらプレイヤー達の挙動を見守る彼に周囲の社員達はドン引きである。

「チッ、誰が根性曲がりのクソ野郎だ馬鹿息子め。もう少しお父様を敬いやがれってんだ。俺はこんなにもプレイヤーの事を想《おも》っているというのに」

画面の向こうでカズヤが放った言葉に反応して悪態を吐《つ》くクソ野郎、もとい四葉煌夜。彼の言葉に反応した部下が思わず尋ねる。

「あのプレイヤー、カズヤさんでしたか。息子さんなんですか？」

「おう。あれは四葉一夜《かずや》……間違い無くうちの長男よ。ついでにあっちの馬鹿は不破《ふわ》恭《きょう》志郎《しろう》。義弟《おとうと》だ」

煌夜が画面内のおっさんを指差して言った。彼の言う通り、謎のおっさんこと不破恭志郎は煌夜の妻にしてカズヤの母である四葉桜《さくら》（旧姓・不破桜）の、血は繋《つな》がっていないが弟に当たる。

つまりおっさんとカズヤはこの男にとっては身内である。それも一人は二十年以上の付き合いの親友にして義弟、もう一人は己の血を引いた実の息子である。

それをゲーム内とは言え一切躊躇《ちゅうちょ》せずに全力でブチ殺そうと画策する辺り、やはりこの男は本物のロクデナシであった。

＊

「おっと、ありゃあ豪華な宝箱か。ツイてるねぇ」

上級ダンジョンの第二階層を進む、おっさんとカズヤ。彼らはダンジョンをある程度進んだところで、広い部屋へと辿り着いた。そしてその部屋の中央に、大きな宝箱があるのを発見した。

マップを確認すると正四角形の形をした部屋で、一辺が百メートルほどのなかなか広い部屋である。天井もかなり高い。部屋の入口の扉は四つあり、四方の壁の真ん中に一つずつ存在していた。

そして部屋の中央に一つだけ、通常の宝箱とは明らかに違う、豪華な装飾がされた虹色に輝く宝箱が置いてあった。大きさも普通の宝箱の倍ほどもある。箱の外見がこうである以上、中身もそれなりの物が期待出来そうだ。

「罠はなさそうだな」

「おう……いや待ちな。箱に罠はねぇが床にあるぜ。宝箱の近くに地雷が埋まってやがらあ」

「……む、盲点だった。どうしても箱に目が行くからな……」

「この仕掛けを考えた奴は絶対にろくな奴じゃねえな」

「全くだ。きっと仕事が忙しいとか言いつつ一ヵ月も家に帰ってこない上に、子供の授業参観にも出た事がないようなクズに違いない」

「ついでにハゲだ」

「足も臭い。間違い無い」

二人は四葉煌夜に対する罵倒を口にしつつ、協力して宝箱周辺のトラップを解除していった。更に念の為にと広い部屋全体を見て回る。何がトリガーとなって罠が発動するか分からないし、用心に越した事はないからだ。

「ここの壁にもあったぞ。箱を開けると毒矢が飛び出してくる」

「そっちもか！　こっち側にはモンスターを呼び寄せるアラームが仕掛けてやがったぜ」

そうやって数十個のトラップを解除し、全ての罠が無力化された事を確認すると、いよいよ二人は宝箱を開けようとする。だがその前に、バンッ！　という音と共に、扉の一つが開け放たれた。

「ククク……フハハハ……ハーッハッハッハッハ！」

高い声で三段笑いをしながら部屋へと入ってきた闖入者《ちんにゅうしゃ》が一人。その人物は身体《からだ》を大きく反らしながらひとしきり高笑いをすると、彼らのほうを向いた。それは中学生くらいの小柄な少女だ。

顔は整っているが幼さを残し、美しいというよりは可愛《かわい》いといった形容詞が似合う。

髪は長い銀髪で、それを頭の左右で結んだツインテール。手にはその背丈よりも長い魔導杖《まどうつえ》を持ち、そして右目に付けた魔術的な模様の入った黒い眼帯が人目を引く。隠していない左目の、瞳の色はルビーのように輝く赤色だ。

服装は、白と黒を基調とした高級そうな服に黒いマント。それらに包まれた肢体は折れそうなほどに細く、スタイルは年相応で慎《つつ》ましやかである。発展途上ゆえ、今後の成長に期待したい。

「クックック……我が前に現れた贄《にえ》の顔を見にきてみれば……叔父上に加えて、我と高貴なる血を分けし、親愛なる兄上ではないか！　ククク……今宵《こよい》は素晴らしき夜になりそうだ」

大仰なポーズを取りながら開口一番にそう言い放つ銀髪の少女はエンジェ。以前おっさんやアナスタシアと共にダナン地下墓地を冒険した、魔王の二つ名で呼ばれるプレイヤーだ。

本人が言うように、彼女は現実世界においてはカズヤの実の妹であり、本名は四葉杏子《きょうこ》。十四歳の女子中学生である。

(〈面倒なのが来やがった〉)

おっさんとカズヤが同時に心の中で叫ぶ。だが彼らにとっての災難は更に続いた。直後にエンジェが入ってきた扉とはまた別の扉が音を立てて開く。そしてその奥、薄暗い通路からゆっくりと歩いてくる人物が一人。その人物はフードの奥で口角を吊り上げ、笑みを浮かべながら言う。

「おやおやぁ……？　これはこれは、龍王と魔王の兄妹《きょうだい》に加えておっさんまでいるじゃァありませんか！　やっぱいいなぁ、どいつもこいつも美味《うま》そうで、誰から食おうか迷っちまうなぁ！　ヒャッハー！　ボーナスステージだァ！」

その人物は真っ赤なローブで全身を隠し、そして背中に負うは巨大な大鎌。その姿はまさに死神のようである。

身長は百六十五センチメートル程度であり、男にしてはやや低く、女にしてはやや高い。また顔はローブのフードを目深に被《かぶ》っているせいで隠されている為見えない。

そのせいで一見、男か女か判断がつきにくいが、声と、ゆったりしたローブの上からでも分かる胸部の膨らみによって、女性である事だけは分かる。口調と発言内容はどこぞのモヒカン頭のような、ガラの悪いチンピラじみたものだが。

そのプレイヤーネームは【レッド】。人呼んで赤い死神、殺人鬼《キラー》レッド。ＰＫＫ……すなわち、ＰＫ《プレイヤーキラー》や犯罪者を殺す事をメインに活動している危険人物だ。

ＰＫを倒すプレイヤーと言えば、一見正義の味方のように聞こえるかもしれないが、この女はそんな立派なものではない。単に強敵との戦いが三度の飯より大好きで、ＰＫと戦うのは単に、こちらに対して遠慮をしない強敵との激しい戦闘を求めているからに過ぎない。いざとなれば一般人にも喧嘩《けんか》を売り、自分がＰＫとなる事すら躊躇しないであろう戦闘狂。そんなレッドが今この場でどう動くかは、火を見るよりも明らかであった。

（更に面倒なのが来やがった……！）

謎のおっさん、エンジェ、レッド。βテスター達を震撼《しんかん》させた七英傑の中でも【ヤバいほうの三人】【フリーダム枠】等と分類されている三人が、この場で一堂に会してしまった。このままでは残された常識人枠であるカズヤの胃がストレスでマッハである。

「おうカズ坊、お前の妹だろ。早く何とかしろよ」

「……不本意だが仕方ない。レッドを頼む」

向こうの二人は明らかにやる気になっている為、こうなってはもはや倒すしかないだろう。おっさんとカズヤは素早く分担を決めると二手に分かれた。おあつらえ向きに広い部屋で、そして勝者の報酬となる豪華な宝箱まで揃《そろ》っている。広いフィールドを二つに分け、彼らはそれぞれの相手と対峙《たいじ》した。

「フハハ、兄上が我の相手か。愉《たの》しき夜になりそうだ」

「面倒だが仕方があるまい。妹と遊んでやるのも兄の役目か」

「クク、その余裕がいつまで続くか楽しみだ。かつての我と同じだと思うなよ兄上！」

「そうか。ならば見せてみろ、お前の成長とやらをな」

カズヤは実の妹であるエンジェに、二振りの剣を構えて向かい合い、

「よっしゃ、おっさんキター！　さあ遊ぼうぜ！　βテストん時の借りを返してやらあ！」

「相変わらずうるせぇ小娘だ。βテストで俺とカズ坊に惨敗した時よりはマシになってるんだろうな？」

「勿論《もちろん》さ！　あれから俺も相当腕を磨いたからなぁ。退屈させねえ自信はあるぜ？」

「そうかい。なら、せいぜいおっさんを楽しませてみな」

おっさんはいつもの自信に溢《あふ》れた表情で、レッドを迎え撃つ。今ここに、決戦の幕が上がった。

*

「【コールサーバント：ボーンドラゴン】！　来たれ従僕！　その暴威を以て我が敵を粉砕せよ！」

エンジェが懐から黒い骨を取り出し、魔法を発動させる。彼女が使用したのは【召喚魔法】スキルに属する魔法だ。召喚魔法は触媒を利用して魔物を召喚し、下僕として従えるスキルだ。彼女が使用した召喚触媒である黒い骨は、以前おっさんと共に髑髏《どくろ》の王を倒した時に入手した物だ。

「【コールパートナー：ルクス】」

同時にカズヤもアビリティを発動させる。彼が使用した【コールパートナー】は、【テイミング】スキルに属するアビリティだ。テイミングはモンスターと心を通わせ、共に歩む為のスキル。

「グオオオオオオオオッ！」

「キュイー！」

恐ろしい唸《うな》り声《ごえ》を上げる黒き骨竜がエンジェの前に、可愛らしい鳴き声を上げる白き幼竜がカズヤの隣に、それぞれ同時に出現した。

「ククク、見るが良い兄上！　これぞ我が最凶の僕《しもべ》だ！」

自慢げに小さな胸を張りながら、エンジェが骨竜に攻撃命令を出す。カズヤは素早く自身と幼竜に支援魔法をかけると、二本の剣を抜き放って骨竜を迎え撃った。

エンジェは骨竜を戦わせている間に、魔法の詠唱を開始する。彼女が詠唱している魔法は範囲・威力共に絶大だが、詠唱時間が非常に長い奥義だ。

召喚魔法スキルによって召喚した下僕に足止めをさせ、強力な攻撃魔法で仕留める。これがエンジェの最も得意とする戦い方であった。

骨竜が巨大な骨の爪を振るう。カズヤはそれを左の剣で受け流し、右手に装備した剣で骨竜の腕を切断。更に炎の矢を骨竜の頭へ向けて放った。主《あるじ》であるエンジェを狙いたいところではあるが、骨竜がその巨体で上手《うま》く射線を遮り、エンジェを庇《かば》っている為、それも叶《かな》わない。

相棒の幼竜、ルクスもその小さな身体から光属性のブレスを放ち攻撃する。だが骨竜の耐久力はかなり高いようで、そのＨＰはまだ多く残っていた。

「ガアアアアアアッ！」

「チッ……【アラウンドカバー】【クロスガード】！」

咆哮《ほうこう》を上げながら、骨竜が強烈な暗黒属性のブレスを放った。広範囲のブレスがカズヤとルクスを纏《まと》めて呑《の》み込《こ》もうとするが、その寸前にカズヤはアビリティとアーツを同時に発動させた。

範囲攻撃の対象を自分一人に変更させ、味方を庇う【アラウンドカバー】により、幼竜ルクスを攻撃から守る。それと同時に【二刀流】と【武器防御】スキルを上昇させる事で取得可能な防御用アーツ【クロスガード】を発動し、ジャストガードによって自身へのダメージを軽減する。

それによって被害を最小限に抑える事は出来たが、それでもカズヤのＨＰは二割ほど削られてしまい、更に毒の状態異常が付与されてしまった。

「ククク……いかに竜とは言え、生まれたての幼竜などその程度よ！　そんな役立たずを庇って不利になるとは、兄上もヤキが回ったものだ。どうせ習得するならば召喚魔法のほうが手軽で便利だろうに……何故《なにゆえ》兄上はそうも、使えないスキルに拘《こだわ》っているのやら」

テイミングモンスターを庇って負傷し、毒を受けたカズヤを見て嘲笑するエンジェ。彼女の言うように、カズヤの戦闘スタイルはその多くが、いわゆる【不遇スキル】や【ネタスキル】、あるいは【地雷ビルド】などと呼ばれるものだ。

使い手に高い技術が要求され、アーツも威力とヒット数こそ優れているが隙の大きい物が多くて扱いにくい二刀流。要求されるステータスの種類が多く、他の複数のスキルと組み合わせなければ、まともに使い物にならない魔法剣。これらのスキルは見た目が格好良い為、習得する者はそれなりに多くいたが……その使い勝手の悪さゆえに、その殆《ほとん》どが挫折していた。

更には【テイミング】スキル。これは魔物を捕らえ、仲間にして育て、共に戦う為のスキルなのは先程も述べた通りである。だがモンスターを育てて、戦力として鍛える為には非常に手間がかかる。当然その手間の分だけプレイヤー自身の成長はどうしても遅れるし、モンスター用の装備や餌代などでゴールドも消費する事になる。単純に強くなりたいならば、それらのリソースを自分の成長に使ったほうが手っ取り早い為、多くのプレイヤーはテイミングを不便な、不遇なスキルとして認識していた。

その点において【召喚魔法】スキルはとても便利だ。召喚の行使や維持にMPを消費し、また一部の強力なモンスターの召喚には触媒が必要だが、基本的に召喚される魔物は使い捨てである。魔物の戦闘力はスキルを鍛え、アビリティを習得・強化する事で上げられるし、維持や育成について細かく考える必要はない。手軽に前衛を呼び出せる、魔法使いにとっては実に便利なスキルであり、多くの魔法使いプレイヤーはこちらを選択していた。

「……役立たず。それに使えないスキル。今、そう言ったな」

険しい顔で、カズヤがエンジェを睨《にら》みつける。その隣では幼竜のルクスが、悲しそうに俯《うつむ》いていた。己の無力さゆえに主が傷を負い、馬鹿にされた事を悲しんでいるのだ。人によってはそれを、ただのAI、作り物の心と笑うであろう。だがたとえそうであっても、そこにある悲しみは、その心は本物だ。少なくともカズヤは、そう信じていた。

二本の剣を握る手に力を込め、カズヤは口を開いた。

「おい愚妹。貴様に二つ教えておこう」

「何……？」

「まず一つ目……『使えない物、不要な物など、この世界に何一つとして存在しない』。存在する以上、この世にある全ての物には誰かに必要とされるだけの力がある。使えない？　役に立たない？　それは単にお前達の技量が低く、発想が貧困な為に、真の価値に気付けないだけだと知れ」

そんなカズヤの気迫と痛烈な罵倒に一瞬、気圧《けお》されるエンジェだったが、すぐに強気な表情に戻り、言い返す。

「ククク、随分とでかい口を叩《たた》くものだ！　ならばそれを証明してみせるが良い！」

「ふん……言われるまでもない。行くぞルクス！」

「キュイー！」

カズヤが剣を掲げ、ルクスの身体が光を放つ。そんな一人と一匹へ、骨竜が猛然と襲いかかった。だがその瞬間、ルクスの小さな身体がより一層、力強い輝きを放った。そして……

「限界を超え、真の力を示せ！【リミットブレイク】ッ！」

「な……なんだと……ッ!?」

現れたのは骨竜よりも更に巨大な、白銀の鱗を持つ雄々しくも美しいドラゴン。白いドラゴンはその巨体で骨竜の体当たりを受け止め、腕を振るって殴り倒す。更に大きく口を開け、その鋭い牙で骨竜の頭を噛《か》み砕《くだ》いた。

テイミングモンスターは主と共に戦い、経験を積む事でより強力な種族に進化する事が出来る。そしてテイマーの最終奥義と呼ばれるアビリティ【リミットブレイク】は、自分のテイミングモンスター一匹を、一時的にだが最大で三段階まで進化させる強力な効果を持つ。

現在のルクスの種族は第一段階の【ホーリードラゴン・パピー】だが、それがリミットブレイクの効果によって、第四段階の【エンシェント・ホーリードラゴン】へと進化したのだ。

　そしてカズヤもまた剣と魔法を巧みに操り、骨竜を切り刻んでゆく。【魔法剣】スキルによって武器に魔法が付与され、物理攻撃と同時に追撃の魔法が自動発動する。更にカズヤは【マルチアクション】スキルによって攻撃魔法による攻撃も行ない、そしてルクスの巨体による体当たりとブレス攻撃も追加される。

　片手剣アーツ。魔法剣。元素魔法。二刀流アーツ。魔法剣。神聖魔法。格闘アーツ。いつのまにか忍び込んで宝箱を狙っていた犬耳忍者に向けて魔法を放つ。慌てて飛び退《と》いて消える忍者。片手剣アーツ。魔法剣。ルクスの追撃。まるで嵐の如《ごと》く、休む事なく次から次へと攻撃が繰り出される。それにより、骨竜のＨＰが一気に減少する。

「終わらせる！」

「ギャオオオオオ！」

　カズヤが二本の剣を同時に振り抜き、ルクスが爪を振り下ろす。

　その攻撃で骨竜のＨＰが０になり、バラバラの骨と化し……消滅した。

「これが、お前が使えないと言ったものの力だ」

　カズヤがそう言い放つ。それに対し、エンジェは……

「あぁーっ！　こいつ呼び出す触媒めっちゃレアなのに！　お兄ちゃんのバカ！　……………あっ」

　思わず素に戻って涙目で叫ぶが、ハッと我に返るエンジェだった。

「……コホン。ククク、言うだけあって大したものではないか！　使えないと言ったのは訂正しよう。だが、もう遅い！　勝ったのは！　この！　私だああああ！」

勝ち誇るエンジェ。骨竜は倒されこそしたが、一番重要な役目……時間稼ぎは果たしてくれた。そう、エンジェの詠唱が完了したのだ。

「我が魔力よ、地獄の業火となりて全てを焼き払え！　【インフェルノスフィア】！」

詠唱時間こそ長いものの、圧倒的な射程と攻撃範囲、そして火力を持つ元素魔法の奥義が放たれる。そして既に放たれたそれを止める術《すべ》は、カズヤにはない。半径一メートルはあろうかという巨大な火球がエンジェより放たれる。その攻撃範囲は、着弾地点を中心におよそ半径五十メートルという驚くべき広さだ。

すなわち部屋の中央に向けて放てば、部屋全体を超火力の炎が焼き払うだろう。カズヤとルクスは勿論、離れた場所で戦っているレッドにおっさん、いつのまにか忍び込んで漁夫の利を狙おうとしているアナスタシアも巻き込んで、全員殺して大勝利。勝ったッ！　第一部完ッ！

思わずほくそ笑むエンジェであったが、しかし……

「相変わらず、詰めが甘い」

カズヤはそう言い放ち、奥の手を発動させる。先程使用した【リミットブレイク】は、あくまでテイマーとしての切り札だ。だが彼の手札はそれのみにあらず。

「【フラッシュキャスト】、【トリプルキャスト】」

一定時間、詠唱時間を大幅に短縮させるアビリティ。更に一定時間、魔法を三つ同時に操る事の出来るアビリティ。それらを発動させるカズヤ。

「【コールパートナー：アンブラ】、【コールパートナー：アウラ】。出番だ、お前達」

「アオーーーーーーーン！」

「任せなさいっ！」

更にテイミングスキルにより黒い毛並みを持つ大型の狼《おおかみ》【シャドウウルフ】と、羽が生えた小さな少女【フェアリー】を追加で召喚する。

「行くぞッ！」

そしてカズヤは、高速の多重詠唱によって様々な魔法を、エンジェの火球に向けて放った。

「お前が圧倒的な火力で焼き払うと言うならば……」

そしてテイミングモンスター達もカズヤに続き一斉攻撃。黒い狼が咆哮と共に暗黒属性の魔法【ダークボルト】を、カズヤの肩に乗った妖精が疾風属性の魔法【ウィンドカッター】や電撃属性の魔法【ライトニングボルト】を、そして【リミットブレイク】の効果により巨大化したルクスが、その巨大な口から光線を放つ。それら一つ一つはエンジェの奥義に比べれば小さく、弱い。だがカズヤは、それらの小さな力を束ね、強大な力へと立ち向かう。

「俺は圧倒的な物量で押し潰す！」

間断なくぶつけられる魔法攻撃が火球の力を弱めていき、遂《つい》には完全に相殺する。

「なん……だと……！　くっ、こうなったら！」

その出来事に愕然《がくぜん》とするエンジェだが、すぐに立ち直るとすぐさま不利を悟り、最後の手段に出る。テイミングモンスターを魔法で攻撃し、それを庇うであろう兄の隙をつく構えだ。勝てる可能性はあまり高くはないだろうが、最悪逃げるくらいは出来る筈《はず》だ。

一瞬でそう判断した事は流石《さすが》と言えよう。しかし彼女はミスを犯した。

「まだ勝てるチャンスはあるかもしれない」

などと考え、欲を出したのだ。結果的にこの判断は誤りであった。最初から逃げる事だけを考え、全力で遁走《とんそう》すれば彼女は助かっただろう。背中を向けて逃げ去る妹にトドメを刺すほど、カズヤは無慈悲ではない。

しかし彼女は迂闊《うかつ》にもその場に留《とど》まった。更にカズヤ本人ではなく、彼の大切な友であるテイミングモンスターを狙った事もまた、龍の逆鱗《げきりん》を撫《な》で回《まわ》すが如《ごと》き愚行。二度もそれを許すような龍王ではない。

「何っ……！」

魔法が発動する前に、エンジェは手に衝撃を感じ、思わず杖を取り落とす。何事かとエンジェはカズヤへと目を向けると、

「鞭《むち》……だと⁉」

そこには【クイックチェンジ】によって、左手の剣を鞭へと持ち替えたカズヤの姿。鞭の長い射程により、離れた場所から的確に、杖を持つ手を叩いたのだ。

「さっき二つ教えてやると言ったな。これがその二つ目だ……」

右手に長剣、左手に鞭を構え、カズヤが迫る。今度こそエンジェは逃走を図る……が、既に間に

合わない。カズヤが放った鞭のアーツ、【バインドウィップ】により拘束され、エンジェの動きが完全に止まった。

そこにカズヤの片手剣アーツ【パワーストライク】による刺突が直撃する。

「『兄より優れた妹など存在しない』！　お前が俺に意見するなど百年早い！」

そしてエンジェのHPが、その攻撃によって大きく削られる。だが、それは0にはならず、ごく僅かに残された。勝負はついた。カズヤはそれを見届けると、エンジェの拘束を解除した。

「ううう……うわーん！　お兄ちゃんのばか！　あほ！　鬼畜！」

最後の悪あがきに涙目で捨《す》て台詞《ぜりふ》を残すエンジェであった。

「そうか。冷蔵庫にコーヒーゼリーを作って入れておいたが不要か。では俺が処分しておこう。それからトドメも刺してやろうか」

「あっすいません待ってお願い許してお兄様」

エンジェは土下座した。それは一片の無駄もない見事な土下座だった。彼女が兄を超える日は、まだまだ遠そうである。

兄が作るコーヒーゼリーは彼女の大好物なのだ。普段は店で出される為、口に出来る機会はそれほど多くないのだ。

ちなみにカズヤは現実世界でネットカフェを経営しており、高性能なマシンと過ごしやすい環境、そしてネットカフェらしからぬ異様に美味い料理に、店長が淹《い》れる異様に美味いコーヒーが評判の店だ。なお近々、アルカディアを開発・運営しているアルカディア・ネットワーク・エンターテイメント社、ＶＲ機器を開発・販売しているキサラギ社と提携してフルダイブＶＲゲームコーナーを設けようとしているが、それはまだ極秘である。どうかご内密にお願いしたい。

カズヤは鞭を仕舞い、剣を鞘《さや》へと戻した。そこで【リミットブレイク】の効果が切れたのか、ルクスが元のサイズに戻ると、カズヤの腕の中に収まった。だいぶ疲労している様子だ。

「ルクス、よく頑張ったな」

全力を出し切った幼竜を腕の中に抱き、頭を撫でるカズヤ。そんな彼のもとに、黒い狼や妖精もやってきて、隣に寄り添う。

妹の手前、強気な台詞を吐いたが自分一人で勝利する事は難しかっただろう、とカズヤは考える。何しろ奥義魔法を止められなければ、ほぼ確実に一撃で勝負がつくのだ。今回は上手く止められたが、次回もそれが出来るとは限らない。

次はエンジェも工夫をしてくるだろう。結果はカズヤの完全勝利ではあるが、実際のところ彼らの実力には、今回の結果ほどの大きな差はない。

(だが、そう簡単に妹に負けてやる訳にもいかないのでな)

まだまだ、自分は高い壁としてあり続けなければならない。そして自分には頼りになる相棒達がいる。だから誰が相手だろうと負けはしない。幼竜の頭を撫で、自分の事も構えと服や身体を引っ張ってくる狼や妖精の事を宥《なだ》めながら、そう思うカズヤであった。

＊

戦いの始まりを告げたのは、一発の銃弾だった。それは赤いローブを着た女、レッドの手に装備された長銃から発射されて、真《ま》っ直《す》ぐにおっさんの額に向かって飛来する。

しかし、それはおっさんに命中する前に弾《はじ》き落《お》とされた。そう……他でもないおっさんの手によってだ。優れた反射神経と動体視力をお持ちの方ならば視認出来たかもしれないが、おっさんは発射された銃弾を、己の手に握られた魔導銃剣から発射された魔力弾で撃ち落としたのだ。

「知らなかったのかレッド。俺に飛び道具は効かねぇんだぜ。流石に何百発も一気に撃たれれば話は別だがな」

「いやいや、ただの挨拶代わりさ。噂《うわさ》の【矢落とし】も見たかったしな」

レッドが言った、この【矢落とし】なる技だが、これはアーツやアビリティによるものではない。いわゆる「システム外スキル」と呼ばれるものだ。

おっさんは銃口の向きや射手の目線や筋肉・骨の動き、呼吸、殺気、魔導銃の動作するかすかな音に空気の振動といった、ありとあらゆる情報を感知・計算した上で、一瞬にして銃弾の弾道を予測したのである。来る事が分かっている弾丸など、避《よ》けるも撃ち落とすも、おっさんにとっては容易《たやす》い事だ。卓越した予測能力と精密な射撃による飛び道具の無効化。これこそがおっさん七大兵器の一つ、【矢落とし】であった。

「フン……見物料は高くつくぜ」

そして二人は同時に、弾かれたように動き出す。おっさんの両手には黒い二挺《ちょう》の魔導銃剣【ブラックライトニング】が握られている。対するレッドの手に握られているのは、これまた赤い色の双剣だ。

　レッドの剣をおっさんが魔導銃剣のブレードで受け流し、おっさんの銃剣による刺突をレッドが紙一重で回避する。更にレッドは左右一対の双剣を連続で素早く振るって攻撃するが、おっさんはそれを躱《かわ》し、受け流し、時には銃弾で弾く事で狙いを逸《そ》らす。だがおっさんの攻撃もまた、レッドの双剣に阻まれて、あるいは凄《すさ》まじい反射神経によって紙一重で回避されて、直撃は一つもない。

　至近距離で幾度も刃や銃弾を交わし合いながらも、お互いに無傷のまま戦いは進んだ。

　パワーは互角。そして単純なスピードや反射神経はレッドが上を行く。だが見切りや体捌《たいさば》きといった技術や経験による戦闘勘によって、おっさんはその差を埋めていた。今のところ、総合力では互角に見える。

「ほう、少しはやるようになったじゃねぇか。だが、このままだと埒《らち》が明かねぇな」

「そうだな、それじゃあ……第二ラウンドと行こうか！　【クイックチェンジ】！」

　目で追えないほどの斬撃の嵐を繰り出しながら、二人は会話を交わす。そして、どうやら戦局が動くようだ。

　その切《き》っ掛《か》けを作ったのはレッドであった。高速換装アビリティ【クイックチェンジ】の効果によって、レッドの手にある双剣が消滅してアイテムストレージへと送られ、それと同時に新たな武器がその手に装備される。新たに装備されたのは、両手持ちの戦　槌《ウォーハンマー》だ。非常に重い為攻撃速度は遅いものの、強烈な衝撃属性の打撃攻撃を可能とする威力重視の武器である。

「ヒャッハー！　こいつでミンチにしてやるぜ！」

「ハッ……当たるかよ、そんな大振り！」

レッドがハンマーを大きく振るい、強烈な打撃を繰り出す。だが思い出していただきたい。素早い連続攻撃が可能な双剣を使って、レッドはおっさんと互角であったのだ。

ハンマーは威力こそ高いが、前述の通り非常に重く、扱いにくい武器である。当然そんな物を正面から振ったところでおっさんには当たらず、あっさりと回避される。更におっさんは、反撃の銃弾をレッドに向けて二発、三発と放つ。レッドは回避しきれず、遂に銃弾の直撃を受けた。

【クイックチェンジ】は便利だが、一度使うと一定時間の間は使えない。レッドがハンマーを持っている間に、おっさんは速度で攪乱《かくらん》しようと考えた。それに対してレッドはハンマーを大きく、大上段に振りかざす。より一層、威力を重視した構えだ。

一体レッドは何を考えているのか。攻撃が当たらぬからといって、一か八かの一撃必殺にかけたのであろうか？　まさかそんな破れかぶれの一撃が、おっさんに通用するとでも、本気で思っているのだろうか？

隙だらけのレッドに対し、おっさんは素早く魔導銃剣による連続攻撃を食らわせる。そしてブレードを突き入れながら、そのまま零距離で銃弾を放つ。レッドのＨＰが全体の六割程度まで減少した。それを確認したおっさんは、レッドの反撃が来る前に素早くバックステップで距離を取るが、その瞬間、レッドの手にあるハンマーが消えた。そして代わりに彼女の手元に現れたのは、巨大な処刑鎌《デスサイズ》であった。

（モーションキャンセル……更に連続でクイックチェンジだと……？）

「ヒャッハー！　かかったなおっさん！　死ねえ！」

レッドは何らかの効果によって戦槌のモーションを強引にキャンセルし、再び武器を瞬時に換装した。そしておっさんの首を目掛けて、新たに装備した巨大な処刑鎌の刃を振るった。

丁度距離を取ろうとバックステップをした直後であった為、おっさんの身体は空中にあって、回避は不可能である。次の瞬間には、死神の刃がおっさんの首を刎ね飛《と》ばすだろう。

また双剣とは違い、重く巨大な刃は銃弾をぶつけて弾く事も、魔導銃剣のブレードで防ぐ事も難しい。もはや逃げ場はなく、このままおっさんはレッドの斬首攻撃を受けて敗北してしまうのか？

「ちぃぃぃぃッ！」

目前に迫る死の気配。ゲームの中の出来事であり、実際に死ぬ訳ではないが、目の前の死神めいた人物によって振るわれるそれは、まるで現実と錯覚されるほどの殺意が込められていた。

それを前にして、おっさんが切り札の一つを切る。

人は死に直面した時、異常な集中力により時間を非常に遅く感じられるという。いわゆる走馬灯というものがそれだ。脳のリミッターが解除される事で、通常とは比べ物にならないほどの思考速度を得る為だと言われている。

おっさんは、それを意図的に引き起こす。己の意志で脳のリミッターを外す事で得られる神速の思考速度。それによって起こるのは擬似的な時間停止だった。

おっさんの視界から急速に色と音が失われ、全てが停止する。おっさんは止まった世界の中をゆっくりと動き、レッドの攻撃を回避しつつ彼女の後ろに回る。

「……消えた？」

完璧なタイミングでの奇襲だった筈だ。だが寸前でおっさんが姿を消し、攻撃が空振りに終わった事でレッドが首を傾《かし》げる。

「つーか、おっさんどこ行った？」

「お前の後ろだ」

レッドの背後で気配を完全に殺していたおっさんが、彼女の耳元で声をかける。レッドは驚きながらも身体を回転させ、処刑鎌を振り回して背後のおっさんを攻撃する。

「どこを見ている」

だがレッドが振り返りながら攻撃した時、既にそこにおっさんは存在せず、また別の離れた場所に出現していた。

「……おっさん、何で今攻撃しなかった？」

先程背後を取られた時、おっさんにとっては攻撃する絶好のチャンスだった筈だ。だがおっさんはそれをしなかった。手加減されたと思い不機嫌になるレッドだったが、それに対しておっさんは少し困ったような顔で言う。

「……思わず使っちまったが、流石にアレは反則みてぇなモンだからな。流石にあのまま攻撃するのはフェアじゃねぇと思ったまでだ」

「……そうかい。ところで実際何をどうやったのか聞いても良いかい？」

「教えたところで簡単に出来るようなものじゃねえが、俺に勝てたら教えてやっても良いぜ」

「そりゃ楽しみだ。それじゃ、仕切り直しといこうか！」

レッドが処刑鎌を振りかぶる。だがおっさんとレッドの距離は離れており、近付かなければ鎌による攻撃は当たらない。一体どうするつもりなのか。

「飛んでけぇ！」

次の瞬間、レッドが行なったのは巨大な処刑鎌を投げつけるという行動だった。これは鎌と投擲《とうてき》の二つのスキルを上げる事で習得可能なアーツ、【デスサイズブーメラン】だ。巨大な大鎌が回転しながら、ブーメランのように放物線を描いておっさんに向かって飛んでいく。

それと同時にレッドも、放たれた大鎌を追いかけるようにおっさんに接近する。次にその手に握られているのは槍《やり》だ。

「見ろ、おっさん！　これが俺の切り札だ！」

おっさんが上体を限界まで反らしてブリッジをするような姿勢になり、処刑鎌の投擲を躱した。そこにレッドが両手槍を構えて突撃してくる。これは槍のアーツ【ランスチャージ】だ。おっさんはそれをサイドステップで冷静に回避しながら、魔導銃剣で射撃を行なおうとするが……

「まだまだぁ！」

次の瞬間にはレッドの装備が刀へと変わっており、槍突撃のモーションをキャンセルして急停止しながら、今度は居合による攻撃を仕掛けてきた。

おっさんは射撃を中断し、レッドの刀を魔導銃剣のブレードで受け流す。

「チッ……今度は刀か！」

そして刀が消え、レッドが戻ってきた処刑鎌を振り回す。それを避けたと思ったら、今度は瞬時に武器を双剣へと替えて素早い連続攻撃を仕掛けるレッド。まるで武器のバーゲンセールだ。

「……詳しい事は分からねぇが、どうやら複数の武器を使い分ける事に特化したスキルを使ってるようだな」

おっさんがレッドの不自然な動きの原因に当たりをつける。

「ご名答！　これが俺の新しい力、【マルチウェポン】スキルだ！」

すると、レッドがその正体を明かした。彼女が使う【マルチウェポン】スキルはその名の通り、複数の武器を使い分ける事のみに特化したスキルである。

カズヤが使う、武器と魔法を同時に使う事に特化した【マルチアクション】と対を成すこのスキルの習得条件は、「十種類以上の武器スキルを習得し、それらのスキルレベルの合計が500を超えている事」という、数多《あまた》の武器に精通した者のみが習得可能な非常に難易度の高いものだ。

だがその分、その効果は絶大だ。何しろアーツの動作中に強制的にモーションキャンセルを行ない、武器を次々と制限なしに切り換えて戦う事が出来るのだから。

使う武器が替われば、当然のように動きも変わる。変幻自在で先が読めないレッドの連続攻撃に、流石のおっさんも防戦一方だ。

「そろそろ仕上げだ！　【マルチウェポン・デストロイ】！」

レッドが奥義を発動し、勝負に出る。その効果によって、レッドの周囲に十数人もの分身が出現した。その手にはそれぞれ別々の武器が握られていた。

この奥義はスキルレベルが50を超えている武器につき一体、その武器を装備した分身を召喚し、それらによる波状攻撃を行なうものだ。大鎌を装備した本体に加えて短剣、双剣、細剣、戦槌、両手槍、両手斧《おの》、大剣、爪、刀、弓、魔導銃をそれぞれ装備した分身の、合計十二体による攻撃が開始される。

流石のおっさんといえど、この攻撃をまともに受ければ無事には済まないだろう。四方八方から一斉に襲いかかる赤ローブを前に、おっさんもまた切り札を切る事を決断した。

「なるほど、そいつがお前の奥の手か……大したもんだ」

この幾つもの武器を次々と切り換えて戦う新たな戦術は、レッドが工夫と練習を積み重ねて作り上げたものなのだろう。その努力に対しておっさんは、惜しみない賞賛を送った。

「だが残念ながら相手が悪かったな！　どれだけ数を集めようが、所詮絶対強者の前では無力だという事を教えてやろう！」

悪の親玉のような台詞を吐きながら、おっさんが二挺の魔導銃剣を構えてレッドを迎え撃つ。

「食らいやがれ、【デッドリー・ストーム】！」

おっさんが魔導銃剣の奥義アーツを発動させた。その効果によって、おっさんが二挺の魔導銃剣を豪快に振り回しながら、全周囲に無数の魔力弾をばら撒《ま》く。

おっさんを囲んで一斉に攻撃しようとしていたレッドとその分身達だったが、避ける隙間もないほどの高密度の弾幕に次々と叩き落とされていった。

「くそっ、回り込め！　死角から攻めるぞ！」

「そんなものはこの俺には存在しねえ！」

分身に指令を下し、連携しておっさんの隙を突こうとするレッドだったが、彼女らが移動しようとする場所に、おっさんは先回りして弾幕を放っていた。

おっさんは一見すると、巨大な二挺拳銃を力任せに振り回して、適当に弾をばら撒いているように見えるかもしれない。だがその実、おっさんは緻密な計算と正確無比な先読みによってレッドとその分身の動きを事前に察知、または誘導して弾幕に突っ込ませ、効果的に迎撃していたのだ。

「だったら……こいつはどうだああああ！」

レッドが生き残った分身を集めて、一列縦隊を組んで突撃する。先頭の分身が盾になって魔力弾を受けて倒れたら、また次の分身が盾となり、それを繰り返して全ての分身を犠牲にしながら、遂にレッドはおっさんに肉薄する事に成功した。

だがしかし、おっさんはレッドがそうする事までも、既に読み切っていたのだった。

「ああ、そこ足元注意だ」

「は……？」

あと一歩でおっさんを射程内に捉えようという時に、レッドの足元で「カチッ」という音が鳴った。その正体は言うまでもなく、おっさんが事前に仕掛けておいたマイントラップだ。

「爆発オチかよ！　ざけんなああああ！」

足元で起こった地雷の爆発によって、レッドは倒れた。その爆発によってレッドが着用していた赤いフード付きのローブが破損し、その下に隠された素顔が露《あら》わになる。

現れたのは赤色の髪と瞳の、驚くほど整った顔の少女だった。体型の出にくいローブを着た状態でも目立っていた豊満な身体つきといい、男であれば誰もが見惚《みと》れるような完璧な美少女の姿がそこにあった。

とても普段のチンピラのような言動やがさつな性格からは想像出来ないだろうが、これがレッドのローブの下に隠された正体であった。

「おう、まだやるかい？」

「……もうやだ。おうちかえる」

まさかの地雷による決着と、素顔を曝《さら》け出《だ》された事によって戦意を喪失し、レッドは涙目になりながら手で顔を隠し、一瞬でセーブポイントに帰還するアイテム【帰還の羽】を使用して帰っていった。

「次は絶対俺が勝つから。覚えてろよ」

去り際にそんな捨て台詞を残して、レッドの姿が消えた。

涙目で頬を膨らませた状態でそんな事を言われても微笑《ほほえ》ましい気持ちになるだけなのだが、それを口に出すほどおっさんも野暮ではなかった。

＊

「おう、お疲れさん」

「ああ。おっさんも勝てたようだな」

おっさんとカズヤは合流し、お互いの勝利を讃《たた》える。敗北したエンジェとレッドはダンジョンを脱出した。ドサクサに紛れて、こそこそと宝を狙っていたアナスタシアも既に姿を消している。

おっさんは部屋の中央に置かれた豪華な宝箱に手をかけ、蓋を開いた。おっさんが宝箱を開けると同時に、そのすぐ近くに次の階層へと向かう階段が出現する。だがまずは、宝箱の中身を確認するのが先だ。その中にあったのは……

「金貨に宝石にインゴット、こいつは魔法の糸か。それから鎧だな」

大量の金貨が入った複数の袋と、幾つかの大粒の宝石。それから鍛冶の素材となる金属の延べ棒や、裁縫の材料になる魔法の糸がそれぞれ複数。最後に、革と鱗で作られた軽鎧だ。

「鎧だけくれ。ゴールドは山分けで、残りの素材はおっさんが取って良い」

「気前が良いこったな。随分とこっちの取り分が多いようだが」

「良いさ。俺は生産スキルは料理くらいしか取っていないしな。それにこの鎧、なかなか良い品のようだ」

おっさんが鑑定すると、鎧の品質は8。神器級だ。素材は最高級の魔獣の革とバジリスクの鱗を使った物のようで、軽いが非常に頑丈で、毒や石化といった状態異常に高い耐性を持つ逸品だ。カズヤは早速それを装備した。

カズヤの言葉に甘えて、おっさんは残りの品を手に取る。どれも価値の高いアイテムだが、その中でもおっさんはインゴットに目を引かれた。

その金属は薄暗いダンジョンの中にあっても、太陽のような山吹色の輝きを放っていた。一見すれば純金のようにも見えるが、別の物だとおっさんは感じた。

「おいおいちょっと待てよ。こいつぁまさか……」

おっさんがそれを一つ手に取って、鑑定アビリティを使用する。するとそのインゴットのアイテム名と、詳細が表示される。

表示されたそのアイテムの名は、【オリハルコンインゴット】と言った。

「やはりか……」

以前に図書館でダークメタルについて調べ物をした時に文献に載っていた為、記憶に残っていたそれは、伝説の金属と呼ばれる稀少《きしょう》素材だ。当然、おっさんも実物を目にしたのは初めてである。

「良いねぇ……何を作るか楽しみだぜ」

おっさんはそれを仕舞い込み、戻ってからの生産活動に思いを馳《は》せた。だが、それもダンジョンを攻略してからの話である。

気を取り直して、おっさんとカズヤは連れ立って次の階層を目指した。階段を下りる前に、おっさんは部屋の壁、何もない場所を一瞬だけ見たが、すぐに興味を失ったように視線を逸らして階段を下りていった。

*

「なかなか良い物を手に入れたみたいデスねー」

おっさんとカズヤが次の階層へ向かった後、彼らが戦っていた部屋に一人の少女が姿を現した。

彼女の立っていた場所は、先程おっさんが目をやった場所だ。彼女は今までずっと姿を隠すアビリティ【ハイディング】を使用して、この場所に隠れていたのだ。

その人物は犬耳と尻尾を模したアクセサリを着けて、忍《しのび》装束を着た金髪碧眼《へきがん》の少女、アナスタシアだ。彼女もまた情報収集の為にダンジョンに潜っていたところで緊急ミッションが発生して、この共通エリアに集められた者の一人だった。

彼女は最初、戦闘のドサクサに紛れて宝箱を狙おうとしたが、それは早々に看破されて他の四人に警戒されていた。その状態で宝に手を出すのは、全員を敵に回しかねない自殺行為である。

その為アナスタシアは宝箱を諦め、情報の収集を優先した。一切動かず、隠れる事だけに専念すれば彼女を見つけられる者などそうそういない。そのおかげで様々な情報を得られた。

おっさんはどうやったのか看破していたようだが、見逃して貰《もら》えたようだ。

「トレジャーボックスは残念だったケド、グッドなムービーが撮れたしＯＫデス」

アナスタシアは嬉《うれ》しそうにニヤニヤと笑った。犬耳がピクリと動き、尻尾は彼女の上機嫌を表すかのように左右に揺れた。その付け根にある尻は形が良く、豊満であった。

彼女は潜伏しながら、先程までの戦闘の一部始終を録画していたのだ。

「早速ログアウトしてムービーを編集するデース！」

アナスタシアはこのようにゲーム内で撮影した動画を、情報提供と称して頻繁に動画サイトに投稿していた。トッププレイヤーであり一流の情報屋である彼女が撮影した未開拓エリアの情報や特ダネは、このゲームのプレイヤー達の間で大人気だ。今回彼女が撮影し、これから投稿する予定のおっさん達の戦いは史上最高レベルの再生数とコメント数を叩き出し、暫《しばら》くの間動画サイトのランキングトップを独占する事になるのだった。

＊

その後、おっさんとカズヤは危なげなく第三層を突破した。道中の宝箱からドロップしたアイテムは、生産素材をおっさんが、換金アイテムや現金をカズヤが受け取った。

「良い素材が結構出たな……っと、ボス部屋か」

「ああ、ここが終点のようだな。準備はしっかりしておこう」

二人はウィンドウを操作して新たにスキルやアビリティを習得し、回復魔法やポーションでＨＰとＭＰを回復させた後に、料理アイテムを取り出して食べた。

料理はダンジョンに入る前にクックから購入したビーフカレーだ。具材は牛肉と玉葱《たまねぎ》、人参《にんじん》のみだ。シンプルイズベストである。スパイスが効いており、とても辛い。

辛いけど美味い？　美味いけど辛い？

いいや違う、そのどちらも間違いではないが正解とは言い難い。辛いから美味いのが正解である。その辛さをホカホカのご飯が優しく中和する。圧力鍋でじっくり煮込んだ牛肉もたまらなく美味い。二人は黙々とカレーを平らげ、三杯ずつおかわりをした。

高品質な料理は美味いだけではなく、各ステータスが上昇したり、特定の属性や状態異常への耐性を得られたりと、一時的に食べた者を強化する効果を持つ。これにて準備万端だ。

全ての準備を終えた二人は、意を決してボス部屋の重厚な扉を開いた。

ボスは全身を筋肉の鎧と、燃え盛る炎に包まれた巨人の姿をしている。その頭上に表示された名前は【レイジング・イフリート】。怒れる炎の精霊だ。その周囲には、取り巻きである数匹の火《ひ》蜥蜴《とかげ》【サラマンダー】の姿もあった。

「こっちに気付いてねぇな。取り巻きから殺《や》っていこうか」

「そうしよう。釣りを頼む」

カズヤが言う釣りとは、釣《つ》り竿《ざお》や餌を使って魚を釣るという事ではない。由来はそれだが、この場合は敵を一匹ずつ誘《おび》き寄《よ》せる行為の事を指す。

おっさんは狙撃銃型の魔導銃を取り出して、部屋の外からサラマンダーに狙撃を行なった。撃たれたサラマンダーが怒ってこちらに走り寄ってくる。

「【アイスボルト】」

それによってカズヤの魔法の射程内に入ったサラマンダーに、無数の氷の矢が降り注いだ。弱点属性の魔法を受けてサラマンダーが倒れる。このようにして一匹ずつ安全確実に倒すのが彼らの作戦であった。

順調に取り巻きを排除したおっさんとカズヤは、遂に本体のレイジング・イフリートへと挑む。

「やるぞ」

「ああ」

二人が部屋に足を踏み入れると、イフリートが彼らに気付いて戦闘態勢を取る。そして取り巻きのサラマンダーにおっさん達を襲わせようと指示を出そうとするが、そこでようやく周囲にサラマンダーの姿がない事に気が付いた。

「今更気付きやがったか、間抜けめ」

おっさんがそれを嘲笑《あざわら》いながら、魔導銃剣のアビリティ【ストームラッシュ】を発動させる。消費MPが多く、一度使うと暫くの間は使用出来なくなるものの、効果時間中は攻撃力と連射速度が大幅に上昇する上に、視界内のどこにでも一瞬で移動出来るようになる強力な効果を持つ。

「撹乱するぜ！　正面は任せた！」

「了解だ！」

おっさんが一瞬でイフリートの目の前に移動して、ブレードによる斬撃の連打を行なう。イフリートは炎に包まれた拳でおっさんに反撃するものの、おっさんはストームラッシュの効果で瞬間移動して、それを回避しつつ敵の死角へと潜り込んだ。

そこへカズヤが二振りの剣を抜いて、イフリートに正面から戦いを挑む。

「【フリージングバイト】！」

切断と同時に冷気属性のダメージを与える片手剣のアーツが命中し、同時に物理攻撃の際に自動的に魔法で追撃を行なうスキル、魔法剣の効果によって【アイスボルト】が発動する。

「かかってこい！」

カズヤがイフリートを挑発し、アビリティ【プロヴォーク】を発動した。挑発によって敵対心を稼ぎつつ、冷静さを失わせて防御力を低下させる効果を持つ。

それによって怒ってカズヤに攻撃しようとするイフリートに、おっさんは背後から忍び寄った。そして魔導銃剣のブレードを、二本同時にガラ空きの背中に突き立てる。

「【バックスタブ】！」

おっさんが背中にブレードを突き立てたまま引鉄《ひきがね》を引き、至近距離から魔力弾を連続で撃ち込む。それと同時に発砲の反動でブレードが傷口の中を動き回り、グリグリと抉《えぐ》って持続ダメージを与えると、イフリートはたまらず暴れ狂う。

「む！　カズ坊、スペブレ準備！　三秒後に合わせろ！」

「応ッ！」

大技の兆候におっさんが指図をすると、カズヤは疑う事なくそれに従った。直後、イフリートが高速で奥義魔法【インフェルノ】の詠唱を開始した。それは丁度、おっさんが予告した三秒後の事だった。

「【スペルブレイカー】！」

直後にその詠唱が、カズヤの魔法によって強制的に中断される。詠唱時間が長めの為、ボスモンスターやプレイヤーといった強敵を相手に使うには先読みが必要だが、どんな魔法でも問答無用でキャンセルし、打ち消した魔法の威力に応じたダメージを与える必殺のカウンタースペルが炸裂《さくれつ》した。

「チャンスだ、一気に決めるぞ！」

「ああ！　まずは俺がやる！」

大技をカウンターされた事で大ダメージを受け、イフリートの体勢が崩れた。おっさんとカズヤはそれぞれの武器を構えながら、イフリートの懐へと飛び込む。

「行くぞ、【パーフェクト・マジックエンチャント】！」

カズヤが発動したアビリティは、一分間だけ魔法剣の発動率を１００％に、効果の減衰率を０にする魔法剣士の切り札だ。これによって全ての攻撃で魔法剣が確実に発動し、普通に詠唱する時と同じだけの威力が出せるようになる。

更に彼はアビリティ【ダブルアーツ】を発動し、二つのアーツを連続使用する。

「【双龍連牙《そうりゅうれんが》】！」

最初に使用したのは二刀流の奥義だ。大きく飛び込みながら、左右の剣で同時に強烈な刺突、更に交互に振り回しながら舞うように連続で切り刻む十七連撃技。パーフェクト・マジックエンチャントの効果によって、それら全てに魔法剣が乗り、更にその間に通常の魔法による攻撃も同時に行なっている為、凄まじい勢いでヒット数を稼いでいた。

このゲームは攻撃を連続ヒットさせてコンボを繋ぐ事で、与えるダメージが少しずつだが増えていくシステムがあり、またそのコンボ・ボーナスによるダメージ増加量を増やすアビリティも存在している。

それによって大幅にダメージ量を増加させた上で、カズヤが最後の攻撃に移る。

「【飛天龍王撃《ひてんりゅうおうげき》】!!」

カズヤがダブルアーツにより準備をしていた二つ目のアーツ、彼の二つ名【龍王】の由来でもある、最も得意とする奥義【飛天龍王撃】を放った。絶大な威力を誇る代わりに準備時間が極端に長い事から実用性皆無の浪漫《ロマン》技だと言われていたその技を、彼は【魔法剣】や【ダブルアクション】との組み合わせによって自在に使いこなしていた。

まず最初に突進しながら両手の剣による強烈な刺突で敵の防御を貫き、そのまま地上での連撃で敵をダウンさせる。そして敵を打ち上げつつ追いかけ、空中コンボへと移行。そしてコンボの締めに敵を地面に向かって叩き落としながら、自身は更に上空に向かって跳躍。最後に対象に向かって急降下してトドメの一撃を見舞うという、ド派手な二十七連撃アーツだ。

「【リンク・チェイン】！　後は任せたぞ！」

「任されたぜ！」

奥義を放ち終え、下がりながらカズヤがアビリティを使用して、おっさんを支援する。彼が使用したアビリティ【リンク・チェイン】は、自身の連続ヒット数をリセットして0に戻す代わりに、そのコンボ・ボーナスを仲間一人に譲渡するというものだ。

それにより二刀流と魔法剣を組み合わせての連続奥義で稼いだ莫大《ばくだい》なコンボ・ボーナスが譲渡され、おっさんの火力が飛躍的に上昇する。カズヤは単独行動時《ソロプレイ》にもテイミングモンスターに対してこれを使う事で、手軽に高火力の追撃を可能としていた。

「オラァッ！」

おっさんが、その拳でイフリートを殴り飛ばす。渾身《こんしん》の一撃を受けて巨体が宙を舞う。

おっさんはカズヤが連続攻撃を行なっている間、ずっと力を溜《た》めていたのだ。おっさんが使っていたアビリティの名は【フルパワーアタック】。チャージ中は無防備になるが、力を溜めた時間に比例して次に行なう攻撃の威力が上がるという、単純明快だが強力な効果だ。それによっておっさんの拳に溜め込まれた力が、今解放された。

「まだまだ行くぜ！」

ブラックライトニングを再び抜き放ち、おっさんは吹き飛ばしたイフリートを追撃する。巨大な二挺の魔導銃剣を豪快に振り回して、そのブレードでイフリートを滅多切りにした。そして最後に至近距離で銃口を突き付け、引鉄に指をかける。

「【バレットカーニバル】！」

カートリッジ内の魔力弾が尽きるまで、百発を優に超える魔力弾を至近距離で叩き込まれる。それによって遂に、イフリートの身体が崩壊していった。

「グ……オ……ォォ……オ……！」

これで終わりかと思われたが、虫の息のイフリートが、最後の力を振り絞って立ち上がり、アビリティ【レイジングモード】を使用した。

「ヴオオオオオオオオオオオオオオオオ！」

「ちっ……しつけぇんだよ！」

その肉体が黒く変色し、硬化していく。勿論、変化したのは見た目だけではない。

「オノレ……ニンゲンドモ……コロス……コロシテヤル！」

殺意を漲《みなぎ》らせ、イフリートがそう口にする。

「面白ぇジョークだ。笑わしてくれた礼に惨《むご》たらしく殺してやる」

「お前には無理だ。身の程をわきまえろ」

こいつ喋《しゃべ》れたのか。内心でそんな事を思いつつ、彼らはイフリートの殺害予告に対して不敵にそう言い放ち、トドメを刺そうと攻撃をする。

だが彼らの攻撃は全て弾き返され、ダメージを与えられない。

「物理・魔法共に防御力が異常に上がっているようだ。耐性と、それから攻撃力も飛躍的に上がっている。どうやら一時的な強化能力で、死ぬ前の最後の足掻《あが》きのようだがな。このまま効果が切れるまで耐えれば俺達の勝利だ」

カズヤがイフリートに起こった変化を素早く分析し、防御を固めて時間切れを待とうとするが、おっさんは構わずに前に出た。

「いい加減にしやがれ、クソ野郎が！」

次の瞬間、おっさんが格闘のアーツ【発勁《はっけい》】を使用してイフリートを殴りつける。すると異常な値のダメージが発生し、イフリートの残ったＨＰがあっさりと消し飛んだ。

「バ……カ……ナ……」

イフリートは吹き飛ばされながら「解《げ》せぬ」とでも言いたそうな表情を浮かべて消滅する。

「……そうか、その手があったか」

カズヤが呟いた。おっさんが使用したアーツ【発勁】は、相手の物理防御力が高ければ高いほど与えるダメージが上昇する特性を持つ。その為、ほぼ無敵と言って良いほど異常に防御力と物理耐性が上がっていたイフリートに対しては、とんでもない威力が出る一撃必殺の技と化していた。

余談だがこの時、モニターで一部始終を見ていた開発室長・四葉煌夜も、

「くそっ、その手があったか……」

と息子と同じ台詞を言い、頭を抱えていた事を記しておく。

こうしてイフリートを倒した二人は大量の経験値とゴールド、そしてボス討伐及びダンジョンクリアの褒賞として、多くの稀少なアイテムを入手した。

「ところで、目当ての物はあったか？」

「ああ。この宝玉だな」

カズヤがドロップアイテムの中から、一つの丸い物体を取り出した。それはサッカーボールほどの大きさの、巨大な赤い宝玉だった。

名称は【火霊の宝玉】。これがグランドクエストの進行に必要なクエストアイテムだ。カズヤがそれを手にした瞬間、全プレイヤーのクエストウィンドウに記されたグランドクエストの進行度が上昇し、次の目的が表示された。

「次の目的地は水霊窟か。おっさん……」

「へいへい、手が必要なら呼びな。ただし今日は疲れたから、また今度な」

おっさんは、不承不承といった様子でカズヤを手伝う事にしたようだ。

「ところで、その宝玉とやらを集めると、一体何が起きるってんだ？」

四つの精霊窟を回るという事は、別のダンジョンでも今回のように宝珠を入手する必要があるの

だろう。おっさんはその使い道を尋ねた。

「俺達がいる大陸中央部が、結界で囲まれているのは知っているな?」

「ん? おう、あの半透明のドームみたいな奴だろ?」

彼らが話すように、大陸の外周部への道は現在、結界により通行不可能になっている。その為プレイヤーの活動範囲は、城塞都市ダナンを中心とした大陸中央部のみに留まっているのが現状だ。

おっさんも以前、大陸の西側に行こうとして光の壁に阻まれ、殴る蹴る等して何とか破壊しようとしたが、失敗に終わった事がある。当たり前である。それくらいで壊れるような結界があってたまるか……と言いたいところだが、おっさんならやりかねないのが恐ろしい。

その結界を解除し、向こう側に行く為に四つの宝玉が必要なのだとカズヤは言う。

「なるほど、それは分かった。で、これを四つ集めた後はどうすりゃ良い?」

「あの結界を張った本人にこれを渡して、解除して貰う。そういう約束だ」

「……そいつの名前は?」

その人物こそが、人類に残された最後の楽園を守る為に、大陸中央部を覆う大結界を作った者。

彼女は結界を張った後、誤って結界が解除されないように、鍵となる四つの宝珠を精霊窟の奥深くに封印し、番人を配置して守らせたのだった。

それにより結界は長らく解かれる事はなかったが、永き時を経た今になって、強い力と意志を持った冒険者が彼女の前に現れ、外界に出る事を望んだ事により、彼女は決断した。

「もしも四つの宝玉を集める事が出来たのならば、貴方達《あなたたち》の力を認め、結界を取り除きましょう」

そのＮＰＣの名を、カズヤが口にする。

「創世の女神、イリア」

この世界を創ったとされる女神との約束こそが、グランドクエストの始まりだった。

# 謎のおっさん、新たな冒険へ

クローズドβテスト。倍率数十倍の抽選に見事当選した、選ばれし千人のプレイヤーが参加した、このゲームのテストプレイ期間。それは約一ヵ月に亘《わた》って実施された。

この後半の二週間で、運営チームはとあるイベントを開催した。そのイベントについて、とあるβテスターはこう語ったという。

「その話はやめてくれ。思い出したくもない」

また、ある者はこう語った。

「まさに地獄だった。二度とごめんだ」

彼らのこの反応だけで、そのイベントが大変過酷なものだった事は想像に難くないだろう。

そのイベント名であり、その舞台となった場所の名を、【試練の塔】という。

試練の塔。それは全部で六十階層で構築されたダンジョンである。各階層では現れるモンスターを倒し、迷宮を踏破する必要があるのは当然だが、それに加えて設定された条件を満たさなければ先に進めないという制限もあった。

その条件は例えば、

「一度もダメージを受けずにモンスターを二十匹倒せ」

「50コンボ以上した状態でボスにトドメを刺せ」

「モンスターAを一匹も倒さずに、モンスターBを全滅させろ」

「敵に見つからずにゴールまで辿《たど》り着《つ》け。攻撃及び【ハイディング】の使用禁止」

等《など》といった内容だ。そして当然のように、上の階層に進むにつれて出現するモンスターやトラップはより凶悪になり、クリア条件も難しくなっていく。

クリアどころか折り返し地点の三十階まで進めた者は参加者の半数に満たず、五十階まで到達した者は二十六人しかいなかった。

βテスター達《たち》はこの塔をクソタワーと呼び、今も忌み嫌っている。

そして最上階の六十階に至り、この塔とイベントをクリア出来た者は、僅か七人。その七名こそが【七英傑】と呼ばれるプレイヤーである。ただ強いからという理由だけではなく、この超難関イベントを完全攻略したからこそ、彼らはそう呼ばれて畏怖されているのだ。

「まさか、またコイツを登る羽目になるとはな……」

おっさんは、その塔を見上げてそう呟《つぶや》いた。口に煙草《たばこ》を咥《くわ》えながら塔を見上げるその顔は、実にうんざりした表情だ。

流石《さすが》のおっさんもここまで嫌そうな顔で回想するとは、そのイベントは余程のクソ難易度だったのだろう。

そして、おっさんが塔を見上げているという事は、その塔はイベントが終了し、正式サービスが開始された今になっても、まだゲーム内に存在しているという事に他ならない。

そう、試練の塔は今なお、アルカディアのゲーム内に確かに存在している。

それだけではなく、このゲームをプレイした事があるプレイヤーは、全員がその塔を見た事がある筈《はず》だ。

何故《なぜ》ならば、その塔が存在する場所は、城塞都市ダナンの中央広場であるからだ。

広場の真ん中にそびえ立っている時計塔。それこそが試練の塔その物だった。その高さはおよそ、八十〜九十メートルほどか。

この城塞都市の中で最も背の高い建築物だけあって非常に高く立派な塔だが、それでもどう見ても、とても六十階もあるとは思えない。だが実際に、中は六十階建ての迷宮になっている。外観と中身が明らかに釣り合っていないこの塔には、とある秘密が隠されていた。

実はこの塔の内部は、時間と空間に歪《ゆが》みが生じた異界と化しているのだ。その為《ため》、中は外観からは想像出来ないほどに広大なダンジョンエリアが広がっている。そんな危険なシロモノが、こんな街のド真ん中にそびえ立っている事にも、理由は当然ある。

つい先日、火霊窟を攻略した時の事だ。カズヤはおっさんに、女神に出会い、四つの宝珠を集めるように言われた事を明かした。それと同時に彼によって、女神の居場所もまた、おっさんに伝えられたのだった。

「創世の女神イリア。彼女は、試練の塔の六十一階にいる」

それが、カズヤが明かした事実だった。

「クソタワーの……六十一階……だと？」

馬鹿な、あそこは六十階までしかなかった筈。そう言いかけたところで、おっさんは気付いた。

「そうか……正式サービス後に追加しやがったのか！」

「ああ、そうだ。あの場所の秘密を知っているのはβテスターのみ。ましてや攻略出来たのは、俺達七人だけだ。そしてあのイベントの時のような、クリア特典はもうない。そんな場所に、誰が好き好んで行きたがる？」

βテスターにとっては、かつて散々トラウマを植え付けられた忌むべき場所だ。中には中央広場に近付く事すら嫌がる者もいるほどである。

正式サービス後にゲームを始めた者は、その大多数が中に入れる事も、中身が恐るべき大迷宮である事も知らないだろう。ちりばめられた僅かなヒントから真実に気付き、塔の内部に入る方法を見つけた者も僅かながらいるが、それでも未熟な新人が踏破出来るほど甘いダンジョンではない。

ゆえに、現状でそこに辿り着けるのは七英傑のみ。だが彼らにとってもその場所は、一度クリアして報酬を受け取った場所だ。わざわざ好き好んでもう一度行こうとは思わないだろう。

そう考えれば、その場所は絶妙な隠し場所だったと言える。下手をすれば何ヵ月もの間、いや年単位で誰にも見つけられない可能性すらあった。正式サービスが開始されてからの僅かな期間で彼女と出会うプレイヤーが現れたのは奇跡といって良いだろう。運営チームにとって大きな誤算であった。

「しかしお前、よくあんなところに行こうと思ったな。ヒントでもあったのか？」

「いや……他の候補は全部潰して、残ったのがあそこしかなかったんだ」

カズヤはこのゲームが始まって以来、この世界に隠された秘密を解き明かすべく、数多くのクエストを攻略し、文献を読《よ》み漁《あさ》り、各地のエリアを探索していた。

それによって隠しエリアを発見したり、世界に一つだけしか存在しないユニークアイテムを獲得したりと多くの物を得たが、結界を解く鍵となる女神の居場所だけは、どこを探しても見つけられなかった。

（まさか未実装か？　いや、結界を解く方法がある事、女神がどこかにいる事は示唆されていた。ならば、必ずどこかにいる筈だ。あの親父《おやじ》が中途半端な状態でゲームを世に出す筈がない）

カズヤは父親の四葉煌夜をロクデナシのクソ野郎だと思っており、事実その通りだが、彼のゲームへの愛と、ゲーム制作に対する情熱だけは信用していた。

（よく考えろ。奴《やつ》ならばどこに隠す？　誰にも見つからない、誰も辿り着けない場所……いや違う、そもそも行こうとすら思わないような……）

「……まさか、あそこか？　あのクソイベントすら、その為の布石か……？」

まさに天啓と呼ぶに相応《ふさわ》しい閃《ひらめ》きが、カズヤの明晰《めいせき》な頭脳に走った。それに従い、カズヤはβテストの時から更に難易度が上がった試練の塔《クソタワー》を数日かけて攻略し、遂《つい》に女神との邂逅《かいこう》を果たしたのだった。

その時彼が感じたものは、清々《すがすが》しい達成感と父親に対するドス黒い殺意であったという。

ちなみにその四葉煌夜もまた、想定していたよりも遥《はる》かに早く女神が発見された事で、息子に対する惜しみない賞賛と共に憎悪を抱いていた。

「何でもう見つけてんだよ、早すぎんだろ！　くそがっ、こうなったらグランドクエストの開始を前倒しで進めるぞ！　次の大型アプデに捻じ込む！　よって、これより死の行進《デスマーチ》を始める！」

「「「またかよ（笑）」」」

この親子に巻き込まれた開発チームの面々も思わず苦笑いであった。

＊

そして今、おっさんは城塞都市ダナンの中央時計塔……いや、試練の塔の前に立っていた。おっさんはアイテムストレージからβテスト時代に入手していた重要アイテム【時計塔の鍵】を取り出し、塔の入口の扉を開いた。

「……行ってみるか。女神に会いに」

こうしておっさんは、再び試練の塔へと足を踏み入れるのだった。

焼月 家（しょうげつ・いのこ）

1983年10月生まれ。山形県出身。学生時代にオンラインゲームに夢中となり、会社員となった今でも現役のオンラインゲーマー。海外出張時に回線の遅さに辟易としていたが、小説投稿サイトはまともに閲覧できた。それをきっかけに、さまざまな作品を読み始め、自身でも小説を書いてみようと思い創作活動を開始。2013年末ごろから小説投稿サイト「小説家になろう」にて作品発表をスタートさせる。本作がデビュー作となる。

レジェンドノベルス
LEGEND NOVELS

謎《なぞ》のおっさんオンライン 1 世《せ》界《かい》で一番《ばん》やべぇヤツ

2019年2月5日　第1刷発行

［著者］ 焼月《しょうげつ》 家《いのこ》
［装画］ Aji《アジ》
［装幀］ 田中陽介（ベイブリッジ・スタジオ）

［発行者］ 渡瀬昌彦
［発行所］ 株式会社 講談社
〒112-8001 東京都文京区音羽2-12-21
電話 ［出版］03-5395-3433
［販売］03-5395-5817
［業務］03-5395-3615

［本文データ制作］ 講談社デジタル製作
［印刷所］ 凸版印刷 株式会社
［製本所］ 株式会社 若林製本工場

N.D.C.913 302p 20cm ISBN 978-4-06-513943-1

レジェンドノベルス
LEGEND NOVELS